異世界転生したけど、七合目モブだったので普通に生きる。　1

Shiratama

白玉

Ruby collection

Contents

登場人物紹介
アルフレッド・ラグワーズ
伯爵家長男17歳。
5歳で前世を思い出した転生者。
すべてが中の上な自分を
七合目と自称。
色々と無自覚。
ギルバート・ランネイル
侯爵家長男15歳。
乙女ゲームの攻略対象者。
氷の貴公子と名高い美貌と
無表情。
笑顔はアルフレッド限定。

セシル・コレッティ
乙女ゲームの
ヒロインに転生した
元女子高生15歳。
ギルバートが
攻略できず悩む。
レオン第一王子
乙女ゲームの攻略
対象者筆頭15歳。
すぐに攻略された。
顔だけはいいと評判。
ディラン・ドレイク
ラグワーズ王都邸
執事31歳。独身。
子爵家出身。
アルフレッドの側近
ナンバー1。
オスカー・エバンス
ラグワーズ王都邸
会計32歳。既婚。
子爵家出身。
アルフレッドの側近
ナンバー2。
アレキサンドラ・コルティス
気高き公爵令嬢15歳。
アルフレッドと
ギルバートの姿に
新たな扉が盛大に
開いた。

異世界転生したけど、七合目モブだったので普通に生きる。1

1　隠れ家

異世界転生ってやつをしました。

前世で多々目にした小説ネタだけど、いや現実にあるとは思わなかった。そうか、あれはノンフィクションだったのか。

転生したこの世界は、いわゆる剣と魔法の中世風ワンダーランド。おぅ、鉄板設定じゃん。と前世を思い出した五歳の俺は、戸惑いを超えて感心しちゃったね。

あ、そうそう。思い出した直後に頭痛とか卒倒とか寝込むとかはありませんでした。思い出したきっかけも、別にどこかに頭をぶつけたわけでも、熱を出したわけでも、水に落ちたわけでもなく、普通に夜寝て朝起きたら思い出してた。

え？　つまんない？　イベントの盛り上がりに欠ける？　いらないよイベントなんて。盛り上がりも必要ないです。

生まれ変わったのは、剣と魔法のサウジリア王国。王様や王子様がいる身分制度バリバリの国ってのも鉄板だよね。

で、俺はその国の伯爵家の長男、アルフレッド・ラグワーズ。現在十七歳。家族は父と母と三歳下の弟。伯爵家の跡取りとなるべく、ただいま王立学院高等部の学生として日夜励んでいる。

婚約者はいない。というか、そもそもこの国には子供のうちから婚約者を決めるなどというリスクの高い風習はない。学院卒業の十八歳から二十五歳くらいの間に普通に見合いをする。もちろん恋愛結婚もある。

よくある金髪に濃いめの碧眼《へきがん》。超美形ではないけれど、平凡と言うには整っている俺の顔。要は中の上。身長は一八三センチ。この国では平均より高いかな、くらい。痩《や》せすぎてもいないし筋肉モリモリでもなく、それなりに筋肉ついてる若者の健康体。

学院での成績は、だいたい上から一、二割のとこは常にキープ。この王立学院の高等部は、前世で言えば大学と同じ単位制なので「何人中、何番！」って言えないんだけど、感覚的にそのあたり。

要するにさ、俺って何もかもが中の上から上の下なの。身分だってほら、公・侯・伯・子・男、の身分制度じゃ真ん中だけど、家の数から言えば中の上、庶民入れたら上の下。ね。

そうだねぇ、山に喩《たと》えれば七合目の人生だ。俺としては最高に恵まれていると思っている。だって頂上なんて目指したくもない。山なんて上に行くほど環境は最悪だよ？　寒いわ、石や岩だらけだわ……。華々しい名声や到達感と引き換えに、寒々しい荒涼とした人生なんて俺はごめんだ。

その点で言えば七合目は最高だ。高所からの眺めと花や緑を両方楽しめるベストな位置。やや涼しい程度の過ごしやすい環境で息も楽。

この世界がゲームや小説の世界かどうかなんて知らない。そもそも乙女ゲーとかやってないし。キャラ名出されても分かんない。俺の乙女ゲーや異世界の情報なんて、電車の中で暇潰《ひまつぶ》しに読んだネット小説だけだもんね。

だけど、もしゲームや小説のシナリオの世界だったとしても、俺はその中の背景にも出てこない存在だろうということだけは断言できる。

すべてが中の上から上の下っていうシナリオ設定なら微妙すぎる状態に加え、俺ってば今日から学院の三年生だもんね。ああいうのってほぼ入学スタートでしょ。俺、あと一年で卒業しちゃうし。

おまけに王族のご学友でもなきゃ側近候補でもない。まぁ、第一王子は学院にいるんだけど、二つ下の学年で俺とも弟ともかぶってないから、接点ナッシング。

それとこの世界、定番の剣と魔法の世界ではあるけれど、獣人はいないし、魔獣も龍も魔王も聖女もいない。よって冒険者などという職業もない。これにより獣人ツガイものや、幼馴染《おさなじ》み勇者執着溺《でき》愛《あい》、高ランク冒険者とのパーティ内ラブ、などといった設定の可能性も潰れている。

同性同士の恋愛や愛人関係には大らかなものの、結婚は異性間で、男性妊娠なんていうトンデモ設定もないので、BLゲーも微妙。よって七合目モブとしてはスルーだ。自分に関係のないシナリオを気にして右往左往するなんて時間の無駄だからね。

このままそれなりに豊かな領地を引き継いで経営しつつ、学院卒業後は適当に気立てのいい伯爵家以下の家の娘と結婚して、山もなく谷もなく平坦《へいたん》で平和な人生を送る、そんなモブい七合目貴族に俺はなりたい。

これが最高の幸運で贅沢《ぜいたく》だと思える俺は、たぶん前世は若くなかったんじゃないかな。

未来の夢？　可能性へのチャレンジ精神？　なにそれ美味《おい》しいの？　ってやつだ。安定人生が一番の勝ち組だよ。

さて、王立学院は前期と後期の二期制。

四月から八月の前期と、十月から二月の後期があって、九月と三月はまるっと一ヶ月休暇だ。

俺はあさってから授業が始まるため、昨日領地から戻った。今日明日は入学式と新入生向け履修ガイダンスで、二年三年は休み。桜舞い散る四月が入学式って、やっぱ日本的設定だよねぇ。

小さな窓から見えるその見事に満開の桜を眺めながら、俺は今、せっせと水槽の手入れをしている真っ最中だ。

高等部の校舎の端にひっそりとあるこの部屋は、俺のお気に入りの場所。いわゆる男の隠れ家ってやつ。広さ的には八畳程度の狭い部屋で、窓も小さく日当たりも悪い。けれど小さなキッチンとシャワールームまでついていて非常に快適。日当たりの悪さだって俺にとっちゃ好都合。海のある領地が恋しくてせっかく苦労して持ち込んだデカい水槽が藻だらけにならずに済むからね。

ここは元々学院の庭師の常駐所だったらしいけど、その後に庭師を含めた職員の専用棟と小綺麗《こぎれい》な休憩室ができたおかげで閉鎖された場所なんだそうだ。

閉鎖が決まった時に、庭師と親しかった当時のOBが学院に内緒で隠れ家として引き継ぎ、それをまた次のOBが引き継ぎ……ということで、今現在は俺が専用の隠れ家として利用している。

講義の空いた時間や、今日みたいな暇な日に静かに時間潰しをするにはピッタリの場所だ。

貴族同士の付き合いやら面倒ごとを最小限に抑える逃げ場としても最適。安定経営の目標を掲げる我が領地に関係する貴族たちとは、すでに昔から交流があるし顔つなぎ済みなので、派手に社交する必要は皆無。ちなみにここも、うちの取引先のひとつであり幼馴染みの子爵家子息ＯＢから、一年生の終わりに声をかけられて引き継いだ。

今日は三月の休みの前に回収した魚たちを水槽に戻す作業でなかなかに忙しい。まあこんな時間も楽しいのだけどね。

俺は、魔法で包んで水に浮かべた小魚たちが水温に馴染んでいる間に、水草をせっせと水槽内へと植えていく。アクアリウムはレイアウトが肝心なのですよ。

そうやって、ああでもないこうでもないと、水槽に手を突っ込んで水草やら流木を配置していた俺は、その時すっかり油断していて、背後の扉が開かれたことにも気がつかなかった。

「ここは…………？」

自分だけの場所に突然響いた声に、俺は思わず目を見開いて後ろを振り返った。

開かれた入口に立っていたのは、見知らぬ男子生徒。

ピカピカの高等部の制服を着ているから、恐らくは新入生なのだろう。白金に近いブロンドに緑の瞳《ひとみ》を持った、実に将来有望そうなイケメンジュニアだ。

ヤバいな。この場所は代々ＯＢから引き継ぐ秘密の場所だ。迂闊《うかつ》に吹聴《ふいちよう》されては閉鎖の憂き目に遭いかねない。どうするか……。一番の悪手《あくしゆ》は慌てたり、後ろめたい態度を取ることだ。

「やあ、こんにちは。新入生かな？　悪いけどドアを閉めてくれるかい？」

水槽に手を突っ込んだまま振り返って、できる限り平静に言った俺に、彼は一瞬だけ戸惑ったようにたじろぎ、それでもそっと背後のドアを閉めてくれた。

「ありがとう。助かるよ」

ザバッと水から腕を引き上げて、近くにあった布でポタポタと落ちる腕の水滴を拭《ぬぐ》う。

「ここは……なんでしょう」

ドアの前で動かず、やや警戒気味に尋ねる彼に、俺は苦笑しながら「隠れ家だよ」と正直に答えた。

かくれが……とポツリと溢《こぼ》し考える風な彼に「お茶を飲むかい？」と聞くと、意外なことに素直に頷《うなず》いてくれた。警戒心の強そうな見た目に反して素直な子のようだ。

彼に部屋のソファに座るよう勧め、俺はミニキッチンでお茶を淹《い》れ始める。何代か前のＯＢでお茶好きがいたらしくティーセットがあるんだ。

「いやー驚いたな。外の隠匿魔法陣、効いていなかった？」

魔法でシュンシュンと沸騰させた湯をポットに注ぎながら、俺はことさら明るく彼に話しかけた。

そして彼のためのティーカップと俺愛用のマグカップをトレイに載せると、熱々のティーポットを片手に彼の座るソファへと向かった。

「いえ、効いていました。でも隠匿がかかっているのが分かったので、力任せに入ってきました」

へー、すごいな。魔力高いんだねぇ……と感心しながら、俺はティーセットをテーブルに置くと、ソファの向かいに椅子を引きずり寄せて、腰を下ろした。

部屋の中を興味深そうに、それでもそれと気づかれないように見回す新入生が微笑ましくて、俺は笑みを浮かべながら二分半きっかりにポットからお茶を注いでいく。今日の茶葉は領地から持ち帰ったばかりの細かいブロークンタイプなので蒸らしは短めね。

「あの……この学院の在校生の方ですよね。ここは、あなたの研究室とかですか？」

綺麗な緑の瞳が真っ直ぐに俺を見据えている。困ったなー。こりゃ誤魔化《ごまか》さない方が得策かな。

「うーん……」

一瞬の逡巡《しゅんじゅん》の後、俺は目の前の彼にこの由緒正しき男の隠れ家についての説明を始めた。なぜだか彼なら大丈夫な気がしたんだよね。

ひと通りの説明を聞き終えた彼はといえば、呆《あき》れたような、気が抜けたような、何とも言えない表情を浮かべていた。

そんな彼に、俺は思い切ってある提案をすることを思いついてしまう。

そうさ。「当事者」にしてしまえば秘密が漏れることはない。

「君が入学早々、この部屋に行き当たったのも何かの縁だ。この部屋の次の使用者は君ってことだな」

俺の言葉に、やっと口を付けたティーカップを持ったまま目の前の彼が固まった。

このまま畳み掛けて共犯者にしてしまおうという気持ちもあったけれど、それ以上に、彼は俺の次の利用者にピッタリだと思ったんだ。

代々続く部屋の後継者の選定はなかなか難しいため、俺はまだ決めていなかった。口が堅く、魔力がそれなりに高く、それでいて部屋を大切に使ってくれそうな人物。彼はその条件をクリアしているように思えた。何よりもこれは縁だ。

「私は、この王立学院の三年でアルフレッド・ラグワーズ。あと一年で卒業だから、君が私の卒業後も使ってくれるなら丁度いいんだけどね」

そう言って俺はマグカップのお茶をふぅふぅと行儀悪く冷ます。目の前の彼はといえば案の定、思いがけない展開に戸惑っているようだ。

「ラグワーズ……ラグワーズ伯爵家のご嫡男ですか？」

わずかに首を傾《かし》げて聞いてくる仕草は、将来有望そうなイケメンとはいえ、まだ中等部を出たばかりの生徒らしい幼さが残っている。

俺は「そうですよー」とお茶をすすりながら軽く答え、彼の返事を待った。

「申し遅れました。私はギルバート・ランネイル。一年です」

おや、部屋の後継者に勧誘したはずが、自己紹介になってしまった。

……うん？　ランネイル……ランネイル…………。ああ！

頭の中で、ほんの少し「しまったなぁ」という思いが浮かんだ。ランネイルと言えば宰相閣下の侯爵家だ。つまり彼は宰相の息子さんで、第一王子の将来有望な側近候補。そりゃ魔力も高いわけだ。

できるだけ、こういう人たちとは関わらないようにしてたんだけどなー、とひっそりと後悔しつつ、すでに後の祭りなので諦《あきら》める。まあ学年も違うし、七合目モブとしてはこの部屋の存続が危うくなることの方が優先度が高いのだ。代々のOBたちに申し訳が立たないからな。

「これはランネイル侯爵家のご子息でしたか。失礼をいたしました。確か今年入学なさった第一王子殿下のご学友でいらっしゃいますね。ならば尚更《なおさら》、この部屋はオススメですよ。君……いや、あなたが疲れた時の休憩所になさるといい。隠れ家の面目躍如というものです」

どこの悪徳不動産屋かと思われそうなプレゼンを口にすれば、ランネイル侯爵子息の瞳に迷うような色が浮かんだ。

そして、小さな声で「いいのでしょうか……」と呟《つぶや》かれた声を俺は盛大に拾い上げて、さっさと彼を「部屋の後継者」という名の共犯者に引きずり込むことに成功したのである。

2　水中散歩

あれから二ヶ月。

目の前のソファには、持ち込んだチョコレートをモリモリ食べながら、やや行儀悪くダラけて座るご子息様がいた。いやぁ馴染んだなー。遠慮がちだった初めの頃《ころ》が実に懐かしい。

いまや隠れ家には宰相ご子息……ギルバートくんの私物が溢《あふ》れかえっている。教科書や文具は元より、タオルやブラシや、裁縫道具まである。中でも特にクッキーやらチョコレートやらマシュマロやらの甘味は箱置きだ。どうやら彼は甘い物に目がないようで、しかもすべて高級品。さすがは名門高位貴族様。ご相伴に与《あずか》り恐悦至極。うまうま。

風の噂によるとギルバートくんてば成績は超優秀らしいので、たぶん脳みそに糖分を補給する必要があるんだろう。

「ねえ、アル！　聞いてます?!」

ぷんすこ、という表現が相応《ふさわ》しい顔で、俺を睨《にら》み付けてくるギルバートくん。最近は特にここで愚痴っていくことが多くなった。

「聞いているよギル。第一王子殿下の信が厚くて困るって話でしょ？」

「ちっが――う！」

おや違ったようだ。ぷんすこがプンスカになった。

「あの殿下《バカ》、礼儀知らずの男爵令嬢なんぞに入れあげて、令嬢の呼び出しに私を！　この私を使いやがって下さるんだ。おかげで私まで山猿令嬢の取り巻きと思われ始めてるんですよ！」

なんかどっかで聞いたような話ダネー。この世界、乙女ゲーだったんダネー。

どうやら入学式から始まったらしきシナリオは、二つ下の学年で順調に進んでいるようだ。まあ、俺は無関係だけどねー。ギルバートくんおつ。

まあまあ……と、拳《こぶし》を握りしめている彼のティーカップにお茶をつぎ足したら、クッキーを皿にもう五枚ほど補充。それを二枚まとめてバリバリと食べるギルバートくん。こらこら高位貴族でしょ。

「でもギルは、こうやって令嬢捜しをすっぽかして隠れ家に避難してるんでしょ？」

そう。ギルバートくんは殿下の命令をシカトし、令嬢を捜す振りをして休み時間のたびにここで毒を吐いていくのだ。

でも気持ちは分かる。単位制とはいえ一年生は必修授業を詰め込むため予定はビッシリだ。なんせ三年間で一二六単位以上が卒業資格。あとで楽をしようと思えば、一年次と二年次は休み時間も貴重な学習時間で休息時間だからね。その貴重な休み時間を男爵令嬢捜しに駆り出されるなど言語道断！と激オコなのである。

俺が予想するに、山猿……いや男爵令嬢は逆ハー狙いっぽい。休み時間どころか、講義のはずの時間も攻略対象の男子生徒とのイベント消化と好感度アップに精を出しているようだ。

なので神出鬼没。要はフラフラとどこにいるのか分からないと。元気だわー、男爵令嬢《ヒロイン》。

最初は殿下の命令通り、素直に令嬢の捜索をしていたギルバートくんだけど、捜し当てた令嬢が他の男子生徒に、なぜか抱き留められていたり、なぜかおっぱい鷲掴《わしづか》みされてたりという、いわゆるラッキースケベイベントに遭遇し、そして連れ戻す際にはその令嬢にまとわりつかれ……という状況を幾度か体験した結果、ついには面倒くさいと吐き捨てて早々に匙《さじ》を投げてしまった。

「てめぇで捜せ――！」

そんな彼の叫びは、幸いなことに外には聞こえない。完璧《かんぺき》な防音魔法が施してあるからね。

施したのはギルバートくんです。ついでに隠匿の魔法陣も彼の手によって強化されました。「甘い！」って。さすが高魔力のエリート子息。

学院の敷地内での魔法の発動は、学生の安全確保とトラブル防止のために常にサーチされて記録されているんだけど、ここの隠匿魔法陣は設置されたのがサーチ導入以前なので引っかからない。元からある自然なものとして認識されたからだ。

ゆえに魔法陣の影響範囲を内部からいくら強化しようが、防音をかけようが、引っかからない。これは今までのOBたちから引き継ぐ「利用者」の知識だ。もちろん俺はこれをギルバートくんにも伝授した。

そしたらまあ、なんということでしょう。ギルバートくんてば、隠匿魔法陣を鬼のように強化して、王宮執務室か！　ってレベルの防音魔法を展開したではないですか。

俺としては元から人気《ひとけ》のない校舎の端っこで、裏側で、目の前は林で、って場所だから、今までの魔法陣で充分じゃないかと過ごしてたんだけど、ギルバートくん曰《いわ》く「隠すなら完璧に」だそうだ。

七合目モブとの違いを見たよ。

おぅ、さすがはエリートすげえなー、と思うことは多々あるものの、ここで不満をブチ撒《ま》け、菓子をヤケ食いするギルバートくんは、学内女子アコガレのマトの「氷の貴公子」「無表情クールな次代の宰相候補」という評判からはほど遠い。ただのプンスカ星人の可愛い後輩で、部屋の次期使用者だ。

ちなみに、本人にその評判について直接インタビューしたら「ケッ」で終わったけどな。氷の貴公子は「ケッ」って言っちゃダメなんだぞ。

それにしても、ここ二ヶ月でギルバートくんのストレスは溜《た》まる一方のようだ。

早く単位を取りたいのか、彼が取っている講義数はマックス。勉強量が相当になっている上に殿下の子守をしつつ山猿対策だ。そりゃ疲れるわ。

一応俺は三年で、いま彼が取っている講義もほぼ履修済みなので、対策ノートを譲ったり、教授の癖やら要領よくこなす小ワザなどを伝授して支援しているけど、対殿下と対山猿対策についてはアドバイス止まりで、ひたすら愚痴を聞く第三者をキープしている。俺《モブ》としちゃ乙女ゲーの背景にすら参加したくないもんでね。

見れば、お疲れさまなギルバートくんの目の下には薄《うっす》らとしたクマさんができつつあった。ああ、こりゃ睡眠時間削ってるなと。

だから、殿下から「カノジョとのお忍びウハウハデート♡」のコース設定を丸投げされた時、断ればよかったのにーと、俺は思わず眉《まゆ》を寄せてしまう。下調べやら根回しやら大変でしょうよ。何でも引き受けるんじゃありません。

「まったく、ギルは真面目だねえ……」

思わず溜息《ためいき》とともに溢れてしまった俺の言葉に、ギルバートくんは「そんなこたぁ分かってる」とばかりにむぅぅーと口を尖《とが》らせてみせた。その幼さの残る顔に苦笑して、可愛い後輩にとっておきの癒やしをプレゼントすべく、俺は椅子から立ち上がった。

「ちょっとおいで」

と彼の手を引いて壁際の水槽の前へと連れて行く。そして水槽の真ん前の床にクッションを置いて、素直についてきた彼をそこに座らせた。

頭に「？？？」を浮かべながらも体育座りした彼の背後に同じように座り込んだら、俺は後ろから両腕を回して彼の両手をそっと取った。

突然座らされて背後を取られる形になって、少しばかり動揺するギルバートくんの両手を、俺は「大丈夫！」という気持ちを込めて軽く上下に振ってなだめる。

「目を瞑《つぶ》ってくれる？　……ん、よし。じゃ、特別招待な」

パサリと音がしそうに長いギルバートくんの睫毛《まつげ》が下がったのを見届けて、俺は滅多に他人には教えない、とっておきを披露すべく目を瞑った。

ゆらゆらと揺れる水草の向こうに、プクリプクリと湧き上がるのは空気玉。

俺たちは浮き上がっていく空気玉の横をスイスイと泳ぎ、水草の林から流木のトンネルへ。

薄暗いトンネルを勢いよく進んで、ポッカリ開いた出口から抜け出したら、今度は上へ上へと上昇。

下から見上げる波打つ水面は、照明の光を反射した水の波紋がキラキラと光っている。

「こ……これは……？」

驚いたようなギルバートくんの声が聞こえる。やったね。してやったり。

「私の持っている特性だよ。『宿眼《しゆくがん》』って言ってね、今見ているのは水槽の魚の目線」

話している間にも、俺たちは水の中をスイスイと今度は下に向かって泳いでいく。眼下に繁る水草の林にそのまま突っ込んで、明るい緑をかき分けてスポッと泳ぎ出た。

どう？　少しは癒やされた？

と聞くまでもなく、ギルバートくんはいつの間にか身体の力を抜いて、背中を俺の胸にがっつりと預けてリラックスしているようだ。ほぼソファ扱いされているけど、まあ、ギルバートくんが少しでも癒やされてくれればそれでよし。普段頑張りすぎだからね。

俺のこの特性は、「加護」とも、国によっては「祝福」とも呼ばれている。特性を持つのは千人に一人とか、そこそこ珍しいものらしいけど、まあたぶん俺のは転生特典だと思う。

ただこの「宿眼」、非常に珍しいのは確かなんだけど使えるかと言えば微妙だ。こうやって魚や虫や鳥の目になって、時たま気分転換するくらいしか使い道がない。なんせ眼に宿るだけだからね。コントロールなんてできないから、どこへ行って何を見るかは相手任せ。今だって魚が勝手に泳いでいるだけだ。

でも、そんなところも俺っぽいよね。珍しいけど価値的には微妙な特性。これも中の上ってか？

魚の眼は、地面すれすれで白い砂煙を上げながら泳ぐ様子を映している。前から来た小さな海ナマ

ズが迷惑そうに避《よ》けてあっちへ行ってしまった。

元気に泳ぎ回れる小魚中心の水槽なのは、こうして自分で楽しむためだ。時々レイアウトを変えて散歩道に変化をつけているんだよ。

「さて、そろそろ戻ろうか」

魚が砂地から再びトンネルに入ったところで、ギルバートくんに声をかけた。うかうかしてると昼休みが終わっちゃうからね。

握っていたギルバートくんの両手をパッと放して「宿眼」を解除すれば、途端に瞑《つぶ》った目は暗くなって、元通り何も映さなくなった。

目を開くと、両脚の間に座ったギルバートくんが、俺を椅子代わりにしてもたれかかっている。やっぱりこの体勢で正解だったようだ。立ったままだと視界が変わった時に、倒れてしまう心配があったからね。

「ちょっとは気分転換になった？」

向こうを向いているギルバートくんの表情は見えないので、どうだったかな、と目の前のプラチナブロンドの後頭部に話しかけると、直後にピクッと身動《みじろ》ぎしたギルバートくんが、俺の胸から背中を起こして振り返った。

「え、いや、あの……はい」ってよく分かんない返事をしているけど、ビックリしているのは確か。

ちょっと心配になって「楽しかった？　気分悪くない？」って聞いたら、コクコク頷《うなず》いてくれたから大丈夫そうだ。よかった。

ヨイショと先に立った俺は、ギルバートくんの手を引いて彼にも立ち上がってもらう。まあ、侯爵子息を床に座らせるのはどうなのよ？　って感じだけど、これは安全対策なので勘弁して欲しい。

「すごい能力ですね」なんてギルバートくんは褒めてくれたけど、珍しいだけで微妙なのは自覚済みなので、逆に恐縮して照れてしまう。

「気に入ったなら、次は虫散歩か鳥散歩でもしようか」

照れ隠しにギルバートくんの頭をポンポンとして、「でも内緒だよ？」と口止めすることは忘れない。いくらショボい特性であれ、珍しいことには変わりないから大々的に知られると面倒くさいからね。

「はい。絶対に口外しませんから安心して下さい」

というギルバートくんからの言質をとってホッと安心する俺は、きっとモブ臭プンプンの小者なんだろう。いいんだよモブなんだから。

けれど何はともあれ、ギルバートくんの元気が回復したようなのでよかった。とっておきを出した甲斐《かい》があったよ。これ以上、俺には何もできないからね。

3　ヒロインとのニアミス

その後は、ちょっと元気になって午後の講義へと向かったギルバートくんを見送って、俺は俺で、自分のレポート作成の準備に取りかかることにした。

この二年間でほとんど単位を取り終わったとはいえ、まだ週に三コマはある講義。午後の四限はそのひとつで、これがもう厳しいセンセで下準備と細かいレポート提出が必須《ひっす》なんだよ。でも将来の領地経営には欠かせない講義だし、内容も非常に濃いから真面目に受けているんだ。

そういうわけで、三限の時間にちゃっちゃと下調べとレポートを仕上げるべく、俺は資料を求めて図書館へ向かうことにした。

そしてまずは隠れ家を出てすぐに、隠匿魔法陣の内側から周囲に向けて、慎重に視線を巡らす。

あ、いやこれはギルバートくんにも重々注意しているポイントなんだけどね、隠れ家に入る時と出る時が一番気を使わなきゃいけないのよ。下手に感知の魔法陣など発動しようものなら学院のサーチで一発だからさ。却《かえ》って何でこんな場所をしょっちゅうウロついてるんだって思われたらマズい。

正面の林に目を向けると、ちょうど木の上でこちらを向いている鳥がいたので、俺はありがたく「宿眼」を使わせてもらうことにした。特性は魔力を使わないからサーチに引っかからないんだよ。便利でしょ。

よしよし、上から見える範囲に人はいないいな……と。

コソコソーッと目の前の林に走り込み、低い植栽を跳び越えて木々の間をくぐり抜けたら、林の遊歩道に到着。ここまで来てようやく、ゆっくりと校舎に向かって歩き出すことができるんだよ。暇な三年生が林でお散歩してました～的なカムフラージュね。

学院の図書館は、校舎とは別に単独で敷地内に建っていて、なかなかに歴史のある厳《いか》めしくも立派な建物だ。城門かよ！　というほどに大きく重々しい入口の扉は、開館中の今は開け放たれている。まあ、世界的に貴重な本もあるらしいし、管理に慎重になるのも仕方ないわな。

俺はその内側のちょい軽めな両開きの扉を開けて図書館に足を踏み入れると、この二年間に何度も通って勝手知ったる館内を奥へ奥へと進んでいった。目指すは農業系の蔵書コーナーだ。

ラグワーズ領は海に面していて漁業も盛んだけど、山地も平地もほどよい割合であって農業も盛んな恵まれた土地だ。王都からは馬車で三日ほどかかる程度に離れているのが玉にキズだけど、馬車で数週間かかる領地とかザラだから田舎ではない。決して！

今現在、俺は漁業でどうしても出てしまう傷物や余剰な魚をどうにか農業用の肥料にできないか模索中だ。前世で言うところの干鰯《ほしか》や魚粉、魚液肥と言われていたやつね。貝殻で有機石灰も思案中。

こちらの世界、魔法に頼っているため化学も科学もまだまだ発展途上で、農業に必要なリンや窒素やカリウムなどの存在が知られていない。肥料の概念はあっても、やり方はそれぞれの農民任せで天任せ。土壌の酸性とアルカリ性の概念もなかった。

領主も「植えろ育てろ」っていう感覚で、農業に興味を持つ貴族は稀《まれ》と言っていい。たくさん植えりゃたくさん育つとかバカかな。ちゃんと土から面倒見て育てなきゃ美味《うま》いもんはできねえっつの。

異世界の農業事情に愕然《がくぜん》とした俺は一念発起して、農地の改善と肥料の開発に三年次の一年間を捧《ささ》げるべく、この二年間は単位取得の鬼と化して頑張りました。

で、このあとの四限は、その農地改善を研究する珍しい貴族出身の教授の講義。本を探す眼にも力が入るというものでしょ。

広い図書館を奥へと進んでいた俺が、さてもうすぐかなと通路を右に曲がった時だ。

突然、デカい音とともに人が倒れる音がした。

あん？　どこぞの間抜けが本をぶちまけやがったか？　と、俺は思わず音のした左方向へと足を進めて本棚の端っこから向こう側を覗《のぞ》き込んだ。そしてそのあまりの光景に目が点になった。

床には貴重な、貴重な本が何冊もばらけて落ちて、中にはがっつりページが折れてしまっている本もある。なにやってんのー！

そしてその真ん中では、二人の男女が重なるように倒れていた。

上になっている人物には見覚えがある。この図書館の司書だ。こちらの世界では珍しくもない、青い髪に優しげな風体の真面目な男で、俺も何度か話したことがある人物。

そして、その彼の下で庇《かば》われるように倒れているのは、

…………

……………ピンクだよ。

ピンク髪の女生徒だよ。絶対ヒロインだよ。うわー、関わりたくねぇー。

俺は覗き込んだ頭をソッコーで引っ込めて、その場所を離れた。後ろから「ごめんなさい私のせいで……」「いや、君に怪我がなければ……」などという会話が聞こえてくるけど無視だ。

いや、司書が本傷めておいてその言い草はどうかと思うけどね？　ヒロイン何やったらあんなに盛大に本をブチ撒《ま》けるんだよ！　と思わないでもないけどね？　まずは逃亡だ。

そして俺は三つ先の農業コーナーにサササッと身を隠すと本棚に貼り付いた。早くどっか行ってくれヒロイン………。

本棚三つぶん離れているとはいえ静かな図書館なので、声はここまで聞こえてくる。ああもう、まだゴチャゴチャ言ってやがるな。なんて思ってたら、そのうちにバサバサバサッと本が床に落とされる音が響いてきた。どうやら二人がやっと身体を起こしたようだ。おいおい今ごろかよ。

そして「きゃっ！　私ったら恥ずかしい！」と叫びつつ、ヒロインが走り去って行く音が耳に入った。てめぇ、本直してけ！　そして図書館を走るな！

怒鳴りつけたい気持ちをグッと堪《こら》えつつ、思いがけないヒロインとのニアミスを無事に脱出したことに俺はとりあえずホッと息を吐いた。モブの心臓に悪いわー。

しかしあの司書さん、学生でもないのに攻略対象だったのか、へー。まあ確かに優しげなイケメンではあるな。あれか？　暗い過去を持つ隠しキャラ的な？　ラッキースケベ多発してることを考えると、実は十八禁乙女ゲーのドSキャラ的な？

………うん、今後彼とはできる限り接触を避けようじゃないか。

オリハルコン並みに固い決意をして、俺は当初の目的である自分の資料探しを始めることにした。

時間は有限だからね。三つ向こうの司書さんもせっせと本を集めて直し始めたようだ。

時たま「ああっ」とか「うぁ……」とか聞こえるから、今になって落とされた本の現状に気がついた様子。ラッキースケベの代償は安くなさそうだね。手伝いませんよ？　絶対に。

俺は本棚から探し出した資料本を数冊手に持つと、さっさと手近なライティングデスクを確保してレポート作成に取りかかった。

そしてそれから九十分、ちょうど三限終了の鐘が鳴ったところで手を止めた。集中していると時間を忘れてしまうので、鐘はありがたいよね。うん、レポートも仕上がったし下調べも終わった。次の四限までは三十分の休憩を挟むから、ゆっくり移動しても講義には間に合うな。

本棚に本を戻して荷物片手に図書館を出ると、俺は次の講義へと向かうべく目の前の小綺麗《こぎれい》な芝生を横切るようにのんびりと歩き出した。

高等部の校舎は三つに分かれていて、俺が向かっているのは中規模の教室が集まっている東棟。

ちなみに中央棟は大講堂や事務局や教授室、食堂や売店などがあり、西棟は小さな教室や研究室が集まっていて、隠れ家はこの西棟の裏側の端っこにある。

一週間ぶりに来る東棟は、さすがに人が多かった。三限が終わった移動時間ということもあるけど、一番学生が利用する頻度が高いのが東棟と中央棟だからね。まあ教室の配置を考えれば自然なことだし、俺も一年次は西棟など足も踏み入れなかったからな。

その相変わらずの人の多さに、俺は中央階段ではなくもうひとつの階段を上がっていくことにした。

中央階段の少し先にある狭い階段は、向きが逆な上に増設された大きな棚の陰、という絶妙に分かりにくい場所にあるせいか、一年生でそこを使う生徒はあまりいない。なので空《す》いている。混雑した階段を四階まで上がるなどごめんだからね。ああマジでエレベーターが欲しい。誰《だれ》か開発してくんないかな。俺はやんないけど。

いつ上がっても四階はめんどくさー、と内心ブックサと溢《こぼ》しながら、俺が二階から三階まで上がっていくと、階段の上から男女の話し声が聞こえてきた。

講義に関するディスカッションがヒートアップして続いているのかな。学内ではたまに見る光景だから別に珍しくはないけど……と気にせずそのまま階段を上がっていったら、二階と三階の間の踊り場で男女が何やら言い争っていた。どちらかと言うと女の方が男に詰め寄っている感じだ。

ただその男の方が…………

「ギ……ランネイル殿？」

はい、ギルバートくんでした。

気安く呼びかけそうになって、素早く家名呼びに修正。学内だからね。学内で彼とこんなに至近距離で顔を合わせるのは、ここ二ヶ月で初めてかもしれないな。遠目から見たことはあるんだけどね。

なので俺は心の中でだけ、彼に「どーも、二時間ぶり～」と声をかけた。

声をかけられた彼はといえば、こちらを振り向いて驚いたような表情。まるで幽霊を見たような？いや足あるし。まぁ「なんでここに？」って感じかな。

でもねぇ、踊り場の真ん中で左右に分かれて立たれていたら、上がるのに真ん中突っ切ることになるじゃん？　いや高位貴族のご子息にそんなことできねえって。話していたお相手のご令嬢だって、どう見ても高位貴族っぽい高貴さだからね。

踊り場に上がれずそのまま階段の一段下で立ち止まっていたら、ギルバートくんが俺の方へと足早に近づいて来てくれた。おかげで彼が動いてできた踊り場のスペースに上がることができた。気遣いができるいい子だ。

「東棟で講義ですか？」

俺の隣に立って小さめの声で尋ねてくるギルバートくん。

何だかその様子が微笑ましくて俺はコクリと頷きながら見上げてくる彼に笑みを送った。そして、踊り場の窓側に立っている綺麗な令嬢をチラリと見やる。

おや、どうやら怒るのも忘れて呆気《あっけ》にとられているようだ。ごめんね、部外者が乱入しちゃって。

「彼女と痴話喧嘩《ちわげんか》かい？　ダメだよ女の子には優しくしなきゃ」

からかい半分でひっそりとギルバートくんに耳打ちをすると、すぐさま「違います！」と想定外に大きな声が返ってきた。あらま。

ごめんごめんという気持ちを込めていつものように頭をポンポンとした俺に、彼がやっぱりいつもの拗《す》ねたような顔をしたもんだから、うっかり笑ってしまった。

あまり長居してもお邪魔なので「じゃあね」と言って立ち去ろうとしたその時、くんっ、と俺の袖が引っ張られた。

「本当に違いますから」

俺を見上げてそう言いつのる彼の、その袖を掴《つか》んだ手を握ってそっと放すと、俺はその手を反対側の手でポンポンとした。ポンポンの手バージョンだ。

「分かったよ。からかってごめんね？」

眉《まゆ》を下げてそう謝ると、拗ねたようにコクリと頷《うなず》いてくれたギルバートくん。どうやら彼は冗談が通じにくいタイプらしい。

俺は「行くね」と言い残して彼の側《そば》を離れると、念のために窓側で黙って待ってくれていた高貴なご令嬢に手早く貴族の礼を済ませ、そして講義に向かうべく階段を上がっていった。

うん、ギルバートくんもご令嬢も講義に遅刻しちゃダメだぞ？

◇◆◇　ご令嬢は見た！　◇◆◇

私はアレキサンドラ・コルティス。

サウジリア王国の三大公爵家のひとつ、コルティス家の次女として生を享《う》けたこの身。先王妹を祖母とする王家の血縁として、また貴族として、幼き頃より常に清く正しくあれと教育を施されてきた。

我が国は民に寄り添い、広く彼らに商売や学問の門戸を開いて発展してきた国。確固とした貴族制度という規律のもと、我ら貴族はその民を守り導く者として存在している。

国王陛下を筆頭とした王侯貴族は爵位に比例した重責を担い、国と民を守る。上下関係は重責を担う上位者への礼儀であり感謝であり尊敬である。上の者は常にそれを弁《わきま》え、その尊敬に相応《ふさわ》しき振る舞いをしなければならない。責任と義務を放棄する者は貴族にあらず。

と、私は教わってきた。

ところがどうだろう。私が王立学院の高等部に入学してからここ二ヶ月というもの、私が叩《たた》き込まれた貴族の信念からはほど遠い現状に頭痛が治まらない。私と同じく今年高等部に入学なさった第一王子殿下の最近の行状は、それほどまでに目に余る。

入学式で出会った男爵家のご令嬢を気に入られたのは別にいい。この国は王侯貴族であっても色恋に対しては寛容なお国柄だ。身分差だけで恋仲を引き裂かれることはない。

しかしながら、それは二人が今果たすべき義務を果たし、将来の義務と責任を真摯《しんし》に全うする気概があればこそ認められるものだ。

今の私たちは王立学院生。将来に必要な知識を吸収し、ひいては国のため民のために役立たせるべく精進するのが今、私たちに課された第一の義務。

にもかかわらず、学問に身を入れず、時には受けるべき講義を放棄して浮かれるのはいかがなものか。ましてや男爵令嬢の肩や腰を抱き学内を闊歩《かっぽ》され、傍《そば》にいなければ大声を張り上げて捜させるなど、王族の品位のカケラもない。

一方の男爵令嬢も殿下のご寵愛《ちょうあい》を知りつつ、他の複数の殿方とも身体接触を伴うような親しいお付き合いをしている様子。あれでは殿下が本命ではないと言っているも同然。しかも、彼女も講義の出席率がかなり低いと聞き及んでいる。

あまりの放蕩《ほうとう》ぶりに、はとこととして、また国王陛下の臣下の筆頭たる公爵家の娘として、殿下には幾度も苦言を呈してきた。しかしそれも、殿下のお耳を通り過ぎるばかり……。昔から相も変わらず、あの方の軽いおつむは何を考えていらっしゃるのかしら。

本来であれば、幼き頃より殿下のお側にいるご学友たちがお止めするのが筋なのだけれど、これがまったく役に立ちやしない。

私と同じ三大公爵家のルクレイプ公爵子息は、殿下と一緒になって男爵令嬢にまとわりつき、たびたび贈り物をしていると聞く。甘やかされて育ち、昔から楽な方に流されるという点では殿下と似たもの同士なのだろう。

騎士団長のご子息のグランバート伯爵子息も、常に殿下のお傍にいるにもかかわらず、注意するどころか、筋肉を褒められて喜ぶ始末。令嬢を片腕にぶら下げて「すっごぉい！」などと喜ばれてヤニ下がっている現場を見た時は気が遠くなった。

そして宰相閣下のご子息のランネイル侯爵子息。

昔から何を考えているのかと思うほど無愛想だけれど、ご学友の中では最も冷静で頭脳明晰《めいせき》、貴族の矜持《きょうじ》を持ち、義務を理解している。

彼ならなんとか……と期待したけれど彼は賢すぎた。殿下に早々に見切りをつけたのか、講義の寸前まで雲隠れを決め込んでいる。

彼らがアテにならないなら学院の教授や職員たちに……となるところだが、あいにくここは栄えある王立学院高等部。その厳しさも折り紙つきだ。

自主、自律、自由、を掲げ、広く庶民にも門戸を開き、学内では完璧《かんぺき》なセキュリティで学問に向き合う学生たちを守り抜く。しかし一方で、厳しい単位制と容赦ない自己管理・自己責任の名の下の突き放し。幼子のように手取り足取り教え、導き、生活態度まで指導をしてくれるのは中等部まで。高等部では、学ぶ意欲にはとことん応《こた》えるが、生活態度は「もう身についている」前提で管轄外を貫き通す。犯罪以外は基本放置。

要は何をしようが自己責任。単位を落とそうが、卒業できなかろうが、人生狂おうが自己責任。王族であろうと容赦なし。そんな学院の教授や職員が、放蕩殿下に親切にも苦言を呈してくれることなど、期待するのが間違っている。

それでも、このままでは王族である殿下の評判は地に堕《お》ちる。

いや、殿下の評判は元からアレなのだが、これほど大っぴらにアレなことを知らしめてしまえば、あのように育てた王家の面子《メンツ》に関わる事態だ。

幸い、今はまだ入学したばかりの前期。今ならばまだ間に合う。なんとかしなければ……。

と日々、頭を悩ませていた時、三限の講義が終わった東棟でランネイル侯爵子息を見つけた。面倒ごとからさっさと逃亡した雲隠れ子息である。おのれ逃がすか。

見失わないように子息の後を追ってみれば、子息は人の流れとは違う方向へ歩いて行く。そして混雑する中央階段を通り過ぎると、こんなところにあったのか、という狭い階段を下りていった。

抜け目のない侯爵子息のことなので驚きはしない。どうせ入学前か入学後すぐに、高等部敷地内をくまなく調べて回ったのだろう。そのくらいのことをする人だ。

ようやく二階へ向かう階段の踊り場でランネイル侯爵子息の足を止めさせることに成功し、ここぞとばかりに殿下の行状をご学友として正して欲しいと頼み込んだ。

けれど侯爵子息はといえば、声をかけて振り返った時から、私が話をしている間も、表情筋をピクりとも動かさず、その怜悧《れいり》な美貌《びぼう》でこちらを真っ直ぐに見据えるばかり。

「私の役目とは思えませんね。殿下の行状と王家を憂うならば、公爵家を通して陛下にご報告するのが正しいのでは？」

…………取り付く島もない。

「こういったことに対峙《たいじ》してこそ、将来の側近としての真価を問われるのではなくて？」

そう食い下がる私を、ランネイル侯爵子息は無表情なまま鼻で笑いやがりましたわ。

「ご安心下さい。側近とは国を導く者、尊敬できる者を支える存在と心得ております」

これでは暗に、殿下はその器に非《あら》ずと言っているも同然。しかもハッキリと言わないあたりが小賢《こざか》しい。賢く矜持を持った貴族らしい貴族といえばそれまでだけれど………。

冷たく見下ろしてくる瞳に、それでもまだ負けじと私が言葉を重ねようとしたその時、

「……ランネイル殿？」

下へ続く階段から突然声がかかった。

見れば、上級生らしき男性が階段の一段下で立ち止まってこちらを見ている。その時初めて私たちが道を塞《ふさ》いでしまっていることに気がついた。


恐らくは貴族だろう。伸びた背筋に指先まで品のある所作は平民ではあり得ない。侯爵子息に声をかけたことからして同等あるいは近しい爵位の、お知り合いのご子息だろうか。

もはや習慣となってしまった初見の相手への値踏みをしながら、私は家名を呼ばれたランネイル侯爵子息に目を戻した。……が、そこで私はとんでもないものを目撃してしまう。

彼を見たランネイル侯爵子息が、あの万年無表情が……薄《うっす》らと笑ったではないか。

嘘でしょ？　え、まぼろし？

と固まる私をよそに、侯爵子息はその上級生の元へ小走りに近づいたかと思うと、踊り場に上がった上級生を見上げて「東棟で講義ですか？」と可愛らしく目元を赤らめて話しかけた。

え、この狭い踊り場で走る必要ないわよね、などと私の思考はどうでもいい空回りを始めてしまう。

小さく頷いた上級生は少しだけ身を屈《かが》めると、微笑を浮かべながら彼の耳元に何やら囁《ささや》きかけた。首を傾《かし》げたせいで少しクセのある金髪の前髪がふわりと落ちて、やたらと色っぽく見えるのは気のせいか。そしてそれに瞬時に頬を染め「違います！」と叫ぶ侯爵子息。

あんな大声が出せたのね。初めて聞いたわ。

一瞬目を丸くした金髪の上級生は、次には柔らかな笑みを浮かべたかと思うと、その大きな手でポンポンと……ポンポンと！　ランネイル侯爵子息の頭を宥《なだ》めるように撫《な》でたではありませんか！

なにこれ、なにこれ。いったい私は何を見て、いや何を見せられているのかしら。そしてこの胸の高鳴りはなに？

いいえ、ここで私がすべきことは騒ぎ立てるのではなく、空気に徹することなのだと私の中の何かが言う。ええ、その通りだと一瞬の脳内会議は満場一致で可決。

そして私は空気となった。

目と耳だけはしっかりと見開いて。

頭ポンポンをされた侯爵子息はと言えば……何なのあの表情。ちょっと口を尖《とが》らせて、拗ねるようなあの表情！　それを優しげな目で見下ろす上級生貴族…………。

ええ、ええ、私は空気。

すでにボンクラ殿下のことなど、どうでもいい些末《さまつ》なことに思える不思議。目の前の出来事をしっかり記憶することと、高鳴る鼓動と身体の震えを隠すことが最優先。

「じゃあね」

まるで幼子を宥めるような柔らかい声が侯爵子息にかけられた。

分かっていますとも。彼だけにかけたんですよね、そうですよね。

上級生貴族がこれまた綺麗《きれい》な足取りで歩を進めたその時、ランネイル侯爵子息が思わずといったように彼の片腕の袖を掴んで引き留めましたわ。

果たして彼が今まで、自分から他人に触れに行くことなどあっただろうか。

いやない！　あり得ない！　でも今現実に！

「本当に違いますから」

何なのその必死さ。しかも語尾が尻《しり》すぼみ？　可愛いか！

きゅっと袖を掴む手と相まって、効果倍増。破壊力抜群。

それに動じる様子もない上級生貴族がその手を優しく持ち上げたかと思うと、両手でそれを包み込んで、それはもう優しくポンポンと侯爵子息の手の甲に触れてなだめて…………。

……ダメだわ、何やら鼻の奥が熱い。目が限界まで開いているのは自覚済み。瞬きもできませんわ。

眉をほんの少し下げて首を傾げた上級生貴族が、侯爵子息の耳元に寄せた唇をひっそりと動かし、そしてそれに拗ねながらもコクリと頷く侯爵子息……。

その様子は、まるで一枚の神聖画のよう。彼らの周りだけがキラキラと輝いて見えるわ。

目と目を合わせて見つめ合い……。ああ時間よ止まれ。いまここで。

けれど実際のそれはほんの一瞬で、上級生貴族の「行くね」という言葉で、私の名画鑑賞の時間は終わりを告げた。私は思わずホウッと今まで詰めていた息を吐き出し……って、え、なに？

侯爵子息から離れた上級生貴族が、なぜか私の前に立ち止まったじゃありませんか。そして……！

それは見事な、ボウ・アンド・スクレープ。

流れるように自然で完璧な貴族の礼を目の前で披露し、彼は私たちに背を向け立ち去って行った。

視線の先で、スッと伸びた背中が階段の上へと遠ざかっていく。

私は返礼をすることも忘れ、ただその背中を見つめながら、呆然《ぼうぜん》と立ちすくんでいた。

間近で見た彼は、整った顔立ちをした優しげな方だった。棘《とげ》がまったく見当たらない。まるで春の陽に愛されたような雰囲気を纏《まと》ったあの方はいったい？

ふと侯爵子息を見れば、階段を上がっていった彼の背中を目で追っている。

ちょっ……その目！

きゅぅぅ――――ん！

刺さった。

なんか刺さった。

私のハートに。


「あ、あの方は……どちらのご子息でいらっしゃいますの？」

私が侯爵子息にお声をかけた途端、侯爵子息のそれまでの表情が一瞬でかき消えた。

いつもの無表情、ではなく少々不機嫌な…………？

「上級生の方です」

私に名を教えることなく、くるりと踵《きびす》を返してさっさと階段を下りていってしまう侯爵子息。私はそれを引き留めることもせず、ただ見送るばかり。

階段の上と下に分かれ、遠ざかっていく二つの足音。

「尊い…………」

私のどこかで新たな扉が開いた音がしましたわ。

4　じゃ一緒に

東棟での講義を終えたあと、俺は部屋へと戻った。部屋と言っても隠れ家ではなく寮の部屋の方ね。王都にはラグワーズ家の屋敷もあるけれど、学内の寮部屋も確保してあるんだよ。忙しかった一、二年の頃は屋敷の往復の時間すら勿体なくて、寮部屋を確保してくれた父上に心底感謝したもんだ。あらかた単位を取り終わって時間ができた今は、寮と屋敷は半々くらいかな。

俺は部屋の簡素なデスクの上に荷物を放り投げると、ベッドに腰掛けてしばし思案し始めた。

今日の講義後、教授に時間を貰《もら》って魚肥の開発の中間報告とアドバイスを貰ったんだけど、やはり土に混ぜる量とタイミングによる効果のデータが圧倒的に足りないようだ。

領地でも実験的な畑を作って、王都の屋敷にも小さな畑を作って試してはいるけれど、いかんせん作物の成長は一朝一夕ではないからデータが取れるほどの結果が出るのが遅いんだよ。

前世の記憶は当てにならない。そもそも魚肥についての知識はあったものの具体的な作製方法は知らないし、pHは知っていても実際にどうバランスを取るかは暗中模索が現状だ。俺の前世はいったい何だったんだろう……。謎だ。

まったく思い出せないけど、いらん知識を思い出すよりかはマシか、と俺はさっさとその辺の思考を切り捨てて次に考えを進める。とりあえず、今はデータをより多く得ることが先決だ。

そのためにはもう少し実験農場を増やして肥料も増産して試してみないと。まずは連作で疲弊した土壌用に、貝殻の粉の有機石灰と、あとは果樹用の魚液肥の試作かな。そこんとこは教授のアドバイスもあるし、王都内の魚問屋に交渉に行くのがよさそうだ。

うちの領地なら貝も魚のアラも腐るほど手に入るんだけど、九月の秋休みまで待っていられない。幸いあさっては土曜で学校は休み。善は急げだ。

そんな感じで、俺はさっそく土曜日に問屋を訪れることを決めた。

翌日の昼、俺がそのことをギルバートくんに話したら、なんと彼も同行することになった。

どうやら殿下の例の「カノジョとのお忍びウハウハデート♡」の店舗と周辺の下見にちょうど行こうと思っていたところらしい。

そうなの？　俺が行くの魚問屋さんよ？　侯爵子息にまるで似合わない場所なんだけど。魚のアラとか貝とか持って帰って来ちゃうんだけど。

……全然かまわないそうだ。

「では、先に私の用事を済ませてから、アルの目的地の問屋へ行きましょう。そうすれば馬車に積んだ魚の心配をしなくて済みますよ」

侯爵子息なのにフットワークの軽いギルバートくん。一人で行くつもりだったけど、確かに二人の方が街歩きも心強い。

「ありがとう。心強いよ」

そう言うと、ギルバートくんはキュッと俺の手を握り返してくれた。

ちなみに今、ギルバートくんは俺の脚の間。俺の腕の中にすっぽりと収まってリラックスしている。

どうやら人間椅子での水中散歩をお気に召してくれたらしい。

うん、さっきまで海ナマズの目でヒュンヒュン水の中を泳いでいたからね。岩に貼り付いたり、ガラスに貼り付いたり、隙間《すきま》に潜ったりと、こちらもなかなか行動的で楽しいんだよ。

で、戻ったあとに魚繋《つな》がりで明日の予定を話す流れになったと。

「魚問屋は行ったことがないので、興味があります」

なんて、腕の中で振り返って上目遣いでお願いされたらさ、そりゃ先輩としては張り切って連れて行かざるを得ないでしょ。後輩にいい格好したいのは古今東西の先輩の業。

まあやりすぎて嫌われる毒先輩《パワハラ野郎》なんてのもいるから、できればギルバートくんにとって、頼りになって尊敬できる先輩枠の、隅っこくらいには位置したいなぁなんて思っているんだよ。

「殿下はお忍び用の馬車で行くの？」

目の前のギルバートくんの肩に顎《あご》を載せて聞いてみた。俺が椅子なら、ギルバートくんは俺の顎置きになってもらおう。

「……は……い。王宮にあるものを借り出すおつもりのようです……ね」

ふむ、と俺はギルバートくんの肩の上で顔を傾《かし》げながら、王宮のお忍び馬車を思い浮かべた。王宮のお忍び馬車ってアレだよな、一度見たことあるけどいかにも貴族のお忍び！　って感じのやつ。しかも護衛もつくんでしょ。一発でバレバレじゃん。

「あれって結構大きいよ。見たことある？　通るルートや店の前の道幅も確かめた方がいいかもね」

俺の言葉に、前で握っていたギルバートくんの手がピクッとした。どうやらそこは考えていなかったらしい。おやおや。

俺はその手の甲を親指で擦《さす》ると、ぐるぐる考え始めたらしい彼を励ますべく言葉を続けた。

「ま、そういうのを確認するための下調べなんだから、ね」

繋いだ手を小さく上下に振って軽くそう言えば、ギルバートくんは「それもそうだな」と思ったのか、またフニャリと身体の力を抜いて俺に寄りかかってリラックス体勢に戻った。

クセの入った俺の髪と違ってギルバートくんの髪の毛は真っ直ぐでツヤツヤして、頬に当たっても全然くすぐったくない。さすが攻略対象メインキャラ。とはいえ今のところ殿下や男爵令嬢に関しては罵倒《ばとう》しか聞かないから、攻略はされてないのかな。

どれくらいそうしていたのか、気づけば昼休みの終了二十分前。

結局、最初の十分で一緒にサンドイッチを食べてから、その後はずっと床に座っていた気がする。ほぼ一時間ずっと侯爵子息を床に座らせる俺。マズかったかな。

「ごめんね、ずっと床に座らせちゃって。身体痛くない？」

繋いだ手で彼を立ち上がらせてそう聞いた俺に、彼は「大丈夫です」と首を傾げて微笑んでくれた。いい子だなー。どう育ったらこんないい子に育つんだろう。

さっきまで俺の顎置きにしてた彼の右肩をサササッと撫でて制服にできた皺《しわ》を直しつつ、俺はついでに彼の右側の髪もチョイチョイと手櫛《てぐし》で軽く直してあげた。

よし。今日も隙のないイケメンなギルバートくんですよ。

「じゃ、行っておいで」

俺がそう声をかけると彼もまた「はい、行ってきます」と言いながら、片手をサッと伸ばして俺の前髪を手櫛で整えてくれる。

おぅ、ありがとう……と礼を言おうとしたんだけど、どうやら急いでいたらしい彼はすぐにくるりと背を向けると、足早に外に出て行ってしまった。

うーん、そろそろ髪切るかなぁ。


ギルバートくんを送り出してから、俺は明日の魚問屋訪問の準備に取りかかった。魚のアラや貝を入れて持ち運ぶための袋を作製しなきゃいけなくてね。

なんたって、この世界はビニールがないからさ。布と麻の袋を用意して、防水のために内側に油紙を貼って二重にして、さらにそれをいくつか作って、なんて手間があるんだよ。

自分の領地内ならバケツでもぶら下げて港に行けばいいんだけど、ここは王都だからねぇ。剥《む》き出しで魚の頭やら骨やら貝殻を持ち歩いてたら、不審人物扱いされかねない。

袋に詰めた魚の血やら水気やらが馬車の中で漏れる可能性も考えて、馬車は我が家が出すことにした。きっと侯爵家のものに比べたら見てくれは落ちるだろうけど、ギルバートくんには我慢してもらおう。乗り心地はたぶん悪くないはずだ。

なんて思っていたんだけど、翌日になって我が家の馬車に乗り込んだギルバートくんはと言えば、どうやら全然問題ないご様子。

学院に完備してある馬車停めに迎えにきた馬車は、一応、我が家的には三番目に立派なやつ。宰相のご子息で侯爵家のご令息を乗せるのだと執事に言ったら、夜会用の一番いい馬車を出しそうになったので、魚のアラも載せることを伝えたら三番目になった。あの時の執事の顔は見物だったな。

そんな話を俺が道中で話して聞かせたら、ギルバートくんは声を上げて笑ってくれた。そして座席の脇に置いてあった、俺お手製の油紙を仕込んだ袋の説明をすると、彼は目を輝かせて聞いてくれて、さらには興味津々で袋の中を覗《のぞ》き込んでいた。

そんなギルバートくんはやっぱり可愛らしくて、どの辺が「氷の貴公子」なのか名付け親を問い詰めたくなったね。


王立学院は王都の西にあって、北東に位置する王宮と大きな道で結ばれている。

この道路を挟んで南側が主に貴族階級の屋敷、北側に商業地区や平民らの住宅がある。非常に分かりやすい住み分けと言えるが、利便性を考えると微妙だ。

他の地区から来る出入りの商人や平民たちは、大通りを突っ切って、大門でチェックを受けて、なんて手間があるから、商売としては面倒くさいだろうなぁなんて常々思っている。

それなのに貴族の馬車だと、家紋と御者の身分証だけでほぼノーチェックだったりするから、セキュリティ的には厳しいようで穴だらけじゃんとも思う。

まあ、この国の仕組みに俺が何か文句言っても仕方ないし、来年には馴染《なじ》んだ領地へ帰る予定なので、違和感や疑問を感じたとしても口にはしない。

そうこうしているうちに馬車は北側にある商業地区に入って、街の喧噪《けんそう》と活気が馬車内にも伝わってきた。

よし、間もなく最初の目的地だ。

5　デート下見［小物店］

商業地区を走っていた馬車が速度を緩め、一軒の商店の前で静かに停車した。

巡るルートはあらかじめ御者に託してあるおかげでナビは必要ないし迷う心配もない。伯爵家専属の御者は優秀なんだよ？

「ここが一軒目？　確か小物を扱う店だったね」

俺は先に馬車を降りると、そう確認しながら後から降りるギルバートくんに手を差し出した。コケたら痛いからね。

俺の言葉にひとつ頷《うなず》いた彼は、軽やかにステップを下りると店とその周辺をぐるりと見回し始めた。警護の配置とか、道幅や危険の可能性を考えているのだろう。

そうして素早く情報の整理を終わらせたギルバートくんと一緒に、俺は店の入口へと歩き出した。馬車はここで待機。この店には三台ぶんの馬車停めがあるから駐車はオッケーだね。

オシャレなガラスで装飾された店の扉は二人で横に並んでも充分に通れる幅があって、彼と肩を並べてくぐったその扉の先は…………なんともファンシーな世界だった。

目の前いっぱいに広がるのは、色とりどりのリボンとフリルとレースの世界。そのファンシーな迫力に、俺たちは二人してしばし呆然《ぼうぜん》と立ちすくんだ。

「ギル……？　君はここにひとりで来るつもりだったのかい？」

思わず小声でそう尋ねた俺に、隣に立ったギルバートくんが「ええ、たぶんそのようです……」とよく分からない返事を呟《つぶや》いた。こりゃ、いま人気の王都のお店ってのと、警護しやすい位置情報だけで選んだね？

店をひとりで訪れた彼がカチンと固まる光景を想像して、俺はついつい「プハッ」と小さく吹き出してしまった。それにむぅとしたギルバートくんが、今にも口をへの字にしそうなもんだから、俺はその頭をポンポンしようとして……利き手を繋いだままだったことに気がついた。

あれ、馬車からずっと？　全然気づかなかった。うん、でもここは手を離さない方がいい気がする。

店内には他にも数人のお客さんがいるけど、すべて女性だ。複数連れのご令嬢や、貴族のご婦人とそのメイドらしき人や、裕福な商家の娘さんたちの姿も見受けられる。そしてそんな中で、俺たちは非常に注目を浴びてしまっている。

そりゃそうだ。いかにも貴族な男の二人連れがファンシーな世界に紛れ込んだんだからな。しかもギルバートくんときたら成長途中のイケメンだからね。おまけに素直で可愛いときた。放っておいたらナンパどころか攫《さら》われる可能性すらあるんじゃなかろうか。こりゃいかん。

そう思って繋いでいた手をさらに強固にすべく、俺は指を絡ませる繋ぎ方に変更した。安全第一だからね。そして握り直した手にちょっと驚いたらしいギルバートくんの目の前に、その繋いだ手を持ち上げると、彼にそれを確認してもらった。

「街中ではこうしていたいんだけど……だめ？」

仕方ないいんだよーという気持ちを込めて情けない顔で首を傾げれば、ギルバートくんはちょっと頬を染めつつも、仕方ないと諦《あきら》めたのか小さく頷いて承知してくれた。うん、男子高校生が子供扱いは恥ずかしいかもしれないけど、ごめんよ。俺の我が儘だ。

そうしてようやく安心した俺は、ギルバートくんと一緒にゆっくりと店の中を歩き始めた。

「この小物入れ、立体的な花の装飾から見ると、バーレイ領だろうね」

「こちらはルクスエ領の織物でしょうか。見たことがあります」

「これはずいぶんと小さな人形だね」

「あ、でもこれ開きます。指輪入れでしょうか」

「ほんとだ。ギル、よく気がついたね」

店内は女性向けの品が多く、俺たちにとっては馴染みのない目新しいものばかり。覗き込んだ商品を前に、何に使うんだろう？　と二人で首を捻《ひね》る場面もしばしば。

けれどそれはそれで、二人してそれなりに盛り上がることができた。店内に並んだ商品の品質自体は総じて高いので、ピンクや赤やフリル等に惑わされなければある意味、他の領の特産品の使われ方の勉強になるからね。

たぶん殿下はここで髪留めでも男爵令嬢に買い与えるんだろう。品揃えを見た限り、きっと令嬢は喜ぶに違いない。質の善し悪しよりかはデザイン方面で。

「まあ、あの令嬢は喜びそうですよね」

ふん、とばかりに小声で呟いたギルバートくんに「私もちょうど同じことを思ったよ。大はしゃぎだろうね」とコソッと返して、そして二人で顔を見合わせて笑い合った。

さて店内の様子もだいたい分かったので、あとはさっさと次に向かいたいところなんだけど、貴族たるもの、一度店に入って何も買わずに出ることは許されない。経済回すのも貴族の義務だからね。

さてどうしようかと思っていたら、会計に近いショーケースの中にいいものを見つけた。万年筆なんだけど、持ち手のところにガラス細工がしてあって、中に小さな魚が泳いでいるかのような細工が施してある。

「店主、これを見せてくれ」

少し離れたところにいた中年の女性店主にそう告げると、その店主は速やかにケースから万年筆を出して、ビロード台の上に置いてくれた。

その万年筆は、ツヤツヤした深い青のベースに要所で金飾りが配《あしら》われ、本体部分の小さなガラス窓の中には、爪の先にも満たない極小の、翡翠《ひすい》色をした南洋の魚が浮かぶからくりが施されていた。

「とても綺麗《きれい》ですね」

隣のギルバートくんも珍しい万年筆の細工に、じっと魅入っている。

うん。これにしよう。

「店主、これを包んでくれ。プレゼントだ。勘定書はラグワーズ伯爵家に」

上機嫌で返事をした店主が俺の目の前に貴族用の証文を準備して、うやうやしく下げた万年筆を後ろで包装し始めた。近くにいたご令嬢方から「うそ、すっごい独占欲……」とか話す声が聞こえたけど、何かゴシップな世間話でもしているのかな。

万年筆が包装されていく音を聞きながら、俺はさっそく目の前の証文にサインを……しようとして利き手が塞《ふさ》がっていることにまた気がついた。

「ギル、ちょっとごめんね。サインするから」

俺はギルバートくんと繋《つな》いでいた右手を離してその手で彼の肩を引き寄せると、そのままスポッと彼を左腕の中に移動。なんかハンバーグのタネみたいな扱いしちゃってごめんね。

サインのために屈《かが》む必要があるから、ギルバートくんを抱える俺の左腕は彼の肩じゃなく腰をしっかりとホールド。ふっ、これで守りは鉄壁だ。

そうやって彼を抱えつつ右手で証文へのサインを手早く済ませ、俺はシグネットリングで割印を押した。この国の貴族のツケ買いはなかなかに厳重なんだよ。まあ商売の盛んな国だからね。

その蝋《ろう》が乾くのを待っていたら、何やら隣からギルバートくんの視線を感じた。なので「ん？」と彼の顔を覗き込むと、少しだけ迷うような素振りをした彼がおずおずと口を開いた。

「どなたかに……プレゼントですか？」

あれ？　この流れなら一人しかいないじゃん。もしかして分かってなかった？

「何言ってるのさ。君にだよギル」

覗き込んだギルバートくんの頬が、なぜか徐々に赤くなっていく。そして「いや、でも、それは……」などとモゴモゴ言い始めた。

「ギルも気に入ったと思ったんだけど、嫌だった？　別のにする？」

そう聞いた俺に、彼は「嫌じゃないです……」とふるふると首を横に振ってくれた。

そっか、よかった。いや彼が水中散歩を気に入ったようだったからさ、きっとあの万年筆なら気に入ってくれるって思ったんだよね。遠慮してるのかな。でも俺の方が二つも上だし俺が出すのは当然だと思うんだよ。うん、いつも頑張っているギルバートくんにご褒美だ。

「じゃ受け取って。カッコつけさせて？」

俺が年上としての本音を小声で囁《ささや》くと、ギルバートくんはちょっと俯《うつむ》きながらも「ありがとうございます……。大切にします」と言ってくれた。

それにホッとして、俺は腰をホールドしていない方の右手でギルバートくんの髪を手櫛《てぐし》で軽く整えた。ギルバートくんの髪はサラサラで真っ直ぐなんだけど、だからこそすぐに顔にかかってしまうんだよね。これからまた外へ出るからさ。みんなのアコガレなギルバートくんの髪は完璧《かんぺき》でないと。

少しすると、店員が包装を終えて金と青のリボンの掛けられた小箱を手渡してくれた。リボンの色は、どうやら贈り主たる俺に気を遣ってくれたらしい。

店主に「ありがとう」と笑顔で挨拶《あいさつ》をして、俺はギルバートくんをホールドしていた腕を解くと、その左手で彼の右手を繋いだ。この方がギルバートくんを馬車に乗せる時に動きやすいからね。

出口に向かって歩き出した俺たちに、通路にいた商家の娘さんたちが道を譲ってくれたので「ありがとうお嬢さん」と礼を言ってから、ありがたく二人で通らせてもらった。

そうして扉から外に出ると、すでに馬車停めでは馬車がいつでも出られるよう待機してくれていた。

店を出てその馬車へ歩き出したところで、背後で閉まった扉の向こう側から、何やら女性たちの騒ぐ声が聞こえたけど、商品でも落としたのかな。

特に気にすることなく、俺はギルバートくんとともに馬車に乗り込むと次の目的地へと出発した。

二番目の目的地である宝飾店は、商業地区の最も南寄りに店を構えていて、先ほどの店からは馬車で十分もかからない場所に位置している。

殿下のお忍びの移動距離としては丁度いいんじゃないかな。あまり範囲が広がるとそれだけ警備が面倒になるからね。

「店選び、考えるの大変だったでしょ。頑張ったのがよく分かるよ」

その宝飾店の隣は規模の大きな生花店があって、令嬢が好みそうな店が隣同士なのはポイントが高い。一カ所で令嬢のご機嫌取りの連続コンボがキメられるからだ。

「ギルにデートに誘われたら、なすすべもなく陥落するね」

思わず絡めた指をギルバートくんの手ごと頬に当てて、俺は溜息《ためいき》をついた。

まったく、こんな計算された令嬢好みのデートプランなら、どんな女の子もその高い攻撃力にソッコーで撃沈だ。単位取得にいっぱいいっぱいでそういった研究を怠っていた俺なんかには、とても真似できないよ。実に羨《うら》ましい才能だ。さすがはギルバートくん。

「こ、これは殿下用のプランです。私自身なら相手の好みに合わせて別に考えます。あ……アルはやっぱり植物園とか水族園ですよね？」

お、よく分かったねギルバートくん。俺は植物園とか水族館……こっちでは水族園か。が大好きなんだよ。

「よし、今度一緒に行こうか」

繋いだ手を軽く振ると、彼からは笑顔とともに「はい」という良いお返事。うんうん、あそこはいつ行っても楽しいからなー。

そんな話をしながら俺たちは宝飾店と生花店の店先を眺めて、周囲の建物や小道を覗《のぞ》いては警備方法を確認していった。

ちなみに宝飾店の店内には入らなかった。高額商品を扱っている店のセキュリティはバッチリだからね。省略できるところは省略しなくちゃ。うん、当然ながら馬車の駐車スペースも充分。

ってことで、俺たちはサクサクと次へ進むことにした。えーと、次は評判のカフェか。


そのカフェは宝飾店から馬車で五分もかからない場所にあった。

けれど馬車はカフェの三十メートルほど手前でピタリと止まってしまう。なぜなら道が狭くてそれ以上進めなかったんだよ。

カフェは大通りから横道に入った奥にあったんだけど、その路地ってのが馬車の入れない微妙な幅で、しかも店の入口はその真ん中あたり。

「なるほど。確かに道幅の確認が必要でしたね」

馬車を降りたギルバートくんが、その路地を眺めながら小さく溜息をついた。

うん、なんか反省してるのがひしひしと伝わってくるよ。店の前に馬車が停められないということは、店の出口から馬車までの警備に細心の注意を払わなきゃならないからね。

このあたりだと馬車停めの場所も、恐らく離れたところになるだろう。時間を合わせて馬車を路地の入口に回したとしても、殿下たちと時間が合う確証はない。

路地のこちら側から向こうの出口までは一直線。見た感じでは人の出入りするドアはカフェだけだ。あとは両側ともすべて建物の壁になっている。人が隠れる場所は一応なさそうだけど……。

「念のため、こっちからあっちまで歩いて確認しようか」

御者には一番近い馬車停めの場所を探してくれるよう頼み、カフェの中を下見する時間も考えて一時間後に迎えに来てくれるようお願いした。

それから俺とギルバートくんは、路地を歩いて進みながら細かいところをチェックし始めた。

路地とは言っても幅の狭いただの道路だ。薄暗くもないし道は細かい石畳で綺麗に舗装されていて、カフェ側の気遣いなのか等間隔に花の植わったプランターが設置されている。なかなかにオシャレな小道って感じ。

そのオシャレな路地を、俺たちは手を繋いでゆっくりと歩きながら、壁や上方の窓、下水口の場所などを二人で念入りに確認していく。

そうして進んでいくと、さして時間もかからずに路地を歩ききって向こう側に到着してしまった。

角から左右を確認すると向こう側と同じく広めの道が通っていて、いくつかの服飾系の店が並んでいた。なるほど、これなら路地の左右を警護で塞いでしまえば店の出入り口は袋のネズミ状態。どちらにも馬車を停められて殿下らを捕獲……いや確保しやすいんじゃないかな。

「あとは、この路地と店内に、民間人に変装した警護を数人配置すればいいですね」

俺はクルクルと色んなことに考えを巡らせているらしいギルバートくんの手を引いて、来た路地を戻ることにした。彼が下見でカフェに入るって言っていたからね。

まったく、警備体制のことなんか近衛《このえ》と騎士団に任せておけばいいのに。十五歳の子がここまで考える必要なんてないだろう。

ギルバートくんの完璧主義が少し心配になってしまうね。きっと疲れるだろうに……。

キュッと俺の手を握ってくる彼の手は、まだまだ少年期を脱したばかりの繊細さを残している。いくら優秀でも宰相の息子でも、彼はまだ学び途中の子供じゃないか。

俺の中で『何か違うだろう』というムカムカした思いが湧き上がってきたけれど、俺はそれにいつものように蓋《ふた》をして、彼と一緒に見えてきたカフェの入口へと進んでいった。

◇◆◇　貴婦人は見た！　◇◆◇

王都の北地区、その南側の一角に店を構える雑貨店は、私《わたくし》のお気に入りのお店のひとつ。

レースやフリルをたっぷり使った布物や小物の品揃えが素晴らしく、訪れるたびに新しいデザインや工夫をこらした、最新の洒落《しゃれ》た小物が手に入る素敵な場所ですの。

見ているだけでも楽しいのですけれど、ここで厳選して購入した品は私の領地のご婦人方にも頗《すこぶ》る評判がよろしくて、お茶会にお誘いするたびに皆さまの視線がそれはもう……。まあ嫌ですわぁ、そんな、私のセンスなんてそんな大層なものではござぁませんのよ、ほほほほっ！

今日もまた、私は店を訪れて新作の品を細かくチェック。

だって今はまだ六月とはいえ、あっという間に七月になってしまいますもの。七月になれば、残念ながら私は後ろ髪を引かれる思いを断ち切って、いったん領地に戻らねばなりません。

我が領の特産は甘い甘いフルーツ。小さな領地で規模こそ大きくありませんが、品質にはそれはもう自信がございますのよ。七月はその収穫期に当たりますの。我が領の大切な財源。領主夫人として疎かにするわけには参りませんわ。

領民たちが大きく美味《おい》しく育てた立派なメロンやスイカ、桃にサクランボ。食べ頃になったそれらを、こともあろうに盗もうとする不埒《ふらち》な輩《やから》が跋扈《ばっこ》する、そのデンジャラスな季節。それが七月ですわ。

おのれ畑泥棒。許すまじ畑泥棒。磨き抜かれた私の、あの畑と一体になった隠密の秘技で！　今年もまた憎っくき犯罪者どもをとっ捕まえ、ギッタギタのメッタメタに…………。

「奥さま、奥さま」

あら、なあにドロシー。え？　お顔が地元仕様に戻ってる？　あらやだまさか。ほほほほ。

ささ、今日も楽しく店内を回って、私に相応《ふさわ》しきキュートでエレガントな小物を購入しましょうね。

でも予算は銀二枚までよ。予算内で慎重に選ばなければね。え、値切る？　淑女たる私がそんな真似、とってもとっても。あなたに任せるわドロシー、粘って粘って粘るのよ。いいこと？

あらまあ素敵な小物入れ……って銀五枚？　たっか！

私が優雅でキュートな小物入れに目を奪われていたその時、店にまたお客が入ってきた音がしましたわ。まあここは王都の一、流の！　お店ですもの。お客が絶えないのも当たりま……。

え、何かしらこの静けさは……。今の今まで、キャッキャうふふとしていた乙女ワールドのざわめきが、急にかき消えましたわ。何があったの？

不審に思って、顔を上げて店の入口扉を振り向けばそこには……。

輝く金髪の柔和な雰囲気を纏《まと》った男性と、そのお隣には、眩《まぶ》しいプラチナブロンドと翠玉《すいぎょく》の瞳《ひとみ》の、ビスクドールもかくやという美貌《びぼう》の貴公子が立っていらっしゃいました。

後ろの扉のガラスから差し込む陽の光が、まるで後光のようにお二人を照らしていますわ。

入口で立ち止まったお二人は、物珍しいのか顔を寄せてお言葉を交わしながら、店内を眺めていらっしゃいます。もしかして、こういったお店は初めてなのかしら。

な、ならば私が、この店の常連としてご案内して差し上げようかしら。ぜひして差し上げたい。いや、させて下さい！　と身体を動かそうとしたその時、翠玉の貴公子の腕がゆっくりと持ち上がって、そうして見えた掌《てのひら》には、傍らの男性の指がしっかりと絡まって…………!!

私の動かすはずだった身体は突然の金縛り。店内の他の淑女令嬢方もビシリと動きが止まりました。

金髪の男性はその絡めた手を引き寄せると、まるで口づけするかのようにご自分の口元へ……そしてそのまま、群青に輝く瞳を揺らしながら、その指先に寄せた唇で翠玉の方に何やら囁かれました。

そんな金髪の男性を見返す翠玉の方の白磁の頬が、徐々にふわりと色づいてゆくさまは、なんとも初々しくも艶《つや》っぽく――――。

引き込まれるようなその光景に、私は思わず隣のドロシーの手を掴《つか》み、現実であることを確認せずにはいられませんでした。ちょっとポッテリしてガサガサした指。確かにドロシー。現実だわ。

反抗的な目で睨《にら》み付けるドロシーを無視して、私はススッと店の端に移動。他の女性客も静かに移動を開始したご様子。

だって、お二人が仲睦《なかむつ》まじく店内を歩き始めたのですもの。お邪魔になっては申し訳ないでしょう？　淑女として。ねえ。

店内では見ず知らずの女性客同士が視線を飛ばし合い、小さく頷《うなず》き合っています。もちろん私も……………がってん承知。

背筋が伸びた美しい姿勢でゆっくりと店内を回られるお二人のご様子は、なんとも優雅でたおやか。時々、気を引かれた物に足を止めては、顔を寄せ合い覗き込み、会話を交わされるご様子は本当に楽しげで微笑ましい。

金髪の男性は、その右手に翠玉の方の指を絡め、時にはその手を彼に引かれるのを楽しんでいらっしゃるようにお見受けします。小さく精巧な置物に目をこらす翠玉の方のご様子を、それはもう優しい眼差《まなざ》しで見つめる金髪の男性。そして絡め合った手で商品を指さそうとして、それと気づき頬を薄《うつす》らと染める翠玉の方。

「何かしら……胸が熱いわ」

胸に手を当て思わず溢《こぼ》した私の言葉に、隣のドロシーが「私もです」と小声で同意。

横を見れば、身を寄せ合うように立っている令嬢方もコクリと頷いています。そして向こうのお嬢さんたちと母娘連《おやこ》れからも、同意のアイコンタクト。

お二人は優美な足取りで店内を進まれると、店の中央のメインコーナーで立ち止まり、そして商品をご覧になっていた翠玉の方が、ふっと金髪の男性に身を寄せて何やら囁《ささや》かれました。

すると、スイッと身を屈《かが》めた金髪の男性が、まるで翠玉の方の髪に鼻を埋《うず》めるようにして、左耳にそっと耳打ちをなさったのです。

金の前髪が艶やかなプラチナブロンドの上にふわりと掛かって、少し伏せ気味にした目元と、今にも耳朶《じだ》に触れそうな距離で小さく動く唇は、なんとも扇情的で………。

隣のご令嬢たちが、ゴクリと揃って息をのむ音が聞こえます。店内の誰《だれ》もが、品物を見ている体裁を取りつつ、目はお二人に釘付《くぎづ》け。ああ、向こうのお嬢さん、あなたが手にしているのは人形のドレスよ。それじゃあスカートめくりになってしまうわ。

「奥さま……私は夢を見ているのでしょうか」

胸で手を組んだドロシーが、お二人から目を逸《そ》らさずに小さく呟《つぶや》きました。

いいえ、いいえ、これは夢じゃないわ。だってドロシーあなた、食べ物の夢以外見ないじゃないの。それにしても王都すごいわ。下手な舞台なんぞ足元にも及ばぬ、心躍る光景に出会える都。それが王都なのね。

ふっと視線を上げた金髪の男性が、会計横にある高級小物を陳列しているケースに目を向けられました。あそこに陳列してある品はすべて王都の匠《たくみ》による逸品ばかり。地方男爵の我が家などが手を出せる品はひとつもない鑑賞専用エリア。

「店主、これを見せてくれ」

やや低い柔らかな声が、店の中に響きました。貴族的でありながら実に品の良い口調に、店主が大急ぎで駆けつけて速やかに商品を取り出します。ちょっとご店主、いつもの取り澄ました顔はどこにやったのよ。

その商品が置かれたビロード台の正面に、金髪の男性が翠玉の方の手を優しく引いて導かれました。ああ、それは翠玉の方への贈り物なのですね。しかもご自分の色……。髪と同じ金と、瞳と同じ群青色で彩られた万年筆。そしてその中に閉じ込められた翠玉の貴公子………。

マズい、鼻血出そう。

ハンカチーフで鼻を押さえるべく隣に目を逸らすと、ドロシーはすでに鼻を押さえ…………って、ちょっと！　それ私のハンカチーフ！　ポケットから抜いたわね！

仕方ないので防具《ハンカチ》なしで、気合いで鼻血を阻止。息止めりゃ楽勝よ。

「とても綺麗《きれい》ですね」

翠玉の方は、うっとりと万年筆に魅入っていらっしゃるご様子。それはまるで万年筆の向こうに同じ色の御方を見ているよう。そしてそんな翠玉の方を、穏やかな笑みを浮かべながら愛《いと》しげに見つめている金髪の男性。

君の方が綺麗だよ……。なんちゃって！　なんちゃって!!

ダメだわ、妄想が暴走し始めているわ。違うから。妄想と暴走、洒落じゃないから。その目やめなさいドロシー。

「店主、これを包んでくれ。プレゼントだ。勘定書はラグワーズ伯爵家に」

なんと、金髪の男性はこともなげに万年筆をお買い上げ。あの方はラグワーズ家のご子息でしたのね。色々と納得ですわ。あのラグワーズ家ならば、あの万年筆を買うなど容易《たやす》いことでしょう。

王家や公爵家といった国家から引き継ぐ資産を持った家を除けば、国内で五本の指に入るだろう大貴族。爵位こそ伯爵ながら、領地経営の手腕と影響力は常に侯爵への陞爵《しょうしゃく》が噂されるお家ですもの。しかもあのように鷹揚《おうよう》として聡明《そうめい》なご子息がいらっしゃるなら、かの家は安泰、繁栄間違いなし。

今後、何かあれば我が家はラグワーズ家の裁量を見てそれに倣《なら》いましょう。きっと間違いないわ。

普段は取り澄ました店主がトレイを捧《ささ》げ持《も》ち、頬を染めていそいそと下がったその時、

「うそ、すっごい独占欲……」

なんと、その近くで見守っていた三人組の商家の娘の一人が声を上げたのです。去り際の店主が手にした商品の拵《こしら》えを目《ま》の当たりにして、思わず声を上げたのでしょう。この愚かな小娘がっ！すぐさま彼女は二人の友人と母娘連れの客に素早く口を塞《ふさ》がれ、離れた通路に強制連行。うむ、その手際みごと！　そうよ。空気になれぬ者は去れ！　お二方の邪魔をする者は、私が許しません。私が傍《そば》にいたならば、扇子で鳩尾《みぞおち》をひと突きしておりましたわ。

しかし幸いにも、投げられた言葉は波紋を残すことなく美しき空間は守られました。皆さまマナーを守って頂かないと困りますわ。ねぇ。

経験の浅い小娘には分からないでしょうが、あれは独占欲ではなく相手を包み込み守りたいという気持ちの顕現《けんげん》なのよ。愛よ、愛！　出直してらっしゃい！

会計前のカウンターテーブルでは、ラグワーズ伯爵子息……いいえ、やはり金髪の男性とお呼びしましょう。きっとお二人の密《ひそ》やかな逢瀬《おうせ》なのでしょうから。金髪の男性が右手からそっと翠玉の方の指をほどかれました。とても不本意なご様子がありありですわ。一時も離したくないお気持ちが伝わってきますわぁぁ。

けれどさすがは金髪の男性！　なんと次の瞬間、翠玉の方の肩を引き寄せストンと右から左腕の中へ抱え込んでしまわれたではありませんか。

少し体勢を崩された翠玉の方は彼の左腕にしっかりと支えられ、それをふわりとした微笑みで見下ろす金髪の男性……なにあれ、眼福。

隣の令嬢たちが胸を押さえ、奥の母娘連れが手を前で組み祈りを捧げています。私も祈りましょう。

サラサラと証文にサインする男性のお姿は手慣れていて、さすがはラグワーズ家。押印のために、その男らしくしなやかな小指に歯を立ててリングを関節からスルリと引き抜く様子は、なんとも色気に満ちておりますわ。

僅《わず》かでも愛しい方を腕からお離しにならない金髪の男性を、けれど翠玉の方はなぜか不安そうに見つめていらっしゃいます。どうされたのでしょう。

それに気づいた金髪の男性が下から覗《のぞ》き込むように優しく首を傾《かし》げて、翠玉の方を促しました。

「どなたかに……プレゼントですか？」

迷いながらも、おずおずと口になさった翠玉の方。


『『『　は？　』』』


店内の全員が心を一つにしました。まさか、分かっていらっしゃらなかった？

しかし金髪の男性はそれに軽く苦笑するだけで、愛しげに目の前の翠玉の瞳を見つめると「君にだよ」と優しく告げられたのです。

その言葉に、みるみる桜色に頬を染めていく翠玉の方。男性が自分の色を贈る意味、それを知っていればこその反応ですわね。

金髪の方の腕の中で硬直した翠玉の方。その目を大きく見開いて、震える唇で何かを話そうとなさってておいでですが、どうやら言葉が出ないご様子。そんな翠玉の方を左腕でさらに抱き寄せて、嫌だったかと聞く金髪の男性。

んなわきゃないでしょうが！

はっ！　いけない、いけない。冷静になるのよ私。

抱き寄せられた腕の中で、輝く翠玉の瞳を揺らしながら「嫌じゃないです……」と小さく首を振る翠玉の方。それにふわりと微笑まれた金髪の男性が、まるで腕の中の桜色の頬を確かめるかのように、ゆるりと細めた群青の瞳を近づけられて…………。


「じゃ受け取って。カッコつけさせて？」


それは甘い、甘い、懇願。

柔らかく微笑みながら翠玉の瞳を真っ直ぐ見つめる金髪の方。

思わず溜息《ためいき》が溢れる。一つ……二つ……店の中に溜息の花が咲いては消えていく。

甘く艶やかな懇願を受けた翠玉の方はそれを了承しながらも、恥ずかしさからかついには俯《うつむ》いてしまわれました。男性的なはずの切れ長の目は伏せられ、その睫毛《まつげ》の長さをいっそう際立たせています。

俯いたその表情は、金髪の男性からは見えません。けれど私たち《ギャラリー》は見てしまったのです。

サラリと落ちたその髪、色づいたその頬、引き結ばれたその唇。

「ありがとうございます……大切にします」

その唇が僅かに綻《ほころ》び開いて、それはもう嬉《うれ》しげに微笑んだ瞬間を……!!

それを目の当たりにした私の胸が、キュゥンと……、熱を孕《はら》んで高鳴りました。ああこんなにも甘酸っぱくて尊い世界があったなんて、なぜ今まで誰も教えてくれなかったの?

金髪の男性はそんな翠玉《すいぎょく》の方をそっと引き寄せると、愛しげな眼差しでその艶やかな髪をそっと撫《な》で梳《す》いて、柔らかく微笑みながら満足げに頷かれました。愛の贈り物を受け入れられて、嬉しくて愛しくて仕方がないのでしょう。分かりますわぁぁ!

その時、ご店主の「お待たせいたしました」の声が響きました。

カウンターの向こうから、ご店主が華麗に包装された小箱を金髪の男性に両手で差し出しています。金と青のゴージャスなリボンが、美しくも複雑な装飾結びで彩られ、実に見事な出来上がり。店主の一世一代の渾身《こんしん》の作に違いありませんわ。見たことないもの。

とっくに包装が終わっていた商品を手に、ずっと様子を窺《うかが》っていたものねご店主。でも声かけのタイミングはバッチリよ。さすがだわ。

商品を店主から受け取って、またしっかりと指を絡ませ握り合ったお二人が、出口へと向かわれます。

——尊い時間をありがとうございます。

その背にそっと手を合わせる私と三人の令嬢たち。ドロシーはそばかすの頬を真っ赤に染めて、目を見開いています。いちごのようで可愛いけれど口は閉じなさい。ドロシー。

出口への通路で、商家三人娘がお二人に道を空けました。先ほど声を上げた娘はおのれの行動に深く反省をしたようで、今は口を閉じ鼻を膨らませて端っこに立っています。いいのですよ、若い頃《ころ》の過ちは反省し学ぶためにあるのですから。

「ありがとうお嬢さん」

道を空けた三人娘に、金髪の男性が声をおかけになりました。深く柔らかく、そして甘やかなその声に、三人娘の腰が砕けそうです。せめてあと十秒耐えるのよ！

パタン――――。

と、店のドアが閉まりました。

その途端に、腰から砕け崩れる商家三人娘。柱に手をつき胸を押さえる母と、頬に両手を添えてうっとりと佇《たたず》む娘。口を押さえて何やら叫ぶ令嬢、過呼吸気味の二人。

気づけば私は魂が抜けたように呆然《ぼうぜん》と立ちすくみ、目と口を全開にしたドロシーとともに、閉まったドアをただ見つめていました。会計では店主が商品を渡した手のまま固まっています。


それは、天啓を受けた子羊たちの姿。


ああ神様。今日という日をお与え下さりありがとうございます。

私は自分が進むべき道を見つけました。領地に戻ったならば私は必ずや……周囲への細やかな配慮と観察眼を持つ、善き領主夫人となりましょう。だって…………。

きっと、目をこらせば我が領地にも、心躍る夢空間《カップリング》が存在しているに違いないもの。

農民×農民……農民×商人。ああ、畑泥棒×警備兵もいいわ。

いえいっそ、畑泥棒×メロンもアリっちゃアリ……。

私は、流れる涙もそのままに今日という日を心に刻み、新たな世界への期待に、胸を大きく膨らませたのです。

（オマケ）
畑泥棒「くっ、囲まれたか……っ」
貴婦人「ほほほ……諦《あきら》めなさい。さ、その子をこちらに……」
畑泥棒「いやだ！　こいつは俺のモノだ！」
貴婦人「温室育ちのその子が外で生きていけるとでも？」
畑泥棒「うるさい！　俺はこいつを外の世界に……！」
畑泥棒、腕の中の愛しき存在を強い眼差《まなざ》しで見つめ……。
畑泥棒「大丈夫だ、俺は絶対にお前を放さないからな！」
メロン「…………」

6　デート下見 ［カフェ］

ギルバートくんと二人で路地を真ん中まで戻って、カフェの扉の前で改めてその外観を確認。

うん、白と青で統一されていて実に明るくてオシャレな雰囲気だ。こりゃ女子が好きそうだわ。

「中に入ろうか」

俺は色々と考えすぎて眉間《みけん》に皺《しわ》が寄っているギルバートくんを促すと、目の前の扉を開いた。

カフェの店内は、落ち着いた木の床に統一感のあるインテリア。白壁にはところどころ可愛らしい絵が飾ってある。やっぱり女子好みのオシャレな空間だ。客の入りは七割くらいかな。見たところ女性客ばかりだから、やはりメインの客層なんだろう。

俺たちが店内に入るとすぐに案内の店員がやってきて、人数は二人だと告げるとフロア中央の丸テーブルへと案内された。うん、店内が見渡せるから都合がいい。

先にギルバートくんに座ってもらって、俺も繋《つな》いだ手を離して着席をする。

こういった公《おおやけ》の場でのギルバートくんの所作はとっても優雅だ。さすがは高位貴族。隠しきれない高貴さで貴族バレは間違いなし。ってか、すでにバレバレ状態で周囲のお客さんからの注目を浴びている。まあ今日は特に貴族だってことを隠してるわけじゃないしね。

お忍びで来るつもりらしい殿下たちのことは知らん。でもたぶん殿下も一発でバレるんだろうなー。

「ややテーブルが狭いですね」

真面目なギルバートくんは着席してからも細かいチェックに余念がないようだ。確かにこの店のテーブル席は小さめに誂《あつら》えてあるようで、店内を広く見せたいのと客数を捌《さば》きたい店側の思惑が透けて見える。

「でも、恋人たちにはいいんじゃないかな。ほら」

俺はギルバートくんが分かりやすいように手を伸ばすと、指先をサラリとした彼の髪に触れさせた。

「ね、手が届きやすい距離。これなら殿下も大喜びだ。令嬢をベタベタ触りまくれて『よくやった』って褒められるかもしれないよ？」

ひっそりと殿下の名を告げて茶化せば、ギルバートくんがフハッと吹き出した。

「あの殿下が人を褒める時は大抵ろくでもないんですよ」

笑いながら顔を近づけてコソッと毒を吐くギルバートくんに苦笑してしまった。

二人で不敬な会話を交わしてクスクス笑っていると、横から控えめに「あのぅ……」という声がかかった。顔を上げると給仕の女性が立っている。

「い、いらっしゃいませ」という言葉とともに差し出されたメニューを受け取って、俺たちはそれを真ん中に置いて二人して覗き込むように見始めた。

ギルバートくんのリサーチでは、ここはフルーツを使ったスイーツの豊富さが売りらしい。なるほど、確かにケーキ、タルト、ムース、クレープ……と種類別にズラリと記載されている。

「ギルは甘い物好きでしょ？　好きなだけヤケ食いするといいよ。コレとコレとコレとコレと……」

と、俺がメニューをヒュンヒュン指さしながら揶揄《からか》うと、苦笑したギルバートくんに「しませんよ」とその指を掴《つか》んで止められてしまった。なので「おや残念」と言い返して、人差し指を掴んでいる彼の手を親指と中指で掴んでやり返した。

結局オーダーしたのは、事前にギルバートくんがリサーチした店の一番人気のタルトと、二番人気のケーキ、それと紅茶を二つ。

右手と右足を同時に出しながら早歩きできる給仕のお嬢さんの特技に感心しつつ、俺はギルバートくんのリサーチの隙のなさにも感心しきり。もしかして『絶対オススメ！　王都食べ歩き特集！』とか読み込んでいるんだろうか。


運ばれてきたタルトとケーキは、そりゃあ豪勢なもんだった。

チョコやフルーツソースで絵が綺麗《きれい》に描かれた皿に、フルーツが溢《あふ》れんばかりのてんこ盛りにされたタルトとケーキ。前世だったら絶対にこれお客さんはスマホで写真を撮りまくるんじゃないかな。それくらい迫力がすごい。

さっそく俺たちはフォークを手にすると、ギルバートくんはタルトの、俺はケーキの、そのてんこ盛りのフルーツマウンテンを崩すべく挑戦を開始した。

おぅ、ケーキの上にも中にもメロンといちごがぎっしりだ。ギルバートくんのタルトはさらにフルーツの種類が多くて目にも鮮やか。「フルーツの宝石箱や〜」と喉《のど》まで出かかった。危ない。

「おいしい？」

フルーツの山を順調に駆逐していくギルバートくんのほっぺは、外見からは分かりにくいけど、たぶんフルーツでいっぱいなのだろう。黙ってコクコクと頷《うなず》いている。

「確かに人気店なだけはありますね。商品にインパクトがあります」

紅茶を飲んで口の中が落ち着いたらしい彼が、冷静な様子でそんな分析を始めた。

けれど、俺には分かる。甘い物大好きな彼のテンションがこの状況で上がっていないわけがない。

そして彼の目が時たま俺の皿のメロンに引き寄せられていることに気づかぬ俺ではない。分かりやすいぞギルバートくん！

「こっちもお味見どうぞ」

なので俺は、添えてあったスプーンにケーキをのせて彼に差し出した。

メロンが九でケーキが一の割合。ほぼメロンだ。

俺が目の前に差し出したメロンにギルバートくんが耐えられたのはほんの数秒。パクリと食いついた彼はメロンを口に入れるや、その甘さに目を丸くした。

そうなんだよ。ここのフルーツは形は多少不揃いだけど、いい味のものを揃えている。カットしたりてんこ盛りにすれば、コストを抑えながら純粋に味の良さとインパクトで客が呼べる。いい経営だ。

そんな感心をしながら、俺が再びケーキに取りかかろうとした時、ズイッと目の前にスプーンが差し出された。そのスプーンの上には彩り豊かな四種のフルーツ。

「アルもお味見して下さい」

見ればスプーンの上にはメロンといちご以外のこちらにはないフルーツばかり。

おぉ、気遣いの子ギルバートくん。もちろん俺は遠慮なくスプーンに食いついた。うん、うまい。

……けど、量多くない？　口ん中がいっぱいなんだけど。と、もごもごと咀嚼《そしゃく》しながらギルバートくんを見ると何か満足そうな顔。やったねって感じ？　ハイやられました。口の中が果実と果汁に占領されちゃってます。

危うく口端から果汁がハミ出しそうな危機を察知したギルバートくんが、素早くナプキンで防いでくれた。ナイスアシストだ。貴族にあるまじき醜態を晒《さら》すとこだったよ。でも詰め込んだのは君だからね？

なかなかの量のケーキを腹に収めて、お茶を飲み干したらいい時間になっていた。

殿下のデートコースはここでおしまい。王族を長々と街中に置いておけないから、こんくらいで丁度いいんじゃないかな。

この後は俺の用事で魚問屋へ行く予定が入っている。そろそろ御者さんと約束した時間だ。

俺はギルバートくんと頷き合うと、店を出るべく席から立ち上がった。席を立ってチラリと辺りに目を向けると、やはり彼は注目の的になっている。そりゃそうだよね。

俺の差し出した左手をギルバートくんがキュッと握ったのを確認してから、俺たちは一緒に会計へと向かった。こういったお忍び向きの店は現金会計が多いんだけど……なんてチラッと思いながら店員に会計を告げたら、案の定ここも現金オンリーだった。

「あ……」とギルバートくんが小さく呟《つぶや》いた。やっぱり現金を用意していなかったようだ。だよねー。侯爵子息ともなると現金は持たないし、もし持つならお付きの使用人だろうからね。

なので俺は、大丈夫だよと繋いだギルバートくんの手をきゅむきゅむと握ると、右ポケットから銀貨一枚を取り出した。会計は銅貨六枚。前世で言うなら六千円ってとこだ。庶民的な店にしてはお高めな値段設定だけど、これもまた店の戦略と方針なんだろう。

「ここは私が払うつもりでした……」と、キュウ〜とばかりにヘコむギルバートくんを引き寄せて、俺はその顔を覗《のぞ》き込んだ。

「そんな顔しないで？　こういうのを確かめるのが目的でしょ」

縦皺の入りそうな彼の眉間をグリグリと指でほぐしながら、俺はそう言って彼に下見の意味を思い出してもらう。最初から完璧《かんぺき》に情報掴んでりゃ下見なんかいらないでしょ、って話だ。

「来た甲斐《かい》があったね。殿下が支払いで困るのを防げたんだよ？」

周囲に聞こえないように耳元でそっと囁《ささや》いた。ついでに「それはそれで面白そうだけどね」と付け加えるのも忘れない。それにギルバートくんがクスッと笑った。よし、笑顔が戻ったね。

よかったよかった、なんて思っていると俺の肩口にポスンとギルバートくんの額が当てられた。そして「ありがとうございます」という小さな声も。

まったく、そんなに落ち込まなくていいのに。大したことじゃないんだから。俺が二年だけ余分に生きていて、庶民の店も取引先仲間と来たことがあるってだけだよ。大丈夫、大丈夫。

ふと会計に目を向けると、会計スタッフがおつりの銅貨四枚を差し出していた。両手に載せて渡すのって対貴族用の作法なのかな？　ちょっと間違っているぞ。

まいっか、とそのおつりを受け取って、彼と二人で店を出た。ポッケがチャリチャリだ。

彼の手を引いて店の前の路地から通りに向かって歩いて行くと、少し歩いたところで我が家の馬車が路地前を塞《ふさ》ぐようにピタリと停められた。タイミングがバッチリだ。

「殿下の時もこういくといいのですが……」

馬車に視線を向けながら、ギルバートくんが小さな溜息《ためいき》をついた。

ギルバートくんは心配性だねぇ。ってか、そもそもそれは君が悩むことじゃないからね。君は侯爵子息で十五歳の学生で、本当なら警備の責任者に丸投げしてオッケーな立場なんだぞ？

ついつい完璧を目指しちゃう真面目なギルバートくん。まったく、お兄さんは心配になっちゃうよ。

◇◆◇　給仕ちゃんは見た！　◇◆◇

キィ……、と店の扉がゆっくりと閉まっていきます。

私の目は、今しがたお帰りになった二人組のお客様の背を、もう見えないというのにいつまでも未練がましく追ってしまいます。

そして、ついにパタンと扉が完全に閉まりました。

その途端、店のあらゆる場所からホゥゥ──ッと詰めた息を吐く音が上がり、間もなく店内は抑えきれぬ情熱をぶつけ合う女性たちによって、興奮のるつぼと化したのです。

皆さん、よほど堪《こら》えていらっしゃったのね……………。

先ほどまで店の中央のお席に座っていらしたお二人のお客様。そりゃあもう店中のお客様方の注目の的でしたよ。もちろん我々スタッフも含めてです。

このお店はまだオープンしてから一年ちょっとの歴史の浅い店ですが、フルーツたっぷりの美味《おい》しくてゴージャスなデザートが売りで、この一年の間に王都では人気急上昇のカフェとなりました。

貴族のお客様方も少なくなく、それがまた評判を呼んで、庶民から貴族まで幅広く支持されるお店となっております。

スイーツが売りのお店ゆえ、女性と男女カップルがメインの客層の当店に、男性二人組のお客様がいらっしゃるのは珍しいことです。

今日だって、あのお二人がいらっしゃるまでお客様は女性ばかり。けれど、男性同士のご来店がまったく無いわけではないので本来は驚くことではありません。

でも、先ほどのお客様方は…………あまりにも尊すぎました。


恐らくは貴族。しかもお二人とも高位の貴族様なのでしょう。実に優雅な足取りで入店された瞬間から、店内にいた女性たちの目は釘付《くぎづ》けです。

上品で落ち着いた雰囲気を纏《まと》う金髪の優しげなお客様の隣には、ほんの十センチほど小柄な、少年とも青年ともつかぬ美貌《びぼう》の男性が、プラチナブロンドを煌《きら》めかせ寄り添っていらっしゃいました。

しかも、しかも！　お二人の右手と左手は、いわゆる恋人繋ぎでしっかりと繋がれているじゃありませんか！　われ先にと飛び出して行こうとする給仕仲間を弾《はじ》き飛ばし、案内係をゲットした先輩がお二人の元にいそいそと向かいました。あんまりです先輩。トレイで叩《たた》かれた顔面が痛い……。

先輩がご案内したのはお店のど真ん中。他のお客様の期待に応《こた》えたのですね。分かります。

……え？　スタッフからもよく見えるから？　あ、そうですか。

中央の丸テーブルにお二人が到着され、金髪の方が洗練された所作でお連れの方を席にエスコートするさまは、流れるように自然で紳士的。ああ、女の子だったら人生一度はああされてみたい！　と憧《あこが》れてしまいます。

ぎりぎりまで繋《つな》いでいた手を離して着席したお二人は、興味深そうに店内をご覧になっています。

こういったカフェは高貴な貴族様には馴染《なじ》みがないのでしょう。

何やら小声で短くお話しになっていたお二人でしたが、ふっと金髪の方はしなやかな長い指を伸ばすと、お連れ様のプラチナブロンドをサラリと爪の先で弄《もてあそ》んで……。それはもう、優しげな微笑みで囁きかけたのです。

その一瞬で、よく分からないすごいフェロモンが、ブワリと店内にばら撒《ま》かれたと感じたのは私だけじゃないはず。

髪を滑るその手を避けることなく、ちょっと恥ずかしそうに微笑んだプラチナブロンドの……ああもうプラチナの方でいいですね。プラチナの方は、束《つか》の間《ま》で離れていったその手を追うようにスゥッと金髪の方の耳元へお顔を寄せると、その耳朶《じだ》にまるで吐息を吹き込むかのようにひっそりと囁き返して……。そうして視線を合わせたお二人は、そりゃあもう仲睦《なかむつ》まじく微笑み合ったのです。

周囲の誰《だれ》もがその光景に魅入られずにはいられませんでした。あのお二人の場所だけ、まるで空気が違う別世界。ただお話をしているだけなのに、なんでこんなに胸がドキドキするのでしょう。

何やら見てはいけないものを見ているような、でもずっと見ていたいような……。周囲の女性客からも数多《あまた》の熱い溜息が溢《こぼ》れては静かに消えていきます。

ああ！　なんということでしょう。メニューを片手に張り切って飛び出していった先輩が立ち往生しています。そりゃ、あの雰囲気には入れませんよね。

周囲のお客様からも、「まだ行くな！」というスゴいプレッシャーがかかっているようです。

この時点で、すでに店内は無音。他のお客様の手元はピタリと止まり、カチャリとも音がしません。

皆さま彫像のように身動きをされず、息を潜め、目と耳の感覚を研ぎ澄ましていらっしゃいます。もちろん私も。

あ、先輩が勇気を振り絞って声をおかけしました。振り返った麗しいお二人の視線に晒された先輩は、気の毒なほど緊張しています。熊のようなうちのパティシエに蹴《け》りをかますあの先輩が！

無事にメニューを渡し終えて厨房《ちゆうぼう》に戻ってきた先輩が、胸を押さえて床に崩れ落ちます。お疲れさま先輩！　頑張りましたね先輩！

テーブル席では、お二人が額を寄せ合って仲良くメニューを覗き込んでいらっしゃいます。

狭いテーブルグッジョブ！　評判の悪かったテーブルが、天井知らずの評価爆上げです。あの状況で二冊持ったメニューを急遽《きゆうきよ》一冊にした先輩の判断は賞賛に値します。

あ、先輩がそっと床に落として蹴飛ばしたメニューが戻ってきました。女性客による見事な足技の連携プレー……素晴らしい。

金髪の方の綺麗な指がメニューの上を踊っています。どうやらプラチナの方をからかっているご様子。からかう姿すら優雅なのは貴族様だからでしょうか。

ああっ、プラチナの方がその指をきゅっと握りました。ちょっと拗《す》ねた感じで……なにあれ可愛い。

苦笑した金髪の方はその指をスルリと絡め取ると、そっと握り返しました……なにあれエロい。

指を握り合ったのは、ほんの一瞬のことでしたが我々は見逃しません。お客様の数人は、すでにテーブルの下で手を合わせています。

ご注文が決まりそうです。厨房では誰が行くのかでモメています。

いえ最初とは逆に、みんな腰が引けて押しつけあっているのです。まあ、あれを見ちゃったらね。

あの雰囲気に自分が乱入する場違いっぷりに恐れおののきますよ誰だって。

で、私が行くことになりました。ええ、昔からジャンケン弱いんです。

私は心を無にしてお二人の席に向かいます。周囲のお客様方からの、応援するような同情するような視線が温かくも痛い……。

そして目指す聖域に到着。私は無我の境地でお二人の前に立ちます。そんな私に金髪の方が、柔らかくも通る声で注文をなさいました。

はい、特製フルーツタルトと、ごろごろメロンのショートケーキ、特製ブレンドティーが二つですね。少々お待ち下さいませ。

心頭滅却すれば腐もまた涼し……。

心の中で幾度も唱えながら厨房に戻った私は、きっと修行者のような顔をしていたことでしょう。

多少の不自然な動きは勘弁して下さい。

戻ってすぐに、クーラーボックスから氷を拝借して氷水を作り鼻に当てます。お客様の前で見苦しい姿を晒《さら》さないための予防です。私はプロよ！

そうこうしているうちに、ケーキと紅茶の準備ができました。

配膳《はいぜん》台の上に置かれたタルトとケーキ……ってなんじゃこりゃー！

あり得ない量のフルーツがてんこ盛り。ちょ、限界突破でフルーツ溢れる寸前なんだけど！

顔を上げて厨房を見渡したら、うちのオーナーがいました。鼻を冷やしながら。

やり手女性経営者のギラギラした目がそう言っています。無茶言わないで。なにこれ何の罰ゲーム。

『崩したらコロス』

私は息を止めてお席にケーキセットを運びます。

固唾《かたず》をのんで見守る他のお客様方。あり得ないフルーツ激増しサービスに異を唱える方は一人もいらっしゃいません。頑張れ私、ゴールまでもう少しよ。

「お待たせいたしました」

カチャリとお二人のお席に、雪崩《なだ》れる寸前のケーキ二つを無事に届け、震える手に力を込めて紅茶をカップに注ぎ終えました。難度Sのミッションに、口から魂が出て行きそう…………。

ずっと変な筋肉使ったせいで身体中がガクガクするのを叱咤《しった》して、私はできる限り急いで戻ります。

そして厨房に戻るなり、私はその場で足から崩れ落ちました。

先輩……。先輩もこうだったんですね……。鬼とかイケズとか陰で言ってごめんなさい。

しばし私が呆然《ぼうぜん》としていると、店全体に静かな激震が走りました。

なに、何があったの？

力を振り絞りヨロヨロと立ち上がった私が、厨房の小窓から見たものは――

ほんのりと頬を染め上品に口を動かすプラチナの方の口元に、空のスプーンを差し出した笑顔の金髪の方のお姿が…………。

あれは……まさか…………。

「あーん」の事後ではあるまいか…………。

み そ こ ね た ――――――っ!!!

後悔先に立たず。でもなぜスプーン！　惜しい！

いいえ！　ダメよ私！　そうよ、使ってたフォークでなくともあーんに変わりはないわ。あーんに貴賤《きせん》なし！　ああ見たかった……見たかったよ。

だがしかし！　神は私を見捨てませんでした。今度はプラチナの方がご自分のフルーツをスプーンにのせて金髪の方に差し出したではないですか！　そうよ、あーんにはお返しというものがあったわ！

かぶりつきで厨房の小窓に貼り付く私。隣で同じ姿勢で前のめりになってるオーナーと先輩の姿など目に入れてる暇はありません。「次からスプーンは撤収ね」と言うオーナーの声に、目は固定したまま先輩と二人で強く頷《うなず》きます。

差し出されたスプーンを躊躇《ためら》うことなくパクリと口になさった金髪の方が、目を細めてプラチナの方に微笑まれました。小さなテーブルを挟んで見つめ合うお二人…………。

涼やかな美貌を甘く溶かし、ふわりと微笑んだプラチナの方が金髪の方を見上げ、ナプキンで口元を拭《ぬぐ》って差し上げる横顔はなんとも美しく……。ああ、生きててよかった。

そうして、あまりにも尊い時間はしばらくして終わりを迎えました。

金髪の方が席を立ち、プラチナの方に手を差し出します。それにふわりとごく自然に手を重ねて席を立つプラチナの方。なんて絵になるお二人なんでしょう。

スッと立ったお二人は、手をしっかりと握り合い会計へ進まれました。その歩くさまの神々しいことといったら……。あちらこちらで小さな溜息《ためいき》が漏れています。しぃーっ、静かに！

もう会計とかよくない？　タダでいいんじゃないかな!!

しかし、いくら尊くともオーナーはやり手女性経営者。金勘定は別のようです。自ら会計に立たれ、金額を告げます。

ポケットからお金を取り出した金髪の方の隣で、なぜかプラチナの方が戸惑っていらっしゃいます。その戸惑いを受けた金髪の方が、繋いだ手でプラチナの方の身体をそっと引き寄せました。

そうして眉《まゆ》を寄せ戸惑う彼《か》の方のおでこを、なんとも優しく指先で撫《な》でなだめたかと思うと、そのままその指でつ……と、その整ったお顔を上げさせ、ひたりと目を合わされたのです。

柔らかそうな金髪の方の前髪と、艶《つや》やかなプラチナの方の前髪が触れ合いそうな距離。プラチナの方の瞳《ひとみ》を覗《のぞ》き込む金髪の方の瞳はどこまでも甘やかで優しく、彼を見つめるプラチナの方の淡い桜色の唇がなんとも艶《なま》めかしい。

…………尊い…………尊すぎる。

金髪の方の顔がスッと傾《かし》げられ、その薄い唇がプラチナの方の耳元で密《ひそ》やかに動くさまは、それはもう……。ああ、この奇跡のような光景を切り取って飾りたい。そして毎日拝みたい。

会計前では、そのあまりの色香を目の前にしたオーナーが硬直しています。

金髪の方の耳打ちに顔をお上げになったプラチナの方は、ゆっくりと花開くように、その秀麗なお顔に微笑みを浮かべられ、そっと金髪の方の肩に額を擦りつけて甘えられました。

いったい、どのような愛の囁《ささや》きがなされたのでしょう。

無音の店内は至るところで死屍《しし》累々。胸や鼻を押さえるお嬢さま方、扇を手にふるふると震えるご婦人方、ひたすら手を合わせる方々……。しかし、目を閉じている方は一人もいらっしゃいません。

オーナーが金髪の方に両手でおつりを捧《ささ》げています。たぶん自分でも何やってるのか分かっていないのでしょう。

それを気にすることなく笑顔でおつりを受け取って、出口に向かわれたお二人の背を、お客様とスタッフ全員で静かにお見送りしました。


それはほんの一時間もない夢のような時間。後に残ったのは、たくさんの溜息と熱いエナジー。

私は今日という日を決して忘れないでしょう。

幾人もが新たな道に踏み出した、記念すべき今日という日を。

7　デート下見［魚問屋］

　宝飾店やカフェがあった南端エリアから馬車を走らせることしばらく、目的地の問屋街は、同じく北地区の北西エリアにあった。

　活気に満ちた問屋街は多くの馬車や人が行き交い、その独特の空気に魚介や加工品の匂《にお》いが混然となって、さらに活気を煽《あお》り立てている。

　うん、これもうツキジとかトヨスって呼んじゃっていいかもしんない。

　お目当ての魚問屋は、賑《にぎ》やかな問屋街のメインストリートから二つばかり道を隔てた場所にあって、大きな切妻屋根が特徴の平屋と二階屋を何棟か合わせたような半屋外の建物は、やっぱりどことなくツキジっぽい雰囲気がある。

　魚問屋さんは、契約した近隣の領地から魚を仕入れて小売店に卸すのがお仕事。王都に三つほどあるけど今回はラグワーズ領と最も取引量の多い問屋を訪れることに決めた。話が通しやすいからね。

　おととい の段階で問屋の主人には家を通して書面で連絡してあったので、問屋の馬車停めでは問屋の使用人さんが待っていてくれた。その使用人さんの案内で、俺たちはすんなりと問屋の奥に通してもらうことができた。

　ずっと待っていたのかなーって思ったら、どうやら俺たちがカフェにいる間に有能な御者が「あと一時間くらいで来るよ」的な、いわゆる先触れっぽいことをしてくれたらしい。うちの御者マジ優秀。

魚問屋の建物内はなかなかに広くて、案内がなければ確かに迷子になってしまいそうな複雑な作りをしていた。なので迷子にならないよう、気を引き締めてギルバートくんの手をしっかりと握り直すと、ギルバートくんもまたキュッと俺の手を握り返してくれた。

うん、彼も気持ちは同じようだ。迷子にならないようにしようね。

案内された部屋ではすでに問屋のご主人が待っていてくれて、さっそく俺は自己紹介もそこそこに、貝殻と魚のアラを時々分けて欲しいことと、利用目的に関するプレゼンを展開することにした。

貴族として命令すれば何も言わずに出すんだろうけれど、ここは趣旨を説明して理解して協力してもらいたい。何も知らずに出すのと、何に使われるのか知ってて出すのでは全然違うからね。

説明《プレゼン》する俺の隣では、ギルバートくんも熱心に耳を傾けてくれていた。

「お話は分かりました。喜んで協力させて頂きましょう」

ありがたいことに、商売人であるご主人ラドリーさんは魚肥と農地改善に未来を見てくれたらしい。開発した暁には、ぜひ魚肥の普及にも噛《か》ませて欲しいとまで言ってくれた。

ラドリーさんが、貝殻とアラを袋に詰めて馬車まで運んでくれると申し出てくれたので、俺はその言葉に甘え、その場で用意した三つの袋をラドリーさんに手渡した。二つが貝殻用で一つはアラ用ね。貝殻は嵩張《かさば》るんだよ。

三、四十分ほど時間が欲しいと言われたので、俺たちはその間に問屋の中を見学させてもらうことにした。ギルバートくんも見たいと言っていたからね。

約束が果たせてよかったよかったと、俺は隣のギルバートくんの手をまたしっかりと握ると見学に向かうべくソファから立ち上がった。

「ラグワーズ家とランネイル家のご子息同士が、これほどお親しいとは存じませんでした。王国の未来は安泰ですな」

ワハハハハ、と小柄だけど横幅のあるガッシリとした身体を揺らしてラドリーさんが豪快に笑った。なので俺はとりあえず曖昧《あいまい》な笑みだけ返しておいた。将来有望なギルバートくんはともかく、俺は普通のモブ貴族だからね。

店主のラドリーさん自らが案内役を買って出てくれたので、足取り軽く部屋を出る彼の後ろをギルバートくんと一緒に付いていった。うん、素人に入ってもらいたくない場所とかあるだろうし、貴族なんぞが顔出して、お仕事中の皆さんの邪魔をしちゃ悪いもんな。


俺たちは案内されるままに、近隣の領地から運ばれてきた魚の搬入場所と仕分け場所を見せてもらい、細かく決められた分類の様子を眺めながら説明を受けた。

「荷車には冷却の魔法陣が使われているのですね」

ギルバートくんは荷車に施された魔法陣に興味を抱いたようだ。彼は魔力が高い上に、色んなことに造詣《ぞうけい》も深い。

「ええ、ただ魔力を目いっぱい込めても冷却の効果は四、五日が限度ですね。なので、王都の魚は近隣三つの領地産のものがほとんどです。中でもラグワーズ領の魚介と農作物が王都の流通に占める割合は五割を超えているんですよ」

そうなんだよね。普通の魔法陣は魔力《エネルギー》を注いで、その量によって効果を持続させる言わば電池式みたいなものだからさ。魔力を込める手間も人材も必要なもんだから、なかなか生鮮品の流通が全国規模で発展できないんだ。まあ、そのおかげでうちの領地が恩恵を受けてるんだけどね。

そういった一般的な魔法陣に比べて、あの隠れ家の魔法陣は一度展開したらずっと継続する王宮セキュリティレベルのハイスペック。設置したOBがすごかったとしか言えない。OBに感謝、感謝だ。

「王都の食を支えているのはラグワーズ様です。しかも現状に甘んじることなく、さらに良くしようとお心を砕き奔走して下さっている。これに力を貸さずして、何が商人かと私は感動いたしました！」

拳《こぶし》を握り、熱弁を振るうご主人。いやいやいや、そろそろ勘弁して下さい。

ギルバートくん、一緒になって拳握らなくていいからね。

と、俺が思わず天を仰ぎそうになったその時、

「ラードリー!! ラグワーズの跡取りが来てるってえ?!」

いきなりデカくてぶっとい声が響いてきた。

見れば、通路の前方からノシノシ? ドスドス? とにかくエラい迫力で大柄な男が突進してくる。

そのあまりの勢いに、小柄なラドリーさんが俺たちを庇《かば》うように前に出た。

けれどそれを気にすることなく、大柄な男はあっという間にこちらに到着すると、ヒョイと小柄なラドリーさんの頭越しに俺たちを覗き込んできた。

俺はといえば、バリバリの知り合いであるその大男の、その強面《こわもて》と愛嬌《あいきょう》が絶妙に混ざった顔を見上げながら「相変わらずだなぁ」なんて内心で溜息をつくことしかできない。

「よう！　アルフレッド坊ちゃん！　ひっさしぶりだなあ！」

デカい。声がデカい、デカすぎる。

「久しぶりだねぇガストン。会えて嬉《うれ》しいけど、とりあえず声が大きいから抑えてくれる？」

この男はガストンと言って、ラグワーズ領の魚介類取引の副責任者だ。ガサツで喧嘩《けんか》っぱやい漁師気質だけど、人情にはとっても厚くて面倒見がいい。子供の頃《ころ》から付き合いのある、いわゆる「地元の兄ちゃん」ってやつだ。

「いやー、ここに着いたらよぉ、坊ちゃんが来てるって耳に挟んだもんで、こりゃあ挨拶《あいさつ》しなきゃと思ってさあ！」

だから声がデカいっつーの。人の話を聞け！　ほら見ろ、ギルバートくんがビックリしているじゃないか。顔は平静を装っていても俺の手をぎゅうぎゅうしてるからな。

「ギル？　この何もかも無駄にデカい男はガストンと言って我が領の人間だよ。水産物取引の責任者の一人だ。見た目はコレだけど頼りになるいい男だから安心して。大丈夫。噛みつかないからねー」

ギルバートくんの頭を撫でながら紹介したら「え、ヒドい！」という大音響が聞こえたがスルーだ。

「ガストン、こちらはランネイル侯爵子息。現宰相閣下のご子息だよ。失礼のないように、というか声がデカすぎて失礼だから小さくして」

ガストンにもギルバートくんを紹介する。

「ギルバート・ランネイルだ。以後よろしくお願いする」

ギルバートくんが侯爵子息らしく男前に自己紹介をすると、ガストンはしばし声もなく俺たちを凝視してきた。そして突然ニカッと笑ったかと思うと「そうか！　そうか！」とまたデカい声を上げるや、バッシバッシとその熊のような手で俺の肩を叩《たた》いてきた。痛ぇ。

「いやぁこれはどうも！　初めてお目にかかります。ガストンと言います。さぁすが坊ちゃん！　大物釣りだぁ！」

大声でそんなことを言いながら、ガストンはニッコニコしながらギルバートくんに挨拶を返した。何を言っているんだお前は。宰相の名や侯爵家は確かに大物だが、釣りに喩《たと》えるな。

「ランネイル様、ぜひとも坊ちゃ……いや若様をよろしくお願いいたします！　よかったらぜひ一度ラグワーズ領へ遊びにいらっしゃあし。領民みんなで歓迎いたしますよ！」

デカい声と図体《ずうたい》で見下ろしてくるガストンに、それでもギルバートくんは怯《ひる》むことなく微笑とともにコクコクと頷《うなず》きを返している。手をぎゅうぎゅうしなくなったので、緊張は解いてくれたみたいだ。

「ええ。ぜひとも」と返したギルバートくんに、ガストンは満足げに大きく頷くと、俺の方を向いて胸元から手紙を取り出した。

「坊ちゃん、これ領地の実験農場の連中から預かってきたやつな！　あとでお屋敷に届けようと思っていたけど手間が省けたわ。俺はよく分かんねえけど、農場、いい感じらしいぜぇ！」

あ、そうなの？　おぉ、どうやら昨年から領地で試していたことが収穫期を前に結果を出し始めているらしい。

読むのが楽しみだなーと、熊みたいな手から手紙を受け取ってホクホクしている俺に、目の前のガストンが珍しくデカい声を抑えてスッと耳打ちをしてきた。

「前に朴念仁って言ったこと撤回するぜ坊ちゃん。ちゃんとやることやってんだなあ……。俺ぁ、応援してるからな」

そうしてまた、バシンとでっかい手で肩を叩かれた。痛《いて》ぇっつーの。

まったく、バカ力《ぢから》は相変わらずだ。でもきっとガストンは、王都でこうやって動き回っている俺の様子を見て安心したのかもしれないな。幼い頃から俺を知っているガストンは、子供らしくない思考や行動をする俺をあれこれ気に掛けてくれていたからさ。

図書室や書斎にこもることの多かった俺を、遊べ！　と海に放り込んだのはガストンだ。領主である父上が膝《ひざ》を叩いて大笑いしていたのを今でも覚えている。うちの領は領民から領主まで、荒っぽいったらありゃしない。

やっと精神年齢に肉体が追いついてきた俺の行動を、昔ほど違和感なくガストンが受け止めてくれたのなら嬉しい。仕事ばっかしていた俺を「朴念仁」なんて言っていたガストンだけど、農地改善を言い出した俺をずっと応援していることもちゃんと知っているんだよ。

「おおっとぉ！」

突然またガストンがデカい声を張り上げた。しかも至近距離で。やめて耳が痛い。

「いっけねぇ！　もう戻らなきゃ！　じゃあな坊ちゃん。俺は二週間ばかりこっちにいるからよぉ、話してぇこともあるし、時間作ってくんな！　じゃっ！」

ガストンは言いたいことだけを大声で言うと、またドスドスと去って行った。まるで嵐のようだ。

あー、でもガンちゃ……いやガストンが来るのが分かっていたら、アラや貝殻頼めば手間いらずだったなぁ。でも今後のことを考えれば問屋さんを巻き込んだのは正解か……。

なんてことを考え始めた俺は、隣で静かに立っているギルバートくんへのフォローを忘れていたことに気がついた。おっと、いけない、いけない。

「ごめんね。ビックリしたでしょ。うちの領の者たちは、気はいいんだけど荒っぽいのが多くてね。領民と距離が近いからあんな感じなんだ。気を悪くしたら私から謝るよ」

そう眉《まゆ》を下げた俺に、けれどギルバートくんはすぐさま笑顔で首を振ってくれた。

「いいえ。領民がのびのびとしていて、アルが慕われている様子が目に浮かぶようでした。きっと良いご領地なのでしょうね。私もラグワーズ領へ行ってみたくなりました」

高位貴族のエリートだというのに、気を悪くするどころかうちの領民の気質を笑って受け入れてくれたギルバートくん。

彼の感性はきっとものすごく柔軟なんだろう。普通の高位貴族なら口調も態度も荒っぽい平民など受け付けないものだ。目の前の出来事を冷静に見つめて受け入れる度量があるなんて、さすがは未来の宰相候補。心もイケメンだ。

「ありがとう。休みになったら一度遊びに来るかい？　華やかなところはないけど、海と山と畑と美味しい食べ物ならイヤってほどあるよ」

気をよくしながらそう言った俺に、ギルバートくんは「はい。ぜひ行きたいです」と即答してくれた。だって自分の領を褒められて嬉しくないわけがないでしょ。俺は領地が大好きなんだよ。

まだまだ先の秋休みの楽しげな予定を一つ増やして、俺たちは二人してフフフと顔を見合わせて笑い合った。

「いやぁー、若いってのはいいですなー！」

そんな俺たちを見ていたラドリーさんがワハハ！　と笑いながら先に歩き出した。

まあね。長期の休みなんて学生のうちだけだ。俺にとっちゃ今度の秋休みが学生最後の自由な休暇。

残り短い学生生活は有意義に過ごさないとね。


その後もラドリーさんにくっついて問屋内の見学を続けることしばし、俺たちの元にアラと貝殻を馬車へ積み込み終えたとの連絡が入った。なので俺たちはラドリーさんとともに馬車停めに向かう。

「またいつでもお越し下さい。お二人なら大歓迎ですよ」

そんなことを言いながらニコニコと見送ってくれたラドリーさんに礼を言って、俺たちは順番に馬車に乗り込んだ。

その馬車の中はといえば、そりゃあもう物凄《ものすご》く狭っ苦しくて、しかもひっじょーに海臭かった。

嵩張りまくっているのはパンパンの三つの袋。前のシートと横の通路を占領しているもんだから、俺とギルバートくんは横に並んで座るしかなかった。前方からの袋の圧迫感がすごい。

走り出した馬車が揺れるたびに、重そうな袋がグラグラ揺れて倒れないかと心配になってしまった。

こんな状態の馬車に侯爵子息を乗せちゃって、申し訳ないったらありゃしない。

「ごめんね。なんか……こんなで」

思わず謝った俺に「いいえ。すごく楽しくて、嬉しかったです」とクスクスと笑って、さらには貝殻を魔法で粉砕するのも手伝ってくれると申し出てくれたギルバートくん。

ああもう、本当になんていい子なんだろう。

「ありがとうギル」

嬉しくて隣に座ったギルバートくんの肩をギュッと抱き締めると「いいえ」と小さく首を振った彼が、その膝にのせた万年筆の小箱に視線を落とした。そうして彼は、金と青のリボンを見つめながら「お礼です……」とポツリと呟《つぶや》くと、はにかむように、なんとも綺麗《きれい》に笑った。

その横顔にカーテン越しの窓の光が当たって、彼の滑らかな髪の一本一本をふわりと輝かせる様子に、俺は思わず目を細める。

少年期から青年期へ成長する時期独特の、柔らかさとシャープさが混ざった頬のラインが、彼の笑みとともに僅《わず》かに動いては陰影を変えていった。

その光景を目に入れた刹那《せつな》、俺の胸のすごく深いところで、じんわりとした小さなものが湧き上がるのを感じた。こんな感覚を俺は知らない。

…………なんだこれ。

8　殿下捜索

魚問屋訪問から十日あまり。

持って帰ってきたアラは魚液肥用に仕込んでから、学院の隠れ家近くの外に置いた。動物対策のために簡単な囲いで覆って、その前には「クリノス研究室・実験中」の小さめの札を立てておいた。

例の農地改善の研究をしている教授が、学院側に敷地の使用許可を取ってくれたもんで、ありがたく研究室の名を使わせてもらったんだ。これで西棟裏への出入りを見られても言い訳ができるからさ。

それを手伝ってくれたギルバートくんが「私も何かここで実験しましょうか……」って真面目な顔で自分が見られた時のアリバイ作りを検討し始めたもんだから、教授に頼み込んでギルバートくんもクリノス研究室の補助にしてもらった。将来クリノス教授の講義受講と手伝いを取引条件にしてね。

教授は優秀な学生を予約できてホクホクだけど、いいの？　ギルバートくん。あの教授めんどくさいよー。

「いえ、隠れ家の平穏のためならば安いものです」

キッパリと言い切ったギルバートくん。なんて男前なんだ。最初に出会った時と比べてずいぶんと背も伸びたみたいだし……うん、四、五センチは伸びたんじゃないかな。俺もそうだったけど、あの年の頃は骨が軋《きし》むほど日々成長する時期。まだ俺の方が七、八センチは高いけど、なんせイケメン確実なメインキャラだからね。きっとあっという間に追いつかれちゃうんだろうなぁ。

今日は水曜日。俺の講義があるのは月・火・木なので今日は魚液肥の発酵具合を確認して、そのあと街でガストンに会うことになっている。

王都滞在が二週間だと叫んでいたから、そろそろ会いに行かないとヤバい。あの大音量で「聞いてなかった」は通用しないからなぁ。

ギルバートくんは、今日は朝から夕方まで講義がみっちり。頑張れ一年生。彼が一日の講義を終えたヘロヘロ状態で、いつものように隠れ家に雪崩《なだ》れ込む頃《ころ》には、俺もちょうど帰って来られるはず。

彼に関しては時々見ていてハラハラすることがある。

時たま校内で遠くから見かけるんだけど、そのたびにすごく気を張っているのが分かるんだよね。ずっと四方八方にアンテナを張り巡らせながら、あまりにも多くのことを自ら抱え込んで処理しようと必死な姿を、なぜ周囲は気づかないんだろう。

無表情なのも余裕がないからだ。今以上に余計なものを抱え込んで飽和してしまわないための、無意識下の自己防衛としか思えない。将来国を支える身ゆえの責任感なのかもしれないけど、早く大人になろうと急ぎすぎているのが危なっかしい。そりゃストレスも溜《た》まるよ。

彼は今日もまたきっと、疲れたと、フザけるなと、隠れ家のソファで毒を吐くのだろう。そしてまたプンスカしながら俺を水槽の前に引っ張っていくんだ。

ああ、彼はまた水中散歩の途中で寝てしまうのかな、なんて思い出したら笑ってしまった。あの時の彼の反応ときたら…………。

そんなことを考えていたら、また胸の奥が僅かにジワリとした。ここ数日、なぜか時々こうなることがある。思考を切り替えると治まるのでできるだけ気にしないようにしているんだけど……。

小さく首を振って、俺は魚液肥の経過観察を記録し終えたノートを閉じた。

さて、そろそろ出かけようか。

屋敷から回された馬車に乗って到着したのは、魚問屋からはやや南寄りの、どちらかと言えば先日行った宝飾店やカフェに近いかな、くらいにある居酒屋。居酒屋と言っても今は午後一時なので、頼めば酒も出るけど食堂の側面の方が強い。

座席数は四人掛けが三つに、一人掛けが五つ。王都にある居酒屋兼食堂としては平均的な広さだ。その一番奥の四人掛けで、ほぼ二人ぶんのスペースをとったデカい男とその前に座る小柄な男が、すでに一杯やっていた。

「よお！　来たな坊ちゃん！　ここだ、ここだあ！」

いやアピールしなくてもその図体《ずうたい》は見逃さないから。そして声がデカい。何だかんだ席が埋まっている店内で、バッチリ注目浴びちゃったじゃん。

「おまたせ。ラドリーさんも先日ぶりです」

小柄なラドリーさんは酒が顔に出やすいらしく、いい感じの赤ら顔に仕上がっている。

「どうもどうも、ラグワーズ様。ガストンさんにお願いして付いて来ちゃいましたよ」

全然オッケーなので、俺は笑いながらラドリーさんの隣に腰掛けた。結構待たせちゃった？　って聞いたら、二人は首を振って、手にしたジョッキを俺に掲げてみせた。二人で早めに来て昼食からの流れでそのまま飲んでいたそうだ。

水産物や農産物を扱う問屋のメインとなる時間帯は午前中だ。午後にも搬入等はあるものの、緩やかなものなので当番に任せ、多くの問屋関係の者たちはこの時間に飲み食いや遊びをする。夕方になったら早々に家に帰って寝なきゃいけないからね。

ガストンやラドリーさんとの話は盛り上がった。俺は飯を食いつつ、二人は飲みつつ、これから旬になる魚や野菜のこと、ラグワーズ領の実験農場の経過や、試してみたいことなどを話し合って、時には冗談を、時にはアドバイスを交わしながら和やかに過ごしていた。

店内はそれなりに騒がしく、客たちの話し声や食器の音、下らない言い争いや笑い声などが飛び交っていて、そこに混じる俺が私服とはいえ貴族だろうことは、恐らく商売人の彼らは承知しているはず。けれど特に気にすることもなく食べて飲んで騒いで主人に怒鳴られている。この居心地のよさもこの店の売り物のひとつなんだろう。

が、そんな居心地のいい店の中に突然、その雰囲気をぶち壊す存在が現れた。


バン！　と乱暴に店の扉を開け、入ってきたのは若い騎士の二人連れ。

「おい店主！　こちらに年若い男女が来なかったか！」

居丈高に仁王立ちし大声を張り上げるさまは、どうにも頂けない。

「来てないですよ」と無愛想ながら律儀に答えてくれた店主に、若い騎士はこともあろうに大きな舌打ちを返した。さらには「お前らはどうだ！」とふんぞり返って店内の客を睨《ね》め回す様子に、目の前のガストンがカチーン！　ときたのが分かる。

あちゃー、ガストンこういうの嫌いだからなぁ。手が出たらさすがにヤバい。俺は仕方なしにひとつ溜息《ためいき》をつくと、その場からヨイショと立ち上がった。

「失礼、君たちは騎士団の者かな？」

入口に立った若い騎士たちに歩み寄り、俺はことさらに貴族的な所作を前面に押し出してみせた。無駄な時間を省くためだ。

このような居酒屋に貴族がいるとは思わなかったのだろう。二人は「え……」とか「は……」とか言いながら俺を上から下まで見ると「はっ。そうであります」と急にピシッと姿勢を正した。

「そう。私はアルフレッド・ラグワーズ。ラグワーズ伯爵家の長子だ。ここで自領民や大切な問屋の方々と話していたのだけれど、君たち、ずいぶんと荒っぽい真似をするねぇ」

わざとゆっくりと首を傾《かし》げて口角を上げれば、若い騎士たちは分かりやすく動揺した。おぅ、伯爵家だ文句あっか。

見ず知らずのお客さん方にもこの場限りの自領民になって頂いた。この居酒屋という領地で一緒に飯を食っている領民同士でいいじゃないかってね。つまりは貴族の権威の笠《かさ》を、店全体におっかぶせたってわけさ。

「こっ、これは失礼をいたしましたっ。伯爵家のご子息様がいらっしゃるとは存じ上げず……っ」

騎士二人がペコペコと頭を下げ始めた。こいつら平民出身の騎士だな。

下位であっても貴族の所作にペコペコはない。ついでに騎士団でもペコペコは推奨していないはずだ。まったく。騎士になった途端に平民より偉くなったと勘違いする輩《やから》がたまにいる。

「名と所属団名、そして来た目的を言いたまえ」

ここの皆さんへの態度の仕返しに、俺が笑顔で貴族の権威をブンブン振り回せば、彼らはすぐに口を割った。それもどうかと思うけどね？

聞けば彼らは第二騎士団所属の若手らしい。……ん？　なんで第二？

騎士団は第一から第三まであって、王宮が第一で近衛《このえ》隊はここに所属する。そして第二は貴族街で、第三が平民街担当だ。

なぜ平民街のここに貴族街を担当する第二がいるんだ？　と思っていたら、その謎はすぐに解けた。

騎士たち曰《いわ》く、なんと殿下と男爵令嬢が、二人してデート中に護衛を撒《ま》いて逃げたんだそうだ。

え、デート今日だったの？　ウハウハデートは土曜ってギルバートくん言ってなかったっけ……。うそ、前倒し？　勝手に？　令嬢が平日の方が空《す》いてるって言ったから？　マジか。つーか、今は講義の時間だろ！　サボりか！

考えなしの突飛な行動に頭痛がしそうだ。こりゃ普段ギルバートくんがキレまくるわけだよ。

護衛にこんなぺーぺー使ってたのも、管轄外の第二だけなのも、口うるさい近衛を殿下が嫌がったからだと。マジか自由すぎる。関わりたくない。ものすごく。

でも……。あんなに頑張ってたもんなぁ、ギルバートくん。それがこんな形で台無しになって、さぞかしガッカリするだろう。ヘロヘロで授業終わった時にまだ殿下見つかってなかったら、あの子なら捜しに行くんだろうなぁ。責任感が無駄にあるから…………。

はぁぁぁー、と吐いた大きな溜息の音に、若い騎士二人がビクッとした。

それに構わず殿下と令嬢の変装姿の詳細を聞き出せば、なんと服だけ庶民っぽくしただけで、髪形や色はそのまんまだそうだ。なにそれ、全然変装じゃないじゃん。一番危険なやつだよ。攫《さら》ってくれと言わんばかりに中途半端だな！

眉間《みけん》に皺《しわ》が寄るのを自覚しながら、俺はガストンとラドリーさんの元に戻った。

「ガストン、ラドリーさん。街に詳しい人たちの手を借りたい。力を貸してくれないだろうか。早く見つけないと、こないだ紹介したランネイル殿が可哀想なことになりそうなんだよ」

俺が頼み込むと、話を聞いていた二人はすぐに立ち上がって大きく頷《うなず》いてくれた。さっきまで酔っ払っていたのが嘘のようだ。

「なんだ、あの別嬪《べっぴん》さんに関係してるのかよ！　よっしゃ、任せろ！」

「お任せ下さい！　問屋の人脈と情報網、お見せしますよ！」

あっという間に話はまとまって、俺は懐から取り出した伝言魔法陣の束を彼らに渡した。俺はここで待機だ。

伝言魔法陣は、言ってみれば前世での自分宛て音声メール。魔法陣に軽い魔力を通して録音すると、持ち主のところへ飛んで戻る仕組み。

自分の魔力を登録した魔法陣を知人同士や取引関係と交換し合って、緊急連絡を取り合うのはこの世界じゃ常識なんだよ。だから付き合いの多い貴族なんかだと常に二十枚以上は懐に常備しているアイテムなんだ。

「変装バレバレのチョロそうな坊ちゃんとピンク頭を探せばいいんだな！」

うん、そうなんだけどねガストン。あんまり大声で言わないで。

いやマジで切実に。一応、不敬罪ってあるから！

「ピンク！　ピンク！」と飛び出して行った二人に加え、店にいた人たちも協力するぜ！　と飛び出して行ってくれた。みんなありがとう。

俺は彼らを見送って居酒屋の椅子に座ると、一人の騎士に残りの護衛騎士全員とお忍び馬車を呼びに行かせ、残った一人に目の前の椅子を勧めた。待っている間に殿下たちが逃げ出すまでの詳しい状況を聞いておきたかったからさ。

居酒屋の店主には、人探しの連絡場所として使わせてもらいたい旨を伝えて、銀貨を差し出したけど断られてしまった。

「いらねえですよ。いいモン見せてもらったしね。人助けなんでしょう？　好きに使ってくだせえ。あ、飲みもん、食いもんの料金は貰《もら》いますがね！」

顔に深い皺を刻んだ店主がその皺をさらに深くしてニッと笑った。いい店主だ。贔屓《ひいき》にするよ！

ガストンやラドリーさんたちが出て行って、俺は以前魔法陣を交換していた知人らに連絡を取り始めた。今回のお忍び騒動で動いてくれそうな人たちだ。

そして、騎士から話を聞き取り始めて四十分ほど経《た》った頃、店に大勢の騎士たちが入ってきた。

「アルフレッド！」

声をかけてきたのは二年前に学院を卒業した先輩。一年の時に卒業単位取得に涙目なのを放っておけずにノートを貸したのが縁で、今も近況報告のやり取りを続けている現役騎士だ。

昨年、念願叶って第一騎士団に配属されたと聞いていたので、真っ先に現況と店の場所を彼宛てに連絡したんだ。そしたら、ありがたいことに、彼は素早く近衛や第二騎士団にも連絡を取ってくれただけでなく、こうして自らも駆けつけてくれた。

「ご連絡感謝するラグワーズ殿。概要は報告を受けた。現在の状況は？」

先輩の後ろからズイッと現れたのは、近衛隊長と第二騎士団長。後ろには騎士たちが十人ほど。俺は簡単に自己紹介を済ませると、彼らに今の状況を伝えた。

「少しずつ情報が入ってきています。王都の北地区をいくつかにブロック分けして、我が領と取引のある商人たちを中心に人海戦術で聞き込みと捜索をしてくれています。多くの民が協力してくれているおかげで、目撃情報を元に殿下らの足取りがだいぶ掴《つか》めてきました」

俺はテーブルの上に広げた北地区の地図を指さして説明を続けた。

店主から譲ってもらった大きめの紙に、手書きでザックリとした地形やポイントを描いた俺特製のなんちゃって地図だ。そこには現在進行形で次々と入ってくる目撃情報を元に、殿下らが移動したルートが描き加えられている。

居丈高な騎士に問われても話さなかった街の人たちは、何かと縁のある問屋関係者や同じ平民らには、懸命に記憶をたぐる努力をしてくれたらしい。

そうしている間にも入ってくる情報を元にして、俺は騎士団とともに捜索範囲を絞っていった。

そうやって絞られて行き着いたのは、なんと北地区の南東側。宿や娼館《しょうかん》もあるような歓楽街エリアだった。まったく、なんつー場所に……。

店の中に呆《あき》れを含んだ溜息が溢《あふ》れ、さっそく数名の騎士団員が歓楽街へと飛び出して行った。


「つまり、今回のお忍びの護衛のトップは、ご学友のグランバート伯爵子息ってことになるのかな」

俺は床に正座している若手のペーペー騎士たちに向かって確認をした。椅子に座った俺の左右では、近衛隊長と第二騎士団長が俯《うつむ》く彼らに睨みを利《き》かせている。

ハイ、騎士から聞き出したことを近衛隊長たちに簡潔に伝えたらこうなりました。

彼ら護衛騎士たちとお忍び馬車の御者さんは、隊長らが来る十分くらい前に全員ここに到着していたんだけど、集めてみたらなんとビックリ。護衛騎士は最初の二人を含めても全部でたったの四人だけ。少ねえよ！

「そう……なるんでしょうか」

自信なさげに答える若い騎士には、もう溜息しか漏れない。ガスガスッと近衛隊長と第二騎士団長の鉄拳《てっけん》制裁が四人に飛んだ。周囲の先輩騎士たちの顔も鬼の形相だ。店の隅では年配の御者さんが怯《おび》えている。

俺は異世界にも正座ってあるんだな、さすが乙女ゲーだ、なんて思いながら生ぬるく彼らを眺めているだけ。それだけのことを彼らはしでかしているからね。

顔色を青ざめさせて話し始めた彼らによると、彼らに声をかけたのはグランバート伯爵子息だそうだ。ペーペー騎士たちは騎士団長の子息からの頼みということで引き受けてしまったらしい。

グランバート伯爵子息にしてみたら、殿下にこれからお忍びするから護衛を用意しろと突然言われて駆けずり回ったんだろうけど無茶にもほどがある。止めろよ。大人にチクれ。

そして殿下。なぜ護衛を十五歳の同級生のツテに頼るんだ。いくら騎士団長の息子だって、中等部卒業したばかりの子供のツテなど高が知れているでしょうよ。

だからグランバート伯爵子息だって、ちょっと貴族街で顔見知りになった程度の下っ端騎士にパパの名前を使って頼むしかなかったんだ。しかも騎士団には誰《だれ》も連絡していないとか。そりゃ第二騎士団長の顔もああなるわ。おまけに、当のグランバート伯爵子息はお忍びに同行しないで、学院にいるっていうね。

軽い。どいつもこいつも考え方があまりにも軽い。まあ子供と言ってしまえばそれまでなんだけどね。結果、まんまと殿下と令嬢は逃走したと。

そんでもって逃走方法もまたあり得ない。カフェで食べ終わった直後に二人でダッシュ。なにそれ食い逃げじゃん。

護衛たちは一人は馬車を呼びに、一人は店員たちに捕まり、二人は出てきた殿下の「中に賊が！」のひとことで愚かにも揃《そろ》って店内へ。お粗末すぎて洒落《しゃれ》にならない。

「処分は免れないと思え」

地を這《は》うような第二騎士団長の声に、目の前の四人は顔を真っ青にして今にも倒れそうだ。そんなことも考えてなかったんかーい。

その様子を見て、奥で仕込みをしていた店主がひっそりと笑った。お騒がせするねぇご店主。

それから三十分もしないうちに、無事に殿下たちが見つかったと魔法陣で連絡があった。場所は歓楽街の裏通りらしい。なぜ裏通り。どうして裏通り。何がしたかったんだ男爵令嬢《ヒロイン》。

聞き込みで話を覚えていた人が、そこに入っていくのを見かけたと連絡してくれたんだそうだ。今は数人で周囲を囲んで見張っているとのこと。一応、王族なので身体には絶対に触れるなと伝えておいた。

それに騎士たちと御者がすごい勢いで飛び出して行った。四人のぺーぺー騎士たちは……。ああ、先輩騎士たちに引きずられていますな。もうあとは彼らに任せておけば大丈夫だろう。

俺は騎士たちを見送って、ゆっくり席を立ち上がった。

「主《あるじ》、長らく騒がせて悪かった。見つかったみたいだ。これは協力してくれた人たちの飲み代だよ。あとでたっぷり飲ませてやってくれ。もし余ったら私が次に来た時のぶんに」

厨房《ちゆうぼう》のカウンターに金貨一枚を載せて店主に声をかけると、それをチラッと横目で見た店主は「連中が相手じゃ残んねえですよ。でもよかったですね。また来ておくんなさい」と言って皺を深くした。

店主に「じゃあ」と手を上げてから俺もまた店を出て、我が家の馬車に乗り込んだ。

ガストンたちに挨拶《あいさつ》して帰らないとね。

優秀な御者の手綱さばきによって、馬車は迷うことなく現場に到着。

おお、確かに歓楽街っぽい。初めて来たわー。

ぐるっと馬車の中から街並みを見回すと……ああ、あった、あった。お忍び馬車。向こうで路地を塞《ふさ》ぐように停まっている。もうすぐにでも出立しそうな雰囲気だ。さすが近衛《このえ》、仕事が早い。

ガストンたちは……と、おぉ発見。路地から少し離れたところで、ガストンをはじめ捜索に協力してくれた人たちが集まって、その様子を遠巻きに見ていた。

俺は近くで馬車を降りると、ガストンに向かって声をかけた。挨拶だけなので馬車はそのままね。

「ガストン、ご苦労。世話をかけたな」

俺が声をかけると、ガストンとラドリーさん、それに協力してくれた人たちがみんなして振り向いてくれた。

「おお！　坊ちゃん。来たかぁ！」

やめて。ほんとマジで声デカい。向こうにいた騎士たちまで振り向かせる威力。勘弁して。ほら見ろ、こっちに気づいた騎士さんたちに会釈されちゃったじゃん。

それに「どーもー」みたいな感じで会釈を返していたら、殿下たちを乗せた馬車が動き出した。うん、無事に回収は終了したようだ。よかった。

とりあえず殿下は学院に強制連行からの王宮《おうち》でお説教かな。

「他の皆もご苦労だった。皆の働きがなければこれほど迅速に解決しなかったと思う。礼には足りないだろうが、先ほどの居酒屋に心ばかりの飲み代《しろ》を置いてきたから飲んでいってくれ」

本当はもっと砕けた感じでありがとうって言いたいけど、俺は貴族でここは公道。うまく気持ちが伝わるといいんだけど……と思いながら俺が感謝を口にすると、直後にワッと歓声が沸き起こった。

ははっ、酒好き多いな。最後しか聞いてねぇ。ガストン、ウオーとか叫ばないで。ここ海じゃないから。王都だから。

ラドリーさんが使わなかった伝言魔法陣を回収して俺に返そうとしてきたので、そのまま持っていてくれるようお願いした。この先もラドリーさんとは長い付き合いになるだろうし。人脈はマジで大事だからな。今回のことでさらに実感したよ。

恐縮するラドリーさんと問屋仲間の人たちに改めてお礼を言って、俺はパパッと馬車に乗り込んだ。交通の邪魔になっちゃいけないからね。

走り出した馬車に「また王都に来たら連絡するから飲もうなぁ！　坊ちゃん！」と叫ぶガストンの声が浴びせられた。はいはい。でも飲んでいたのはガストンとラドリーさんだけじゃん。

クスッと笑いながら馬車の外を眺めると、陽はまだ充分に高い。時計を見ると四時半過ぎ。ギルバートくんは四限が終わって五限に向けての移動中かな。

ヘロヘロで不機嫌に隠れ家へ戻ってくるだろうギルバートくんの顔を思い浮かべると、ついつい笑みが浮かんでしまう。

彼をどう癒やしてあげようか。そんなことを考えながら馬車に揺られていた俺は、そのギルバートくんが、学院で騎士団に呼び出される羽目になっていたなんて、まったく予想だにしていなかったんだ。

9　学院に戻れば

北地区の平民街から西地区の学院に馬車で戻って、到着した馬車停めで俺は馬車を降りると、そのまま隠れ家のある西校舎に向かって歩き始めた。

まだ最後の講義が終わる前だから、疲れて帰ってくるギルバートくんにお茶の準備をしておいてあげようかな、なんて歩きながら考えていた俺が、ちょうど中央棟の前に差しかかった時だ。

「アルフレッド！」

後ろの東棟の方向から声がかかった。

ん？　と振り返れば、俺が居酒屋から伝言魔法陣を飛ばした一人、同級生のクリフがこちらに小走りで近づいて来ていた。

「やあクリフ。弟さんのところかい？」

彼は俺と同じ三年に在学するクリフ・グランバート。

そう。名前でお察しの通り、殿下のご学友グランバート伯爵子息の二番目のお兄さんだ。ちなみに殿下の片棒かついだ弟のファーストネームは知らん。

「ああ。お前からの連絡で弟をとっ捕まえて話を聞こうとしたら近衛に連れて行かれてな。実家に連絡入れ終えたんで向かっているところだ。ひとこと伝言の礼が言いたくて声をかけた。ありがとうアルフレッド。教えてもらってよかった」

同学年のクリフとは二年の時によく同じ講義で顔を合わせ意気投合した仲だ。騎士団長の次男なんだけど彼自身はバリバリの頭脳労働系。卒業した半年後に文官試験を受けるそうだ。まあ見た目はがっつり肉体派だけどな。

「今、近衛がここの第一大講堂を閉め切って殿下たちから話を聞いているんだ。そこに愚弟がいてな。あと男爵令嬢と宰相閣下の子息だったか……それで俺もこれからそこに……」

「は？」

思わず低い声が出てしまった。

今、宰相閣下の子息って言ったか？　なんでギルバートくんが？　今日のことは彼には関係ないじゃん。

「なぜランネイル侯爵子息が？」

思わず目を眇《すが》めてクリフを睨《にら》み付けてしまった。

そんな俺の正面で、クリフは片眉《まゆ》を上げてその太い首を少し仰《の》け反《ぞ》らせると、小さく肩をすくめた。

「あ？　知り合いか？　確か、今日のことを計画したのが宰相子息だとかで、近衛が東棟の教室から派手に連れ出していたぞ。俺もそれを見かけてな。弟の名も出ていたんでこれから講堂に向かおうとしていたんだ」

バカ言っちゃいけない。どういうことだ。デートプランを考えたのは確かに彼だけど、今日の愚行に彼は無関係だろう！

「私も行く。今日現場にいたからね」

俺は早口でそう言葉を投げると、さっさと目の前の中央棟入口へ方向転換して、第一大講堂のある二階へと足早に向かった。

中央階段を上がって第一大講堂に到着すると、後ろの大扉は閉め切られていて、前の扉には「関係者以外立ち入り禁止」の札が掛かっていた。

が、そんなもんは無視だ。構わず前の扉から中に入ると、前方の講壇の前には今日会った近衛隊長を中心に騎士が三人ほど並んで、その前の最前列の机には殿下と男爵令嬢、ギルバートくんともう一人が横一列に座っていた。あのもう一人がクリフの弟だろう。

横から入ってきた俺たちを見た近衛隊長に会釈をすると、隊長は騎士三人とともに礼を執ってくれた。制服を見るに全員が近衛だ。ぺーぺー護衛がいた第二騎士団の姿はないから、きっと話がついているのだろう。

「ラグワーズ殿、今日はありがとうございました。ただ今、殿下方から話を聞いているところです。わざわざおいで下さるとは。何かありましたか？」

近衛隊長が心配しているのは、たぶん街での事後処理のことだろう。いやそれは酒代ブン投げてきたから済んでいる。安心してくれ。殿下の悪評が広まる可能性に関しちゃ知らないがなー。

兎にも角にも、さっさと本題に入ってしまおうか。早くギルバートくんを休ませてあげたいからな。

俺は貴族らしく口角を上げて、薄《うっす》らとした笑みを貼り付けると、目の前の近衛隊長を見据えた。途端に隊長が警戒したように僅《わず》かに目を細める。

だよね、分かるよね。王宮の近衛だもんね。貴族がこういう顔をする時って、好戦的だったり怒っている時だもんね。

「近衛隊長？　私はここにランネイル侯爵子息が呼ばれている意味が分からないのですよ。彼はなぜここに？」

緩く首を振りながら、俺が微笑みとともに隊長を見据えると、隊長もまた薄《うっす》らと口角を吊《つ》り上げながら俺の話を聞く姿勢を見せた。彼とて貴族。俺の怒りの元を冷静に探ろうとしているんだろう。

「いえ、彼とはクリノス教授の研究室の知り合いでしてね、腑《ふ》に落ちなかったもので同級生のグランバート殿に付いてきてしまいました」

そう言って口元だけで笑ってみせれば、近衛隊長もまた感情を見せぬ目を僅かに細めたまま、ふむ、とばかりに小さく頷《うなず》いた。非常に貴族的なやり取りだがこういった場では一番効率的だ。

そして動かぬ微笑みを浮かべる俺に、近衛隊長がやはり薄く笑みを浮かべたまま口を開いた。

「ランネイル侯爵子息ですか。ええ、今日のお忍びを計画したのが彼だと、殿下や先にお呼びしたグランバート伯爵子息が仰《おっしゃ》いまして、その確認にお呼びだてしたのです。侯爵子息に確認いたしましたら、確かにお忍びを計画したとお返事がありましたので詳しく伺おうとしていたところです」

はぁぁ？　こいつら碌《ろく》でもねぇな。てめぇらの失態を苦し紛れにギルバートくんに押しつける気か。思わず俺はギルバートくんの隣に座るグランバート伯爵子息と向こうの第一王子を睨み付けた。おいクリフ、お前の弟クソだぞ。

腹の奥で怒気が膨れ上がっていく。気を抜くと怒鳴りつけそうだ。なので落ち着け、落ち着け、と自分に言い聞かせた。

「今日の計画、ですか。おかしいですねぇ。確かにランネイル侯爵子息は自分に無関係な、他人の、デートのプランを、押しつけられたにもかかわらず、ルートや店選び、果ては警護の配置まで事細かに下調べし思案されていたのは存じ上げています」

嫌味をたっぷり込めて、全員によく聞こえるように俺は声を張った。

よく聞いとけクソガキども。下向いてるんじゃねえ。

「けれどランネイル殿が立てた計画はすべて土曜日に向けたもの。近衛や騎士団にも行程表が提出してあるはずですよ？　まさか今日、計画書を元に無謀にも素人だけで実行するなど、ランネイル殿は想像もしていなかったでしょう」

そう言いながら俺は、近衛隊長と騎士たち、殿下と令嬢、そしてクリフの弟を、順番に睨《ね》め付けていった。

「いったいなぜ、こんな意図的な『誤解』が生まれたのでしょうね。だいたいの想像はつきますが」

再び視線を近衛《このえ》隊長に戻せば、彼は貼り付けた笑顔を外し、殿下とグランバート伯爵子息を睨み付けていた。

「なるほど、そういうことですか。なんと卑劣な……」

俺の後ろで話を聞いていたクリフが前に出て「どういうことだ」と低い声で尋ねてきた。それに近衛隊長が言葉を続けた。もちろん殿下らを睨み付けたままで。

「ええ、殿下とグランバート伯爵子息は『今日の』計画はランネイル侯爵子息が立てたと我々に仰った。そして思い返せば、その後ランネイル侯爵子息をお呼びした時、殿下方はすぐさま『お忍びの計画はお前が立てたよな』という聞き方をなさっていました。そしてランネイル侯爵子息はそれに『はい、確かに立てました』と返答なさったのです」

何も知らず、ずっと講義を受けていたギルバートくんは、きっと何が何だか分からなかったことだろう。さらに疲労というオマケつきだ。

「確かに何も知らずいきなり引っ張ってこられて『計画を立てたか』と聞かれれば『立てた』と答えるでしょうねぇ。一日じゅう講義漬けだったランネイル侯爵子息は今日の出来事を知らないのですから」

俺の言葉と、俺や隊長らの鋭い視線に。殿下とクリフの弟は下を向いてしまった。今は男爵令嬢とギルバートくんだけが顔を上げてこちらを見つめている。

ギルバートくんは一生懸命に状況を理解しようとしているようだけど、男爵令嬢はただポカンとしているだけみたいだ。その口を閉じろ。

「つまり、何も知らぬランネイル侯爵子息から巧《うま》いこと言質を取って、罪をなすりつけようとした。そういうことか」

横に立ったクリフが拳《こぶし》を振るわせながら怒りのこもった低い声で結論を出し、俺はそれに大きく頷いてみせた。さすがクリフ、ご名答だよ。

「そうだね、ちゃんと『今日、殿下を無断で平民街へ送り込み、長時間の行方不明で捜索隊を出すような、ずさんで無責任な計画を立てたのは君か』と聞くべきだったねぇ。そうしたら彼はちゃんと否定したと思うよ」

ギルバートくん以外の全員に嫌味を込めて、俺がそう口にした時だ。

横にいたクリフがツカツカと弟の元へ向かった。そしてその直後「バアン！」といい音をさせて、弟の頬を張り倒した。「きゃああ！」と令嬢の叫び声が聞こえたが、そんなこたぁどうでもいい。

ちょっとやめてよ。隣にギルバートくんいるんだけど。

思わず小さな舌打ちが出てしまった。

「今はその辺にしておいてクリフ。弟御からは第二騎士団の下っ端騎士を調達した経緯も聞くんだろうし。話せなくなったらダメでしょ」

適当に止めれば、クリフは振り上げた手を下ろした。そしてそのまま、クリフは隣のギルバートくんの前に立つと膝《ひざ》をついて低く頭を下げた。

「ランネイル様。このたびは弟ドイルの不始末、心から謝罪いたします。後日正式に家を通し謝罪をいたす所存ですので、今はどうかこの場にてご容赦頂きたい」

跪《ひざまず》いたクリフは、弟の髪を鷲掴《わしづか》みにして地面につけ足で踏んでいる。

激しいなクリフ。踏む力が強すぎて、弟ってば声も出ないじゃん。ってかドイルって言うんだね。

筋肉担当の弟くん。

「……はい。ここでの謝罪承りました」

表情を変えずにそれに応えるギルバートくん。

でもあれ絶対ビックリしてる。可哀想に……。いいかげん、こんなとこから帰ろうね。

クリフが弟の頭を踏んづける様子を横目に、俺はまた近衛隊長に向き合った。貴族の顔で。

「では近衛隊長？　ランネイル侯爵子息は無関係ということでよろしいですか？　私としては、時間をかけた正式な計画書をゴミにされた上に、五限の講義をフイにされた後輩が気の毒でならないのですよ。ええ彼は皆勤だったというのに……。ということで、連れて帰って差し上げてよろしいですね？」

もちろん、ギルバートくんを派手に教室から連れ出したという近衛にもチクッとするのは忘れない。

「ああ、そうそう。ランネイル侯爵子息が騎士に連れて行かれる様子は多くの学生が目撃していたとか。彼の不名誉な噂が流れぬよう、その辺はきちんとそちらで手を打って下さいね？」

もし僅かでもそんなことがあったらタダじゃ済まさねえぞ、の意味を込めてニッコリと貴族スマイルを浮かべれば、近衛隊長は頷いて同意してくれた。後は勝手にやれ。手ぇ抜くんじゃねえぞ。

よし、これで話はおしまいだ。さっさと引き揚げるぞギルバートくん。

「ランネイル殿、参りましょう」

クリフが弟を床で踏んづけて退かしてくれているので、ギルバートくんが通路に出やすくて非常によい。クリフ、グッジョブ。ギルバートくん早くこっちにおいで。

席を立ったギルバートくんを身体の前に据えて、俺がクルッと彼らに背を向けて出口へ向かおうとした時、その後ろから声が上がった。

「ちょっと待って！」

また舌打ちしそうになった。なんで声をかけるかな男爵令嬢《ヒロイン》。これ以上ギルバートくんに用はない

よね、と肩越しに俺が後ろを振り返ると、

「あの！　わたしセシル・コレッティと言います。あなたは……」

なぜかバッチリ俺を見て挨拶《あいさつ》された。

ええ俺？　男爵令嬢《ヒロイン》の名前とか別に知りたくないんだけど。

溜息《ためいき》を飲み込んで、俺は肩越しにチラッとだけ振り向いた状態のまま口を開いた。

「これはご丁寧に。私はそちらのクリフ・グランバート殿と親しくさせて頂いている者です。本日はたまたま縁がありまして、近衛隊長をお手伝いする誉《ほま》れに与《あずか》ったまで。先を急ぐので失礼いたします」

名前を教える気はありません、と遠回しに拒否。高位者が下位者に名を名乗らなくてもまったく問題はないからね。もちろんクリフにも近衛隊長にもギルバートくんにも言い回しは通じているはずだから、彼らが今後、俺の名を彼女に教えることはないだろう。

イベント消化だか好感度上げだか知らないけど、非常識な行動をする輩《やから》と名乗り合うつもりはない。しかもその行動が可愛い後輩に迷惑かけたとあっては尚更《なおさら》だ。まあ入ってきた時に家名を呼ばれた気もするけど、覚えてないようだし大丈夫だろう。

さあさあ帰りましょ、とばかりに俺はギルバートくんの背をそっと押して足早に出口へと向かった。

男爵令嬢《ヒロイン》がなんかまた言い始めたけど、近衛隊長がブロック。ナイスだ隊長。

第一大講堂の前扉を出ると、無人の通路は静まり返っていた。

馬鹿馬鹿しい大講堂の中の騒ぎが嘘のように扉一枚で遮断されて、俺はやっとギルバートくんの顔をちゃんと見ることができた。

ああ、完璧《かんぺき》な無表情。でもきっと頭の中は情報を整理中で、自分が置かれていた状況を正確に理解しようとグルグルしているのだろうね。

「災難だったねギル。大丈夫？」

そう彼に声をかけると、彼はその瞳《ひとみ》をようやく俺に向けてきた。見つめる俺の前で、そのきつかった目元が徐々に和らいでいって、代わりになぜか僅かに眉《まゆ》が寄せられていく。

そしてスッと目の前の彼が両手を上げたかと思うと、少しひんやりした彼の掌《てのひら》が俺の頬を包み込んだ。気遣わしげな色を浮かべた緑の瞳が、真っ直ぐに俺を見上げてくる。

「アルのそんな顔、初めて見ました」

え、俺の顔？

顔が固定されているので仕方なく「ん？」と目で問えば、ふにふにと両手で頬を揉《も》まれてしまった。

「すごく不機嫌そうで、怖い顔です」

そうなの？　それは気づかなかった。ムカついていたのは確かなんだけど、何だかんだ緊張していたかな。疲れて混乱しているギルバートくんに俺が心配かけちゃったか。いかんいかん。

頬を包む彼の手に両手を掛けて、可愛らしく「ごめんね」と笑顔で小首を傾《かし》げてみる。

「なんでアルが謝るんですか」

むっと眉を寄せたギルバートくんに「怖がらせちゃったから？」と疑問形で返したら「怖がってい

ません」と、両頬を派手にむにむにされてしまった。

頬から離れて下ろされた彼の両手から、ほのかな温《ぬく》もりが伝わってくる。先ほどの冷ややかさに比べて、僅《わず》かでも緊張が解けた様子を掌《てのひら》で感じて、俺はホッと内心で息をついた。そして握っていた両手を離すと、さっさとこの場を離れるべく彼の肩を軽く叩《たた》いて廊下の先へと促した。

うん、せっかく中央棟にいるんだから食堂で何か腹に入れていくか。ギルバートくんもひと息入れたいだろう。

「せっかくだから食堂で何か食べていこうか。お腹空いたでしょ」

今は五時半過ぎ。夕食のピークまでは間があるし五限の最中だ。そもそも帰りの遅い五限を取りたがる学生は少ないから食堂は空いているだろう。

ギルバートくんは俺の一、二年次と同じく効率を考えて寮に帰ることも多いと聞いている。今日屋敷に戻らないなら夕飯をここで食べても問題はないはずだけど……。

どうかなと思いながら顔を覗《のぞ》き込んだ俺に、ギルバートくんは「はい」という返事とともにコクリと頷いてくれた。よしよし、お腹いっぱいにして下らないことは早く忘れようなー。


そしてさっそく、俺たちは一階奥の食堂に向かうべく二人で階段を下りていった。

階段に響く二人ぶんの足音を聞きながら、そういえばギルバートくんと食堂を利用するのは初めてだなぁ、などと考えていた時だ。

ふいに、足音の響きが俺一人ぶんになったことに気づいて後ろを振り返ると、ギルバートくんが階段の途中で足を止めていた。

「今日………」

その声に、俺も足を止めて「ん？」と彼を見上げると、三段ばかり上に立つ彼が、俺にじっと視線を据えたまま口を開いた。

「今日、隠れ家に戻ったら、水中散歩がしたいです」

ははっ、なんだ。足を止めて何を言うかと思ったらそんなことか。

「もちろん、ギルの気が済むまでいくらでも」

お安いご用だ。そんな気持ちで笑ってそう返せば、僅かに口角を上げた彼はその視線をふっと足元に向けて、トントントン……とリズミカルに階段を下りると、俺の横に並んだ。

「約束ですよ」

横に並んだ彼は、その瞳を一瞬だけ悪戯《いたずら》げに輝かせると、タタン……と二段だけ先に下りていった。

そうしてまた二人ぶんになった足音を聞きながら、俺たちは食堂に向かうべく、揃って階段を下り始めた。

◇◇

学院の食堂は、中央棟の一階東側にある。入口は数カ所あって、前世のフードコートみたいな広い造りだ。キッチンは大きいのが一つ。メニューはそれなりに種類があるし、何より無料。懐事情の厳しい平民や下級貴族出身の学生たちを支える大切な施設だ。

食堂内は二人掛けから四人掛けまでの丸テーブルと一人用のカウンター席もあって、それがいくつかのブロックに分かれて仕切られている。

食堂の入口のひとつから中に入ると、やはりいい感じに食堂は空いていて、席は二割も埋まっていない。よしよし。

「さて、何を食べようか?」

隣のギルバートくんとともに厨房《ちゆうぼう》手前の大きなメニューボードの前に進んでいった。それぞれのメニューの下に太めのピンが刺さっていて、それを引っこ抜けば注文確定というシステムになっている。

「なんでもおごっちゃうよ」

という俺の言葉に、ギルバートくんがフハッと小さく吹き出した。ああ、やっと少し笑ってくれた。

「タダじゃないですか」と溢《こぼ》しながら、多少は気分が浮上したらしいギルバートくんとボードを眺めて、食いたいものをチョイス。

この世界、メニューも前世の日本風なんだ。トンカツあるしオムライスもカレーもある。けれどラーメンはない不思議。あれか、乙女ゲーキャラはラーメン食うなってか。

食いたかったら作るしかないんだけど、七合目モブの俺に料理チートはない。チートどころか俺は料理できない一般的な貴族男子だ。

結局、俺はポークチョップピラフ、ギルバートくんはシーフードドリアセットのピンを引っこ抜いた。後ろから新しいピンがニュッと出てきたから、まだ売り切れではないようだ。

さて、どこに座ろうかと考えて、殿下の今日の不始末の話題が出るのは避けられないので、厨房脇のエリアにあるグリーンパーティションの陰になった席に決めた。

四つから八つのテーブルでブロック分けされた食堂の中、ここだけはテーブル二つきりという特別仕様。教授同士や、職員たち、あるいは外部の業者さんとの折衝なんかに使うため、こうなっているんだよね。正面が壁で、出入り部分以外は葉の密集した植物が植えられた高めのパーティション。密談にはピッタリだ。

「こんな席が？　気がつきませんでした」

ギルバートくんは目を丸くして狭いブロック内を見回している。

知る人ぞ知る席だよ、と俺は右の丸テーブル奥の椅子を引いてギルバートくんを座らせると、彼の左側に俺も腰を下ろした。椅子に背を預けた彼がホッと小さく息を吐いた音が聞こえて、俺はそれに笑みを向ける。

「正直、講堂では状況が分からず困惑していました。ありがとうございます」

そうだろうねぇと同意して、俺もまた先ほどまでの大講堂での光景を思い出したら、再びムカムカとした怒りが湧いてきた。

あ、いかん……と、その腹立ちをググッと抑え込む俺の隣で、ギルバートくんが今日の出来事を思い出すようにポツポツと話し始めた。

「五限の教室にいたら騎士たちが迎えに来たんです。殿下のお忍びの件で大講堂に来て欲しいと。お忍びは土曜の予定なので講義後にして欲しいと断ったんですが、どうにも強引で……」

近衛《このえ》としちゃあ、早いとこ全容を明らかにして殿下をさっさと王宮に連れ帰りたかっただろう。それにしても強引だな。もうちょっとイジメてやればよかった。

「アルが来てくれて、だいたいの状況を知ることができました。近衛らの説明がどうにも分かりにくくて、互いの認識に齟齬《そご》があるらしいことは察していたのですが……。つまりは殿下が……やらかしたってことでいいんですよね」

そう言って、ふうーと大きめの溜息をつくギルバートくん。自分が身に覚えのない責めを負わされそうになったことも、すでに理解した上での溜息だろう。

その呆《あき》れたような、諦《あきら》めたような顔に、思わず俺の眉が寄ってしまう。きっと彼なら怒り狂うかと思ったのに。

俺はそんな彼に身体《からだ》を向けると、すぐ隣の膝《ひざ》にあった彼の手を取った。

「ご飯を食べようギル。お腹が空《す》いているとろくな思考にならないからね」

そうさ、お腹いっぱいになって元気が出たら、隠れ家で改めて怒り狂う気力も出てくるよ。思う存分大声で叫ぶといい。

ふふっと笑いながら「はい」と頷《うなず》いてくれた彼に俺はニッと笑うと、よしよしと指先で彼の頬をペチペチとした。うん。さっきよりずっといい笑顔。

彼の笑顔にホッとしてそのサラサラの髪をナデナデしていると、テーブルの上のピンが点滅した。

頼んだ食事が出来上がったようだ。

「私が取ってくるから、ギルは席取りをしといてくれる？」

席から立ち上がろうとしたギルバートくんを制して、俺は食事を受け取りにパーティションから出て厨房へと向かった。この席は厨房のすぐ近くだから受け取りに行くのも楽チンだ。

ほんの数メートル先の厨房で出来立てのピラフとシーフードドリアセットを受け取りながら、ふっと横を見ると厨房前の魔冷蔵のケースにいちごババロアを発見。

おっいいじゃん、とスプーンと一緒にギルバートくんのトレイに追加しといた。


「はい、お待たせ」

冷めないうちにと早足で席へ戻ると、席取り係のギルバートくんが立ち上がって「ありがとうございます」とドリアのトレイを受け取ってくれた。

「熱いから気をつけるんだよ」と彼に告げて、俺もテーブルに自分のトレイを置いて席に着く。

注文したポークチョップピラフは、彩りのよいふんわりとしたピラフの脇に、こんがりと焼けた小ぶりの骨付き豚肉が添えられていて、実に美味《おい》しそうだ。俺のお気に入りメニューのひとつなんだよ。

あの居酒屋で昼飯を食べはしたんだけど、半分は酔っ払ったガストンに取られて酒の肴《さかな》の足しにされちゃったから腹減ってんだよね。

「大事な坊ちゃんの毒味だぁ毒味！」って大音量で言っていたけど、あれは毒味のレベルじゃなかった。まぁ、それを耳にしたご主人に「うちの店で毒味だと？」って、空のジョッキで殴られて悶《もだ》えていたから溜飲《りゅういん》は下がったけどさ。

俺はさっそくナイフとフォークを手にして、マデラソースがたっぷりと掛かった肉をひと口。うーむ、うまい。肉汁が口の中に広がって、腹に染み入る美味《うま》さだ。

ギルバートくんはミニサラダを食べ終えて、スプーン片手にドリアに取りかかっていた。さすがは侯爵子息。やっぱり食べる所作もちゃんとしていて綺麗《きれい》だよねー、なんて思っていたら、

「……っ！」

一瞬だけギルバートくんが硬直した。と思ったら、彼は再び何事もなかったように食べ始めた。けれど、明らかにひと匙《さじ》のドリアの量が少なくなっている。これは……。

「やっちゃったね？」

ふふん、と横のギルバートくんを見れば、ちょい気まずげな表情を見せた。ほらね。

「見せてごらん」

俺は彼の頤《おとがい》をヒョイと掴《つか》んで、こちらを向かせた。そんな顔してもバレてるからねー。舌、火傷《やけど》したんでしょ？

「はい、べぇー」

そろりと目の前のギルバートくんの唇が開いて、ちろりと舌先が顔を覗かせた。

「だめ。もっと」

見上げてくるギルバートくんの目が「えー」って言ってるけど、ダメだよ、ちゃんと見せて。

「誰《だれ》も見てないから。私だけだから、ね」

俺の言葉にギルバートくんは諦めたように、おずおずと舌を伸ばしてくれた。

ああほら、やっぱり赤くなってる。うん、でも皮が剥《む》けるほどではないから冷やせばいいかな。

そう思ってトレイに目を向ければ、ああ水がない。あるのはセットに付いてきたホカホカのスープだけだ。水があれば魔力で凍らせて氷が作れたんだけどな。

いっそ冷製スープにしちまうか？　と思い始めた俺の目に、トレイの端っこに置かれたいちごババロアが映った。ケースから出したばかりだからまだ冷たいはずだ。

なのでさっそくスプーンでひと匙すくって、ギルバートくんの舌にのせてみた。

口を閉じて、しばらく舌をババロアで冷やしている様子のギルバートくんは、俺に火傷がバレてババロア放り込まれて、少々やさぐれ気味にこっちを見上げている。

はい、そんな目をしてもダメだよ。火傷は初期対応が大事なんだからね。

「水を貰《もら》ってくるよ」

彼の頭を軽くポンポンとして、俺はそう言い残すと再び厨房に向かった。あくまでもババロアは応急手当てだからね。それに食事の合間のデザートはちょっと頂けないでしょ。

そして急ぎ足で向かった厨房で氷多めの水を貰って、そのコップを手に急いで席に戻った。

「お待たせ。はい」

ドリアを食べずに待っていてくれたギルバートくんが氷水を口に含むのをしばし眺めてから、俺も食事を再開。そろそろ熱々を脱したであろうドリアを、それでも慎重に食べ進めるギルバートくんを微笑ましく眺めながら、俺は目の前の肉とピラフを腹に収めていった。

そうこうしているうちにドリアを無事に食べきったギルバートくんは、今現在ババロアを片付けている真っ最中だ。

「そういえば……」

と、ババロアをすくった手を止めて、ギルバートくんが俺を見つめた。

「なんでアルは、あんなに事情に詳しかったんです？」

首を傾《かし》げる彼に「それがね……」と俺は今日のことを話し出しそうになったけど、ふとここが中央棟であることを思い出した。

「部屋に戻って二人だけになったら話すよ」

ゆっくりしていたいのは山々だけど、悠長に話していて騎士団やら殿下らと鉢合わせしたら嫌だからね。あのクリフや近衛隊長の激怒ぶりを見るに、小一時間は出てこないだろうと思ったから飯食ったんだけど、そろそろ立ち去った方がいいだろう。今日の出来事の詳細は隠れ家で話した方がいい。ギルバートくんも思う存分叫べるしね。

俺の意図が伝わったのか、ギルバートくんも同意するように頷いてくれた。そんな彼に「少しは元気戻った？」と聞くと、苦笑しながら「はい」と答えた彼がまたパクリとババロアを口に入れた。そっか、よかった。

「まあ、詳しい経緯を聞いたらギルは怒り狂うかもだけどねぇ」

ボソリと俺が溢《こぼ》した声を、地獄耳のギルバートくんはしっかりと拾ったようで、彼は半ば呆れたように「そんなに……？」と目を丸くして俺を見つめてきた。

俺は何の否定もせずにただコクコクと頷いておいた。今回のことはお粗末にもほどがあるからね。

「防音効いているから、思う存分大声を出すといいよ」

自分の手間ひまを水の泡にされた彼が、プンスカマックスで怒り狂う姿がすでに予測できる。

これはもう予測じゃなく予定だ。

「はぁ、まったく。今から心の準備をしておきます」

隠れ家で聞くことになるだろう碌《ろく》でもない報告の予感に、ギルバートくんはやれやれと言うように首を振ってみせた。

ははっ、最後のババロアの欠片《かけら》を入れた口が、もうへの字になっているよギルバートくん。

そうして暫《しばら》く、俺たちは綺麗に食べ終えたトレイを手に席を立ち上がった。学院の食堂では貴族であろうが何だろうが、自分で取りに行って自分で返却するのがルールだからね。

たまにそれを知らない貴族の一年生が「給仕が来ない！」って騒ぐことがあるけど、残念ながら中等部とは違うのだよ、と生ぬるい目を向けられるのがオチだ。

すでに高等部食堂の風物詩扱いになっている。ちなみに今年それをやらかした一年生の中に殿下も入っているそうだ。さもありなんって感じだよね。王族だもんなー。

食器を厨房《ちゆうぼう》に戻して、そそくさと二人で中央棟から外に出ると、まだ五限終了前ということもあって外の人通りは少なかった。隠れ家に戻るにはもってこいだ。

よし今のうちに、とばかりに俺はギルバートくんと一緒に夕焼けに照らされる西棟に向かって、やや早足で歩き始めた。

隠れ家までの道中、俺たちは念には念を入れて、いったん西棟に入ってから棟内の人気《ひとけ》のない通路を進み、いくつかある通用口のひとつからまた外に出て裏へと回った。

これが名付けて「西棟通過ルート」だ。他にも「林通過ルート」や大回りの「研究エリア横断ルート」などがある。

隠れ家に至るこれらのルートは代々の使用者たちによって編み出され、学院敷地内の変化に合わせて更新され伝えられてきた。現在はギルバートくんによって、より安全で効率的なルート開発と検証が行われている最中らしい。きっと情報が更新される日は遠くないだろう。こんなことにも優秀なギルバートくんだけど、単なる負けず嫌いなのかもしれない。


隠れ家前に到着して扉をくぐると、俺はすぐにギルバートくんに手を引かれて水槽の前に連行された。殿下たちの話より水中散歩が先らしい。どうやら心を穏やかにした後に話を聞く算段のようだ。

最近ギルバートくんが持ち込んだラグの上に二人で座り込んで、俺の脚の間で背を預けたギルバートくんが、ホウッとひとつ溜息《ためいき》をついて俺の手を握りこんだ。

うん、お疲れさま。ギルバートくん。

「じゃあ、まずはあのソードテールの赤い小魚にしようか」

俺の左肩にポスンと頭を預け、すでに目を閉じ準備万端のギルバートくん。

その耳元に俺はそう告げると、彼から返ってきた「はい」という声を合図に、そっと彼の右肩に顎《あご》をのせて瞼《まぶた》を閉じた。

水中散歩は日や時間帯、あるいは目を借りる生物の視点によって、まったく異なる景色を見せてくれる。時間帯によって生物たちの動きが変わって、スイスイと動く者もいれば、ゆったりと揺蕩《たゆた》う者や砂地を爆走したり潜り込む者などさまざまだ。

別の生物の目で見る他の生物の姿は、水槽の外から見るのとは印象がガラリと変わって、それがまた楽しい。今だって、突然カラフルなハゼの怒ったような顔がニュッと現れたもんだから、二人で同時に仰《の》け反《ぞ》って「フハッ」と一緒に吹き出してしまった。

肩の上のギルバートくんは、次に目を借りたい生物を見つけるたびに「アル、あれ」とおでこでキュッと俺の頬を押して合図を送ってきた。

俺がうっかり間違えると握った俺の手でペシペシと膝を叩《たた》いて抗議される。なかなかに厳しい水中散歩の同行者だけど、今日は気が済むまでと約束したから、俺も「はいはい」と頬でおでこを押し返して宿眼を移動し続けた。


そうして、目から目へ何匹もの生物に宿眼を飛ばしては変化を楽しんで、ようやく満足したらしい彼が「話を聞かせて下さい」とその目を開いた。どうやら殿下らの話を聞ける気分になったようだ。

「このまま聞く」という彼のリクエストで、俺は床に座ったまま、腕の中の彼に今日の出来事を話していった。

ガストンに会いに行ったこと、良い感じの居酒屋のこと、若い騎士たちとグランバート伯爵子息のこと。そして話がカフェから逃走した殿下らのあたりになると、彼はバッシバッシと掴んだ俺の手で膝《ひざ》を叩きながら、案の定プンスカ星人に変身し始めた。

いや、それ俺の膝だから。痛いよギルバートくん。

「バカなのか！　ふざけんなー！」

酒代ブン投げて戻ったその後の顛末《てんまつ》まで話し終えた頃《ころ》には、ギルバートくんはすっかり激オコバージョンのプンスカ星人になっていた。

拳《こぶし》を握りしめて、俺の脚の間で叫ぶギルバートくん。

うん。好きなだけ叫ぶといいよ。けど、その拳の中に俺の手がなければもっとよかったかな。

腕の中でプンスカプンスカする彼の肩の上で、ついうっかりクスクスと笑ってしまったら「笑いごとじゃなーい！」と怒られてしまった。

ごめんね、と素直に謝ると、口を尖《とが》らせブスくれたギルバートくんに、また頬をグイグイ押されて「次はあの小エビです」と水中散歩第二弾を要求されてしまった。

はいはい。気が済むまでですよね。了解。

◇◆◇　令嬢と令嬢　◇◆◇

水曜日四限の終了を告げる鐘が鳴り響いた。

切りよく話を終えた壇上の教授が「では今日はここまで」と講義の終了を告げる。扉を出て行く教授を横目に、私は一日の授業を今日も無事に消化できたことにホッと息をついた。

私はジュリア・マーレイ。この春、王立学院高等部への入学を許された子爵家の三女だ。

合格通知が届いた時は、それはもう嬉《うれ》しくて嬉しくて、合格通知片手に部屋の中で跳び上がったものだ。

王立学院の中等部は貴族子女のほぼすべてが通っているけれど、高等部になると令嬢の進学率は途端に四割を切ってしまう。厳しい入学選考も理由だけれど、令嬢方の多くが女子専門教育のお嬢さま学院へ進学することが大きい。私の上二人の姉もそうだった。

子爵家程度の娘ならば、そのまま嫁に行くか、短期の王宮仕えの後に縁を繋《つな》いだ方と結婚できれば上出来。というのが両親や姉たちの考え方。それが貴族令嬢の幸せ。家族はそう信じている。

でも私は、見知らぬ人との結婚生活への憧《あこが》れよりも本を読む方が何倍もドキドキしたし楽しかった。

物語はもちろん、それが図鑑や教科書であろうと、書物を通じて得る知識や広がる世界が何よりも私をワクワクさせた。

伯爵の祖父の家にあった美しい他国語で書かれた本を読みたいがために他国の文字も覚え、自国とは異なる文化を基盤とした物語や詩や歴史書の魅力に、私はどんどん夢中になっていった。

私には夢がある。

特殊な専門書しか翻訳されていない現状の我が国で、他国の素敵な物語や詩を多くの人に読んでもらいたい。そのために翻訳家になりたいという夢が。

そのためには、どうしても王立学院高等部に入りたかった。高額なお嬢さま学院よりも、望めばあらゆる高度な教育が手に入り、素晴らしい蔵書を揃えた図書館があるこの高等部に。

予想通り、家族はあまりいい顔をしなかった。半端に賢《さか》しい王立学院卒の下位貴族の娘など、見合いで敬遠されると。

そんな小言に耳栓で応戦し、振り切るように入学したこの高等部はやはり素晴らしかった。

中等部の授業とは比べものにならぬ程に高度で充実した講義が一限九十分の中にぎゅっと凝縮され、一日が終わればヘトヘトになるハードさ。けれどその合間を縫って図書館に通い、迷いながら本を選ぶのがまた楽しいのだ。夢を目標にしてくれた学院に感謝しながら、私は今、毎日を全力で過ごしている。

ただ、最近少し……ほんの少し気になることがある。入学して二ヶ月。毎日のように通っている図書館で馴染《なじ》みになった司書さんの様子がおかしいのだ。

彼はとても本に詳しく、この国ではマイナーな他国語の本に関しても「それを読むならこちらも一緒に」と関連する書籍を紹介してくれるほどに博識で勤勉な方だった。

その彼が最近、司書業務はそこそこに、なぜか史書や古地図のコーナーで調べ物ばかりするようになった。どうも一年の女生徒からの依頼というかお願いが原因のようだ。幾度かその女生徒と親しげに話し込んでいるところや、女生徒が笑顔で「分かったらすぐ教えて下さいね！」と手を振って出て行くのを見たことがあるので間違いないだろう。

いや確かに彼は優秀で優しげな美男子なので女生徒から人気があるし、彼に近づく女生徒が現れたことは驚くに値しない。彼ならば、淡い恋心を抱きお近づきになりたがる女生徒など山ほどいるだろう。私とて正直、憧れが無かったと言えば嘘になるけど、嫉妬《しっと》するほどの思いじゃない。

ただカウンターの奥に積まれた、未修繕の本の山が高くなっていくのを見ると、何とも言えない気持ちになるのだ。入学当初はあの司書さんから、仕事に対する誠実さや真摯《しんし》な姿勢を感じたのだけれど、私の勘違いだったのだろうか。

今日もその山積みの本を横目に、私は図書館で本を借りる。すでに馴染みになった貸出業務の女性職員が、私の目線の先を察して眉《まゆ》を下げながら本を手渡してくれた。彼女の立場ではどうにもできないのだろう。

私は図書館を出ると、もやっとした気分を振り払うように一度小さく深呼吸して、それから手元の本を見下ろして気分を上げた。

そうだ、今日は食堂で早めの夕食を食べて部屋でずっと本を楽しもう。幸いなことに今日の課題は少ない。食堂で片手間にチェックするだけで、あとは明日でも充分だ。

今日は寝るまで本を楽しむぞと、少し軽くなった気分で中央棟の食堂に向かって歩き出した。

まだ五時を過ぎたばかりの食堂は空いていた。五限の授業中で夕食にもまだ早い時間。学生の多くは、自宅なり寮に帰ってひと息入れている頃だろう。

私は注文したサンドイッチのセットを手に、最近お気に入りとなった席を確保した。

厨房の近くの、大きめのグリーンパーティションで囲われたエリアの隅。テーブル四つの広さは開放的すぎず丁度いい。右側手前の隅っこの角は特に落ち着く。この隣にはもっと狭いテーブル二つのエリアがあるのだけど、そこにひとりで座ってしまうと人嫌いな根暗と思われそうなので使わない。

サンドイッチとスープ、それと小さなデザートの載ったトレイをテーブルに置いて、まずは課題の下準備だけ済ませてしまおうと、私は丈夫さだけが取り柄のバッグからテキストを取り出した。

行儀悪くサンドイッチをパクつきながら要点部分にチェックや線を付け、ほぼサンドイッチも下準備も終わるかな、という時だ。

「ねえあなた。こちらご一緒してもよろしくて？」

突然かけられた声に、ビックリして顔を上げればそこには、学院の生徒ならば知らぬ者はいないだろう方がいらっしゃった。

目映《まばゆ》いばかりの黄金の巻き髪に、王家の血筋を示す青紫の瞳《ひとみ》。

アレキサンドラ・コルティス公爵令嬢。

女生徒の中では頂点のお家柄にして才色兼備と名高き雲の上の方だ。そのご令嬢が、手にいちごババロアとスプーンを持ってこちらを見つめていた。

「急いでいますの。失礼いたしますわね」

私の返事を待つことなく、コルティス様は私の前の席にサッと美しい所作で座ってしまった。そして隣との目隠しになっているグリーンパーティションにピタリと身体を寄せる。目の前で戸惑う私に、彼女は口元に人差し指を立てながらニッコリとした微笑みを向けてきた。

「しぃ……。静かになさって。これから素敵な時間を過ごしますの。そうそう、私はアレキサンドラ・コルティス。よろしくね。あなたもご一緒にいかが？」

ええ知っています。という言葉を飲み込んで変な顔になった私に、彼女は小声で早口にそう言い終えると、スイッとパーティションのグリーンに耳を寄せた。

隣に何か？　何をご一緒するの？

つられて私も思わず同じようにパーティションに耳を寄せてしまう。

『殿下が……やらかしたってことでいいんですよね』

いつの間にか隣のエリアに人が来ていたようだ。男性の声……殿下？

殿下の名が出て、思わず正面のコルティス様を見れば、先ほどとは打って変わって眉を寄せている。

「また何やらかしたの、あの殿下《ひと》……」と呟《つぶや》いたコルティス様の眉間《みけん》には、今にも皺《しわ》が入りそう……って、

「これ、盗み聞きじゃないですか」

小声でそう抗議すれば、コルティス様はその可愛らしい唇を僅《わず》かに尖らせた。

「あら違うわ人聞きの悪い。私はたまたまこの席に座って、たまたま声が聞こえたり、葉の隙間から隣が見えてしまったりするのよ」

覗《のぞ》き見もするつもりなんですね。堂々と反論してますけど、そのヒソヒソ声が後ろ暗さ満点ですよ。たまたまなら葉っぱをグリグリして隙間広げませんよね。顔を正面に向けたまま、目だけを隙間に向けるって高等技術ですよ。

「――!!」

何を見たのか、コルティス様の目が大きく見開かれた。え、なに？

思わず私も右横のパーティションの葉の僅かな隙間から隣に目を向けてしまった。すると……。

十時方向に座った男性の左手を二時方向に座った男性の両手が握りこんでいた。確かにこの席からは非常によく見える。ベストポジションだわ。

手を握られている男性には見覚えがあった。コルティス様と同じくらい有名な方だから。

美しいプラチナブロンドの氷の貴公子、ギルバート・ランネイル様だ。怜悧《れいり》な美貌《びぼう》と無表情で冷静な印象から、迂闊に近づけない孤高の存在として学内女子からの人気が高い。

けれど、そのランネイル様に身体を向け手を握って微笑んでいる隣の男性には、まったく見覚えがない。私たちよりは年上に見えるけれど、制服を着ていないので学生ではないのだろうか。

家族？　親族？　いやそれにしては似ていない。けれど、ずいぶんと優しげな方だ。

ふんわりとした金髪の下の整ったお顔に柔和な笑みを浮かべて、ランネイル様を慈愛の眼差《まなざ》しで見つめている。

『ご飯を食べようギル。お腹が空《す》いているとろくな思考にならないからね』

低く通る穏やかな声で語りかけた金髪の男性に「はい」と答えたランネイル様がふっと微笑んだ。

え？　微笑んだ？

驚く間もなく、その美貌の頬に向かい合った金髪の方の掌《てのひら》がスルッと添えられた。

そうしてトントンと、その指先が頬を柔らかくノックすると、ランネイル様の目元がさらにふわりと和らいでいく。

続いて優しく髪を撫《な》で始めたその手に目を細めるランネイル様の様子は、学内でお見かけする無表情で冷たい印象とはまったく違う。なんて柔らかで穏やかなお顔をされるのだろう。

私が見惚れていたその時、金髪の男性がサッとこちらを見た。

いや、テーブルの上で光っているピンを見たのだけれど、私は思わずパッとパーティションから顔を離して目の前に広げたテキストに覆い被《かぶ》さった。

「あの方はランネイル侯爵子息の思い人で、上級生ですの」

目の前で同じ体勢をとり、こちらを向いたコルティス様がひっそりと囁《ささや》いた。

何だかとっても楽しそう。

「やっぱり素敵……」と溜息《ためいき》を溢《こぼ》してうっとりするコルティス様はとても綺麗《きれい》だけど、これって覗き見の盗み聞きですからね。あなた貴族子女の鑑《かがみ》と名高いコルティス公爵令嬢ですよね。

「いやあの、さすがにちょっと……」

「しっ！」

はしたないのでは……と思い切って諫《いさ》めようと口を開いたら遮られてしまった。隣のパーティションから、上級生という金髪の男性が出てきたからだ。なので二人で意味もなくテキストを覗き込み考えるフリをする。なぜ私まで……。

「あなた、お名前は？」

向かい合って同じテキストを覗き込んでいた彼女の青紫色の瞳が私を捉《とら》えた。

「ジュリア・マーレイと申します」

ほんの少しの間を置いて「マーレイ子爵の三番目のご息女ね」と微笑んだコルティス様。彼女の頭の中には貴族名鑑が丸ごと入っているのだろうか。

ふふっと小さく笑った彼女は、私と同じテキストを綺麗なバッグから取り出して机上に広げた。

「私たち同じ講義を受けている同級生同士、ですわね」

至近距離で見る彼女は本当に美しくて、こんな方と相席してしまっていいのかしら、と今さらながら戸惑ってしまう。けれど、これだけは言っておかなければ。

「あのですねコルティス様。貴族令嬢として覗き見はどうかと思います。はしたないですよ」

小声ながらやっと言えた私の言葉に、目の前の彼女はその美しい目をキョトンと丸くして、そうして「ああ……」とさも今気づいたようにクスリと笑った。

「これは覗き見じゃないわ。私たちは美しい恋の傍観者。その行く末をひっそり見守り、胸を高鳴らせる観客ですわ」

いやそれを覗き見と言うのですよ。ダメだ話が通じない。

けれど……なんて楽しそうに、嬉《うれ》しそうに笑うんでしょうね。まったく邪気を感じない笑みに何でも許してあげたくなってしまう。

パーティション越しの私の背後を人が通った気配がした。どうやら上級生が戻ってきたようだ。

「私ね最近、自分というものを考え直す機会に恵まれましたの」

覗き見への罪悪感と戸惑いが顔に出ているであろう私を気にすることなく、彼女はいちごババロアをパクリと口に入れてニッコリと微笑んだ。

「常識とか、慣習とか、男とか女とか、そういったものに正面から向き合いましたらね、私を縛る謂《いわ》れのない枷《かせ》に気がつきましたの」

ふふっと、まるで悪戯《いたずら》を打ち明けるように、目の前の綺麗な彼女は楽しげに笑う。

そしてチラチラとパーティションの向こうに視線を逸《そ》らしながら話を続けた。

「私、民に対する貴族の義務や責任といった枷には同意しても、例えば令嬢だから女だからこうあれ、といった理不尽な枷は外してしまおうと決意いたしましたのよ」

たぶんこれは私の「貴族令嬢として」に対する答えなのだろうけれど、その言葉は思いがけず、まったく別に私が抱えていた胸のつかえをスコンと軽くした。

令嬢だから女だから……さんざん家族に言われた言葉。それが常識で当たり前。けれどそれを理不尽な枷だと言い切った公爵令嬢。

違う道を見ることは悪いことでも異端でもないと、柔らかい風に背中を押された気がした。

あまりにも簡単に軽やかに私の枷まで外してみせた目の前の高貴な令嬢に、私が驚きとも感動ともつかぬ気持ちを抱いていた時だ。

彼女はいきなり「え……」と小さく呟いたかと思うとパーティションの向こうを二度見し、そしてみるみるその頬を赤らめ始めたのだ。

何事かと訝《いぶか》しく思い、ついつい目を向けてしまった葉の隙間の向こうには、あまりにも近い距離で見つめ合う男性お二人の姿が…………。

ランネイル様の形のいい頤《おとがい》に上級生だという男性の人差し指がかかり、薄桃色の唇を開いたランネイル様のお顔を、優しく蕩《とろ》けた群青の瞳が見下ろしていた。


『誰《だれ》も見てないから。私だけだから、ね』

息がかかるほど近くで、あやすように、甘やかすように、ランネイル様を宥《なだ》める上級生。

その甘い声に従うように、ランネイル様の赤く濡《ぬ》れた舌が唇の間からそっと差し出されると、上級生は満足げに目を細めて、すいっと、またほんの僅かにその距離を詰めた。

ランネイル様はされるがままに動きを止めて、目前に迫る上級生の顔を陶然と、まるで見惚れるように見つめている。

私は思わずガバッと手で口を覆ってしまった。自分でも顔に熱が集まっているのが分かる。

どうしよう、心臓がドキドキとして目を離したくても離せない。

上級生が、差し出された舌の上にババロアの欠片《かけら》をそっとスプーンでのせた。それに口を閉じて、照れ隠しのようにむぅと眉を寄せて上級生を見つめたランネイル様。あまりにも自然に行われた一連の行為に、二人の関係の近さが分かる。

上級生を見上げるランネイル様の瞳はトロリとした甘えを含み、目の前の彼だけが特別なのだと語っている。そして彼を見つめる上級生の眼差しもまた、明らかにただの下級生に向けるものではない。

ああ、確かに……。切ない恋愛小説を読んだ時のようにキュッとなる胸に、コルティス様が仰《おっしゃ》っていた意味を理解した。なるほどこれは癖になる。甘く密《ひそ》やかな物語を見ているようだ。

ホウッと思わず息を吐いた私の腕が、急にグイッと引っ張られた。いわずもがな正面の公爵令嬢だ。引かれた左腕をテーブルの上に伸ばして、みっともなく突っ伏した私の後ろを上級生の男性が足早に通り過ぎていった。

「あぶなかったわ」と真面目な顔で言った正面の彼女は「でもこういうのも楽しいものね」と、すぐにそのクリッとした大きな目を悪戯げに輝かせて小さくコロコロと笑った。

そして、ね、素敵でしょう？　とばかりに期待した目を私に向けて、あの上級生はラグワーズ伯爵家のご嫡男で三年生なのだとコッソリと教えてくれた。

「公爵家の力をもってすれば身元調査など造作のないことですわ」と胸を張った彼女に、それは何か違うと言おうか迷った。

「同性同士の上に家を継ぐ嫡男同士。三年生の彼は来年には卒業……恋の行方は甘く切なく厳しいわ」

胸を押さえて溜息をつく公爵令嬢の中では、半分くらい彼らのラブストーリーが出来上がっているようだ。その様子に私は思わず吹き出してしまった。

「確か、異国の王が女性の妃ではなく、男性を王配としたという話を読んだことがあります」

昔読んだ異国の古い史話を思い出した私に、彼女はパッと顔を輝かせた。

「まあ素敵。そうなるまでにどれほどの困難やロマンスがあったのでしょう。想像するだけでドキドキするわね。それは異国のお話にあるの？　そこの本のように」

私の隣席に置かれた本に目を向けた彼女に、私は小さく頷《うなず》いた。

「羨《うらや》ましいわ。私も読んでみたい」と言ってくれた彼女に、私はつい話の流れで、実はこういった本を訳す翻訳家になりたいのだと話してしまっていた。

「素敵な目標ね。それは我が国の文化や経済の発展に関わる壮大な目標だわ。私、応援いたしましてよ」

下級貴族の娘が夢のようなことを……と笑われることを覚悟したけれど、身体を乗り出した彼女は真っ直ぐに私を見つめてキッパリとそう言った。

「物語に出てくる他国の装飾や食の様式は、必ずや我が国に新しい風を吹き込みますわ。そして習慣や考え方の違いに民草《たみくさ》が親しむことで、外交や貿易、ひいては経済にも影響を与えるはずよ」

ただ素敵な本を広めたいと思っていただけの私と違って、彼女は私が考えもしなかった視点から見解を語った。先ほどまでの無邪気さは鳴りを潜め、毅然《きぜん》と国を語る公爵令嬢の言葉に、私は恐縮しながらも、夢を肯定してもらえた嬉しさを噛《か》みしめていた。

そんな私を見ていた彼女の口元が、きゅっと楽しげに弧を描いた。それから、青紫色の瞳《ひとみ》に隠すことなく好奇心を溢《あふ》れさせた彼女は、輝くような笑顔を私に向けてきた。

「決めたわ。ねえ、私たちお友達になりましょう？」

諂《うた》うように楽しげに、コルティス様が私にそう言った。

そして面食らった私の「あ……いえ、子爵家の私などが……」という言葉は、またしても見事に遮られてしまった。

「身分差など心配無用。私を誰だと思っているの？」

ふふん、と鼻を鳴らしそうな様子で彼女が胸を張った。どうにもこういった姿が様になる方だ。

「誰にも批判などさせないわ。私の友人は私が決めるの。あなたとお友達になりたいわ、ジュリア」

そう綺麗に笑った彼女に、私はコクコクと頷くことしかできなかった。勢いに飲まれたことは否定しないけれど、高位貴族令嬢の矜持《きょうじ》を持ちながら型から抜け出したいと言う、一風変わった彼女の近くは何だかとても楽しそうに思えた。

「私のことはアレキサンドラと呼ん……」

「で」と言うと同時に、キラリと目を光らせた彼女がササッとパーティションに身を寄せた。どうやらまた覗き見……いや恋の傍観者にお戻りになったようだ。

しかしやはり覗きはいけない。あまりにも品格に欠ける。貴族令嬢とか性別以前に人としてだ。

なので私は閉じたテキストを彼女と葉の間に差し込んで、その目線を封じてしまう。そうして「なにしますの」と、むうっとする公爵令嬢に、私は友人となって最初の苦言を口にした。

「それは『たまたま』の範疇《はんちゅう》を越えています。聞こえてしまうのはまあ仕方がないでしょうが」

ぷくっと頬を膨らませたコルティス様……いえアレキサンドラ様は、美貌《びぼう》に似合わぬ「ちぇー」とでも言い出しそうな表情で私を横目で睨《にら》んで、それでもその後は素直に目を机上のテキストに戻してくれた。もちろん隣に全力で耳を澄ませながら。

私が満足げに頷く様子を見た彼女に「そのうち、ばあやと呼んでしまったらごめんなさいね」とツンと宣言されるのはその数秒後。

その後、隣から聞こえてきた『部屋に戻って二人だけに……』という言葉に、二人して赤面しながら口を覆い、次の『防音効いてるから思う存分大声を出すといいよ』に揃ってテーブルに撃沈するのが、ほんの数分後のことだ。

結局その晩、私が借りた本を読むことはなかった。隣の男性二人が立ち去った後も、私たちは本について文化について、食堂で話し込んでしまったから。

昨日の私にこの出来事を話したら、きっと信じてくれないわね。私が食堂で友達と夢中になって話し込む未来なんて、想像もできなかったわ。

思いもよらない偶然が連れてきた私のお友達。彼女の名は、アレキサンドラ・コルティス嬢。

賢く気高い公爵令嬢にして、純粋で素直な十五歳。

「それと、パワフルで欲望に忠実」

クスッと思い出し笑いをしながら、私は寮の素っ気ないベッドの中で目を閉じる。

明日という近い未来が、昨日よりもほんの少し楽しみになった。

◇◇

先の見えない未来
ずっとずっと先の未来で
この私たちの出会いが
王国文化の新時代を開いた「奇跡の出会い」と呼ばれ
筆の外交官と名高き女性翻訳家と
王国初の女性宰相となった公爵閣下との
数十年に及ぶ友情の始まりの日として語られるなど
今日の私が知るはずもなかった。

10　廃鉱山にて

殿下逃亡事件からひと月あまり。七月も半ばを過ぎて、だいぶ夏らしさが増してきた。

その間、俺は十八歳となりこの国での成人になった。

七月の初めが誕生日ではあるのだけれど、学院生の間は九月の秋休みに領地で祝われる習慣が身についているせいか、俺は自分の誕生日を特に意識することなく過ごしていた。ギルバートくんから朝イチにプレゼントを渡されて思い出したくらいだ。

誕生日祝いとして彼が贈ってくれたのは、美しいクラヴァットピン。

この世界、男性はネクタイでなくスカーフのようなクラヴァットを首に巻いている。なのでクラヴァットピンは必需品だ。もしかしたらギルバートくんは、俺がピンを使わず適当に結んで垂らしているのを見かねて贈ってくれたのかもしれない。

白金に僅《わず》かに金が混じったような金属のピンの先に、小ぶりのエメラルドがついたそのクラヴァットピンはとても上品な印象で、非常に上質なものだった。

箱を開けた瞬間にひと目で気に入ったものだから、その日以来、俺はその好みドンピシャのピンをありがたく愛用させてもらっている。

うん、来月には彼の誕生日があるから、お返しに何か洒落《しゃれ》たものを探さなくちゃね。

そんな七月だけど、この世界の夏や冬はさほど厳しくない。だらだらと汗をかくヒロインやメインキャラはNGなんだろう。おかげで最初の魚液肥はイイ感じに発酵が進んで、無事にそれっぽく完成した。いま俺は糖分を変えた魚液肥第二弾の発酵具合をノートに記録しているところだ。

「なるほど。並べて表にして記録するのはいいですね」

後ろからノートを覗《のぞ》き込んでいたギルバートくんが感心したように言葉をかけてきた。

褒められて悪い気はしないけど、頭の上に顎《あご》をのっけて話すのはやめて欲しいかな。脳天にカクカク当たるのよ。

「ギル、お茶が飲みたいなら素直にそう言えばいいじゃないか」

前に回された腕をポンポンと叩《たた》いて、カクカクに抗議してみた。

前期の試験まであと二週間を切って、試験科目の多い一年生はすでに臨戦態勢だ。試験の後には三日以内の課題提出期間も控えていてその準備にも時間を割かねばならない。

まあ要するに、気晴らしに俺にちょっかいをかけるほど、今現在ギルバートくんは勉強漬けだってこと。そして隠れ家の中はといえば、彼が持ち込んだ資料とテキストとノートが至る所に積み上がり、戦場と化している。家具も棚も少ないため床が有効利用されるのは致し方ない。

なぜこんなことになっているかと言えば、ギルバートくんが隠れ家を本当に隠れ場所として使用しているからだったりする。彼のノート目当てに突撃してくる殿下や、寮の前でやたらと「偶然」出会う男爵令嬢を躱《かわ》すため、ギルバートくんは隠れ家に逃げ込んだと、まあそういうわけだ。

夜は十一時、時には日付が変わるまで彼はここにいて、朝六時にはここに来ているらしい。前世のブラック企業の社畜も真っ青だ。

自主、自律、自由、を掲げた高等部の寮に、門限などという無粋なものがないからこそできることだけど、おかげでここはこんな状態だ。

朝晩の突撃からは逃れても、講義のある昼間はどうしているのかと聞けば、どうやら講義中は教授の真ん前に陣取って、講義後は熱心な他学生の質問に答える教授の後ろに付いて退室するんだとか。

そして廊下に出てから素早く逃走を図っているそうだ。

確かに出席率の悪い学生が教授の前で「ノート貸せ」は言い出せないわな。実にうまいやり方だ。

昼はここで食べてお昼寝してるしね。


殿下と言えば、あの食い逃……いや逃亡事件に関して、王宮《おうち》でかなり厳しく叱責《しっせき》されたらしい。騒動を引き起こした上に、姑息《こそく》な責任回避を画策したことで、二週間の王宮での謹慎《じたく》を殿下は陛下《パパ》に言い渡されたそうだ。噂では、今までサボっていた必修科目を家庭教師にみっちり叩き込まれたらしい。

二週間ぶりに登校してきた殿下は、男爵令嬢を構うことはやめないものの、真面目に講義を受けるようになったんだって。

「真面目に出席するようになったからこそ、今ごろ青くなってるんですよ」と冷笑を浮かべたギルバートくんから聞いたんだから間違いない情報だ。

もう一人の当事者、グランバート伯爵子息はといえば、父親の命によって休学手続きがされて、母方の祖父の領地へ送られたそうだ。復学は未定だとか。兄のクリフ情報なのでこれも確かだ。ちなみにお母様のご実家は辺境伯だったりする。

「根性叩き直す前に、爺《じい》さんに叩き潰《つぶ》されるんじゃねぇ？」と高笑いしたクリフはやっぱり肉体派の血筋だよねーと妙に感心しちゃったよ。

それにしても攻略対象者らしき人物が一人消えてちゃって大丈夫かね、シナリオ。いや知らんけど。

男爵令嬢に関しては、厳重注意だけでほぼお咎《とが》めはなかったそうだ。

「平日がいい」とねだったのは確からしいけど、結果的にすべては殿下とグランバート伯爵子息の主導で、彼女は何も知らずに付いていった、ということで落ち着いたとか。

何も知らずに食い逃げダッシュはしないと思うんだけどな。

まあ何にせよそういうことで、厳重注意だけだった男爵令嬢は翌週の月曜日には普段通り学院に現れた。それに喜んだのはルクレイプ公爵子息だそうで、殿下も伯爵子息も消えた学院でここぞとばかりに彼女にアピールしていたらしい。

ルクレイプ公爵子息は、我が国で三家しかない公爵家のご子息。お忍びデートに関わることなく難を逃れた、悪く言えば影の薄い彼女の取り巻き……なんだそうだ。

「あの人が計画立てりゃよかったんですよ」とギルバートくんが俺の膝《ひざ》をベシベシ叩きながら教えてくれた。いやいや、殿下としては明らかにライバルな公爵子息に頼むことはなかったと思うよ。

その公爵子息からもノートを見せてくれとせがまれ中だそうで、いやお前らどんだけ調子いいんだよ、と俺なんかは思ってしまうんだけど、ギルバートくんとしては殿下や公爵子息があまりに五月蠅《うるさ》いもんだから、一日だけ勉強会という名のノート閲覧日を設けることにしたそうだ。

「ノートだけ一日貸し出すっていうのはダメなのかい？」と聞けば「返ってこない可能性があります」とのこと。うん、確かに。

別にギルバートくんは意地悪で貸してあげないわけじゃない。現在ハイペースで絶賛勉強中の彼にとって必要だから貸せないのだとなぜ分からないかなぁ。そもそも試験結果だけで今までのサボりがどれほど挽回《ばんかい》できると思っているんだろうか。

とりあえず、俺はギルバートくんにカクカクでおねだりされたお茶を淹《い》れるべく、デスク代わりにしていた古いコンソールテーブルから立ち上がった。

「フレーバーティーがいいです」とリクエストまでしたギルバートくんは、立ち上がった俺に満足すると貼り付いていた背中から離れてソファに戻っていった。

彼はこの一ヶ月でまた背が伸びた。一七〇台後半かな。もう俺と五センチほどしか変わらない。大きくなったねぇ。そしてイケメンだ。さすがは攻略対象。

「で、勉強会はいつやるの？」とポットにお湯を注ぎながら尋ねると、ソファに座った彼から今週の土曜日だと返事があった。おや早いね。とっとと済ませたいんだねぇ。

でもまあこれで殿下たちの煩わしい突撃がなくなるなら、って彼が思っちゃうのも分かる気がする。令嬢に関しては何とも言えないけどね。

「場所は学院を想定していたのですが、ルクレイプ公爵邸に招かれてしまいました。まあ、あの王都屋敷なら王城にも我が邸《やしき》にも近いので了承しましたけど。わざわざ迎えまで寄越すようですよ」

フンとばかりに話す彼の前に、俺はティーカップと皿に出したオレンジジュレのプラリネを置いた。

はい君の大好きな脳の栄養だよ。お食べ。

さっそくお茶をひと口飲んで、プラリネをモグモグし始めるギルバートくん。お、口の端が上がったね。でも公爵邸で菓子の二個食いはダメだぞ。

それにしても、公爵子息はなんだって会場を屋敷にしたのかな。まあ、ギルバートくんとしては一日限りという約束で、夕方には自邸からの迎えの馬車で強制終了させる心づもりらしいから引き延ばしは不可だろうけど。

首を捻《ひね》りながら俺もマグカップに口をつけて、すでに残り二つとなったプラリネのひとつを確保。

ギルバートくん「……あ」じゃないよ。俺、六個出したよね？

ティーカップを口にしながら、追加の菓子を無言で要求する切れ長の綺麗《きれい》なお目々の圧に負け、俺は確保したプラリネを素早く口に放り込んでから新たな菓子箱を取りに立ち上がった。

土曜日はなかなかに良い天気だった。七月の前半は雨が続くこともあったけど、ここ数日はすっかり夏めいた陽気になっている。

久しぶりに王都の屋敷《我が家》のベッドで目を覚ました俺は、うんーと伸びをひとつ。今日明日は学院を出て、学生でなく伯爵子息のアルフレッド・ラグワーズとしての義務を果たす。まあしょうがないよね、貴族なんだから。寮とは違う快適なベッドで惰眠を貪《むさぼ》りたい気持ちも目いっぱいあるんだけど、いかんせんやることが多すぎる。

領地大好きな両親と弟はあまり王都に出てこないので、俺が王都屋敷に戻ると執事や使用人たちが大歓迎してくれるのよ。満面の笑みで決裁待ちの書類やメモを持ちながらね。

起きて着替えたら、俺は書類にザックリ目を通しながら軽い朝食。書類自体は王都における自領物産の取引関係の報告がほとんど。うん問題はなさそうだ。

朝食を終えたら、散歩がてらぐるっと屋敷の中を歩いて、各担当の使用人たちから報告を聞きつつ指示を出して回る。庭に出て、ついつい畑を任せている庭師の所に長居していたら執事が迎えに来た。笑顔で眉間《みけん》に縦皺《たてじわ》寄せるって一種の特技だよね。

その後は執務室の机で面倒な作業に取りかかった。いや書類の処理はさほど面倒じゃない。こんなもんは慣れだ。俺の裁量で捌《さば》くものと、領地にいる父上に押しつける案件を仕分けるのが面倒くさいのよ。引き受けすぎると図に乗るし、押しつけすぎると拗《す》ねる。面倒な人《オヤジ》だからねぇ。

「これは向こうに送っていいよな」

「大丈夫です」

「じゃこれも……」

「それはダメでしょう」

執事にシビアな判定を仰ぎつつ、何だかんだ山になった俺担当の案件を手早く片付けていく。

そんな感じで、俺が王都邸の執事や会計担当者と書類をチェックしていた時のことだ。

目の前にヒラリと一枚の魔法陣が現れた。

何だろうと思って手をかざして魔力を流すと、果たしてそれは今日ルクレイプ公爵邸へ行っているはずのギルバートくんからの伝言魔法陣だった。

『先ほどルクレイプ公爵邸に着きました』

聞こえてきた彼の声に思わず頬が緩んだ。けれどその後の言葉に、俺は思わず眉《まゆ》を寄せてしまう。

『でも思っていた王都屋敷ではありません。ルクレイプ公爵領の本邸です。殿下らに謀られました。日帰りは難しそうです』

おいおい、やりやがったなルクレイプ公爵子息。

王都で屋敷に招くと言えば王都屋敷と思うのが普通だ。それがまさかの領地の本邸。一日限りのノート閲覧日を力業《ちからわざ》で延長しにかかってきやがったか。

『公爵家の面子《メンツ》を潰すわけにもいきませんから、とりあえず我が家には明日の昼に迎えに来るよう伝えましたが……。すみませんアル、単なる愚痴です。聞き流して下さい。ではまた』

彼からの伝言を聞き終えて、俺はしばしの間その魔法陣を見つめたまま逡巡《しゅんじゅん》する。

「どうかなさいましたか？」と聞いてくる執事に、ルクレイプ公爵家の本邸の場所を尋ねてみた。

ギルバートくんからの伝言魔法陣は親展扱いになっていたので執事が内容を知ることはなかったけれど、執事は俺の寄せられた眉を見てすぐにルクレイプ公爵に関する情報を教えてくれた。

「ルクレイプ領は、元は王家の直轄地で先々代の王弟殿下が臣籍に降下された際に公爵位とともに下賜された領地です。元々は四代前の王太后陛下の離宮があった場所とあって、そのご領地は王都の西隣という好立地にあります。その離宮を改装した本邸までででしたら、距離的には馬車で三時間ほどでしょうか。近いと言えば近いですね。領地自体はさほど広くありませんが、領土の三分の二を占める山地から採掘する鉱石と温泉関連事業が主な収入源で、当家との年間取引額は……」

「わかったわかった」

スラスラと流れるようにルクレイプ公爵家に関する詳細な情報を話し始めた執事に、俺は大慌てでストップをかけた。

相変わらず有能だな執事！　思わずレクチャーを受けていた子供時代を思い出しちゃったじゃないか。一つ聞いたら関連項目含めて十以上返すのは癖か？　癖なのか？

それにしても、うーん、三時間か。確かに近いっちゃ近い。殿下もいるんなら近衛《このえ》もいるんだろうし、公爵家の使用人や護衛もいるだろうから滞在中に何かあるとは思えないけど……。

やれやれ、ギルバートくんも気苦労が絶えないねぇ……と、俺は彼に宛てて簡単な伝言魔法陣を返信した。念のためくれぐれも無茶振りはスルーするようにと、あと何かあったら必ず連絡をくれるよう付け加えておいた。

その後はタラタラと業務をこなして、ミニ実験農場で癒やされてはまたタラタラと書類を捌いて土曜日は終わった。


明けて日曜の朝。早い時間に届いたギルバートくんからの二通目の伝言魔法陣に、俺の中で嫌な予感がブワリと膨れ上がる。

『今公爵《父親》領の北、邸から馬車で四十分ほどの廃鉱山に来ています。土砂崩れの報を聞いた子息が、不在の公爵の代理だと言ってなぜか現場に向かってしまって……。そこに男爵令嬢に強くねだられた殿下までも同行なさってしまわれたものですから。とりあえず近衛と協力して、できるだけ早々に引き戻す努力をしま……殿下っ！　殿下お待ち下さい!!　あ、アル！　殿下がそばの坑道に入りました。近衛とともに後を追います。他に伝言を送る時間はありません。どうか、ランネイルへ連絡を――』

よほど急いでいたのか、伝言はそこで切れていた。なんだ……これは。

男爵令嬢に強くねだられた？

たったひと月でまたイベントか！　今度は何をやらかす気だ、男爵令嬢《ヒロイン》！

俺はすぐさま近衛に魔法陣を飛ばして、あらましを伝えた執事にランネイルとルクレイプの王都屋敷へ急ぎ知らせを送るよう指示をした。

そうして俺は執務室から部屋へ戻ると、大急ぎで遠乗り用のフロックコートとブーツを身につけ、首元の乗馬用スカーフにエメラルドのクラヴァットピンを刺した。

その俺の姿に、二家へ知らせを終えた執事が「現地に行かれるので？」と声をかけてくる。

「場所は土砂崩れ近くの廃坑だ。中の支えも脆《もろ》くなっているだろう。王族の危険を察知したからには動くのが臣下だろう。何より可愛い後輩が危険なんだよ。行かせておくれ」

白々しい理由付けなのは百も承知。

殿下を街で捜索した時のように、出て行かずに貢献することは簡単だ。けれど今回は行かなければと気が逸《はや》って仕方がない。それがなぜなのかを考える時間すら今は惜しいんだ。これがゲームのイベントなら危機一髪だってあり得る。

何が狙いなんだよ男爵令嬢《ヒロイン》！　危険を伴うアレやコレやは、せめてギルバートくんを巻き込まないで勝手にやってくれ。

「では案内の者と駿馬《しゅんめ》をご用意いたしましょう。あとの手配はお任せを」

俺を観察するように見つめていた執事が、そう言って踵《きびす》を返した。

うん、頼んだよ。


そうして短時間で支度を終えて、執事イチ押しの馬の腹を蹴《け》って走り出した俺なんだけど、どうしても馬車や人の往来が多い王都の中心部を抜けるまでは、慎重に馬を走らせなきゃいけなかった。いくら気が逸っていても街中を馬で爆走するとか無理だからね。映画じゃないんだから。

でも俺の前を走る案内人が、走りやすくて安全な道に誘導してくれたおかげで、思った以上に早く街の中心部を抜けることができた。そして案内人と俺は西にある学院の手前を曲がると、一路、北へ進路を取ってスピードを上げていく。

学院の敷地を迂回《うかい》して北上して王都の郊外へ出ると、徐々に緑が増えていく街道は幸いにして往来も少なく、さらに馬の速度が上げやすくなった。

ルクレイプ領は南北に細長い形をしていて、王都郊外に接する部分は南端のほんの一部分だ。

その狭い領境を目指して、俺は徐々に牧歌的となる景色を見ることもなく、ひたすら前方の案内人の背を追って馬を走らせ続ける。

そうして暫《しばら》く、ようやく視線の先に王都とルクレイプ領との境となる川が見えてきた。さすがは元王家の保養地だけあって、馬車も余裕で通れる立派な石橋が架かっている。

その石橋を通り過ぎた時、遥《はる》か前方に数騎で並んで走る集団が目に入った。遠目からも分かる。あの紅白の派手な出で立《い》ちは近衛だ。王都北東の王城から別のルートで王都内を抜けてきたのだろう。恐らく目的地は俺たちと同じだ。

彼らを見てなぜか速度を上げた案内人……まあ実際のところうちの御者なんだけど……は、みるみる近衛の集団との間を詰めていって、ついにはこともあろうに横に並んでしまった。おかげで必死に後を追っている俺も図々《ずうずう》しく並ぶ羽目となる。

後ろからすごい勢いで迫ってきた俺たちに、近衛たちの集団が警戒感を強める気配を感じた。

やめてーもめないでー喧嘩《けんか》売らんといてー。

僅《わず》かの間、彼らに並んだ我が家の御者は、まるで見せつけるかのように速度を上げてあっという間に近衛の先頭を追い抜いてしまった。

えぇーと思いつつも、置いていかれては敵《かな》わないので慌てて後を追うと、近衛の先頭に並んだ俺に向けて「ラグワーズ殿?!」という掛け声が飛んできた。

馬を走らせながら横目でチラッと確認すると、先頭を走っているのは先日殿下の事件でお世話になった近衛隊長さんだった。

ど〜も〜という気持ちと、怪しい者じゃありません〜の気持ちを込めて、俺はせめてもの気持ちで目だけで愛想笑《あいそわら》いをしながら馬の速度を上げて彼の横を通り過ぎた。まあ目的地は一緒だろうから挨《あい》拶《さつ》は後でいいだろう。

俺が乗った馬は近衛隊をみるみる引き離していき、俺はといえばその俊足に内心で感嘆しきりだ。

うちの執事が「駿馬」と言い切っただけあって、俺を乗せて長距離を走るこの馬の足は恐ろしく安定していた。森の中のうねる道でもしなやかに首を伸ばし、見事なフライングチェンジを披露して、華麗な駈歩《かけあし》と力強い襲歩《しゅうほ》をたくみに繰り出すその足はまさに駿馬そのもの。すごいなお前！　かっこいいぞ！

乗馬の技量も七合目な俺をカバーしてくれる優秀な馬のおかげで、ようやく案内人の後に付いていくことができている状態だ。

いや確かに急いでとは言ったけどね？　ここまでガチで本気出されるとは思わなかったよ。何者だようちの御者！　いや別に今は知りたくないけどね？　俺、今は目いっぱいだからさ！

◇◇

優秀な案内人と優秀な馬のおかげで、ルクレイプ公爵邸には予想以上に早く到着することができた。二時間もかからなかった。すごい。

「お目当ての廃鉱山について聞いて参ります」

そう言って案内人である我が家の御者がヒラリと馬を下りた。かっこいいなオイ。

俺なんか足腰に響いて、今ここで馬を下りようものなら、きっとガクガクしちゃって暫く馬に乗れなくなるかも、なんてビビって馬上に留《とど》まるしかないってのに。

息を整えて彼を待っている間に、背後から複数の蹄《ひづめ》の音が響いてきた。後ろを振り向くと、予想通り近衛の集団が追いついてきたようだ。

公爵邸前で騎乗して御者さんを待つ俺の後ろに、白地《しらじ》に赤の眩《まぶ》しい制服を乗せた馬が次々と脚を止めていく。そうして、僅かに馬上で息を弾ませた近衛隊長さんが俺の横にカポカポと進み出ると、馬の鼻面を並べるようにして止まった。

「素晴らしい乗馬技術ですね。追いつくのが大変でしたよ」

ふぅーと目を開いて声をかけてきた隊長さんは、顔面偏差値が高い近衛の中でも、ぶっちぎりのイケメン。なので実を言うと、俺は前回会った時から彼はもしや乙女ゲーの隠しキャラじゃないかと密《ひそ》かに疑ってたりする。

もしそうなら隠されてないで、さっさと男爵令嬢《ヒロイン》とくっついてくんないかな。王族や高位貴族よりよっぽどギルバートくんへの被害が少ない気がするからさ。

なんてことを考えてはいても決しておくびにも出さず、俺は愛想よく彼に会釈をしながら馬の首をナデナデした。

「いいえ私の技術など。この馬と、それから手練《てだ》れの案内人のおかげですよ」

ちょうど公爵邸から使用人とともに出てきたうちの御者に軽く手を上げながら、俺はさりげなく我が家の優秀な馬と御者を自慢しといた。だって本当にすごいんだからね。

「先月といい今回といい、貴重な情報の提供に心から感謝いたします。部下からの報告のすぐ後に、貴殿から連絡があったと聞いて驚きました。どうにもラグワーズ殿とは妙にご縁があるようですね」

僅かに眉を下げてそう言った近衛隊長の顔は「面目ない」とも「また会っちゃったよ」とも受け取れる微妙なもの。まあねぇ、普段は王宮にいる近衛が王族の公務以外で出張るなんて本来はないだろうしね。トップの隊長としては何とも言い難《にく》いんだろう。お気の毒に。

でも俺だってね、関わりたかぁないんですよ。あんたらのとこの殿下がね、可愛い後輩巻き込んでくれるもんだからこうなってるんだよ。そう言えたらどんなにいいか……。

「縁があるのは私ではなく、私の後輩のランネイル殿ですよ。可哀想に。今回は騙《だま》されて連れてこられた上に、また同級生の無謀な行動で巻き添えを食ったようですからね。あまりに気の毒でこちらまで出張ってきてしまいました」

彼らの職務に出しゃばってしまっている自覚はあるので、すっこんでろと言われる前に牽制《けんせい》して黙らせておいた。でないとここで足止めされそうだったからね。

「ラグワーズ殿は後輩思いでお優しいのですね」

そう言って表情を和らげた近衛隊長だったけど、目の前にルクレイプ家の使用人が到着すると、すぐにその表情を引き締めた。

「若様、正確な場所を聞いて参りました」

馬上の俺を見上げた御者がニカッと笑って、そしてなぜか俺の隣の近衛隊長へ目を向けるとさらにクッと口端を上げた。

「ご無沙汰《ぶさた》いたしております。シュナイツ殿、いえシュナイツ様」

そんな我が家の御者を目にした隊長さんは、なんとも分かりやすく瞠目《どうもく》した。

え？　知り合い？

「マシュー殿……。ラグワーズ家にいらしたのか」

驚く隊長さんに「ええ、俺は元々ラグワーズ領出身ですから」と御者のマシューは一瞬だけ懐かしげに目を細めると、すぐに俺に目を戻して隣に立っている公爵家の執事を俺たちに紹介した。

近衛《このえ》たちと一緒にいたおかげか、公爵家の執事だと名乗った使用人は俺を特に不審がることもなく、土砂崩れがあったという場所と事のあらましを手短に話してくれた。

早朝に届いた土砂崩れの一報に、どうやら徹夜をしていた公爵子息と殿下らが反応。

そして「見に行った方がいいわ！」という令嬢の発言に煽《あお》られた公爵子息が、周囲が止めるのも聞かずに視察を決定。

一報を届けた領民によると、現場は山の中で土砂に塞《ふさ》がれた道は地元民用の山道だって言うんだから、領主でもない子息が急いで見に行く必要性はどこにもないってのに。

うん、きっと公爵子息も殿下らと一緒に必死でノートを写していたんだろうね。それに付き合わされていただろうギルバートくんには同情しかない。

そして一晩中ノートを写していて、いいかげん嫌になっていたところに現実逃避の口実ができて飛びついた、ってとこか。そんでもってそこに殿下と令嬢も乗っかったと。

いや、令嬢に関しては乗っかったというより誘導した可能性が捨てきれない。強くねだっていたってギルバートくんも言っていたし。

ネット小説ではヒロイン転生とかあったからな。もしそうなら今後もギルバートくんはロックオンからの高い頻度で巻き込まれる可能性が高い。いやマジで勘弁してあげて。可哀想すぎる。

公爵邸の執事には、王都邸のルクレイプ公爵閣下にはラグワーズ家からも知らせを送ったことと、これから我々が現地へ向かうことを伝えた。ついでにギルバートくんのノートと荷物もまとめておいて欲しいことも忘れず伝えておいた。勉強会放り出したのは彼らだからね。もういいでしょ。

馬上に戻った御者のマシューは、俺たちを振り返ると「参ります」とひとこと告げて馬の腹を蹴った。なので俺と近衛隊も彼の後に続く。

近衛の第一の目的はもちろん殿下の安全確保だろうけど、殿下についていた六名の近衛隊員たちのことも心配に違いない。殿下の奔放なご気性を知っているなら尚更《なおさら》だ。

知り合いだったらしいマシューと隊長の経緯は興味あるけど今は後回し。まずはギルバートくんのことが最優先だ。あー、ついでに殿下もね。

ルクレイプ邸から出立してしばらく走ると山道に入って、徐々に勾配《こうばい》が大きくなっていった。馬車が通れるだけの幅はあるんだけど、道の状態は決して良いとは言えない。

どうやらこの山道も元は採掘場の運搬路だったのを、廃坑後に一部ルートを変更して地元民の生活道路に開放した感じだ。

いくつかの分かれ道はあったものの、日陰で水気を含んだ地面に馬車の轍《わだち》が残っていたおかげで、俺たちは容易《たやす》く殿下らの後を追うことができた。

そうして二十分も走っただろうか、多量の木々や岩石を巻き込んだ土砂が道を塞ぐ現場に到着した。

集団で現れた俺たちに、土砂から離れた木に繋《つな》がれていた馬たちが嘶《いなな》きを上げる。きっと殿下を追った護衛の近衛らの馬たちに違いない。恐らくはギルバートくんもここから魔法陣を送ったんだろう。

問題の廃鉱山の入口は、その土砂で埋まった道の一段下の山腹にあった。山頂へ向かう進行方向からは後方の、しかも道の下にあって伸びきった草木と岩にほぼ隠されるように存在しているこの開口部を、よくもまあ彼らは見つけたものだ。

俺は頑張ってくれた優秀な馬から下りると、その鼻と頬をトントンと叩《たた》いてから首をマッサージするように撫《な》でて、ここまで頑張ってくれた馬を褒めた。よしよしありがとうなー。

その馬を同じく下馬したマシューに預けて、俺は下にある坑道入口へ向かうべく草木だらけの斜面を下りていった。草で見えなかったけれど地面には大きな石がゴロゴロしている。

これを殿下や令嬢たちは下りていったのか？　ヤンチャだな！　虫捕りの子供か？　そりゃギルバートくんも焦るわ。

俺と一緒に近衛隊長たちも斜面を下りて、俺たちは坑道前に到着をした。

彼らの馬と、先に繋がれていた護衛の馬たちもマシューが預かってくれている。一人で十五頭も預かっちゃうって、やっぱりうちの御者ってば優秀すぎない？

坑道の入口は、元は岩や石で塞がれていたのが崩れたのか、端の方に人が一人通れるほどの隙間だけがポッカリと開いていた。ここから入ったのかー、そっかー。

中を覗《のぞ》けば案の定、真っ暗。仕方ない、行きますか、とばかりに近衛隊長と頷《うなず》き合って、入口に見張りと連絡要員を二人残すと、近衛六人と俺で暗い坑道の中へと進んでいった。

しばらくすれば連絡を受けた王都のルクレイプ家も、ギルバートくんの所のランネイル家も来るはずだ。それまでできる限り行き先の目処《めど》をつけて、できれば全員を安全に外まで連れ戻したい。

ボッ　ボッ　ボワッ

と、おのおのが手元に魔法で明かりを灯《とも》した。魔法便利だね。

七人ぶんの明かりで、そこそこ周囲の様子が見えてきた。内部は大人四人ほどの道幅に、背伸びして手を伸ばせば天井につきそうな高さの坑道が奥深くまで延びている。

「空気の補給は大丈夫そうですね」

近衛の一人が僅《わず》かな風の流れを読んで口を開いた。恐らくはどこかに空気孔のようなものがあるのかもしれない。

けれど六、七メートルおきに設置された支柱は、すでにほとんどが朽ちかけていて危険な状態だ。何よりもこの高い湿気に混じる土の匂《にお》い……。明らかにどこかで崩落しているはずだ。

「急ぎましょう」

あまりにも危険な状態に、今すぐ俺を外に誘導しそうな雰囲気を醸し出した近衛隊長に先制で声をかけ、先に進んでいく。

そして、五十メートルほど進んだ頃《ころ》だろうか、少し先の地面に何か赤い物が落ちているのが見えた。

「近衛の制帽です！　マクスレイ副隊長のものです」

先に走っていった隊員が声を上げた。白地に赤の太いラインが入り中央に王国紋章の入ったそれは、確かに近衛の制帽だ。

それは落ちていたのではなく、わざわざ石で押さえられ目印として置かれていた。そしてその脇には、崩れた壁に亀裂《きれつ》のように口を開けた細い横穴がある。

「まさかここに入ったのか？」

誰《だれ》かが呟《つぶや》いた言葉に皆が沈黙した。けれどすぐに近衛隊長の「行くぞ」の声に、一人ずつ亀裂から中に入っていく。もちろん俺も横になってやっと通れる幅の亀裂を跨《また》ぐようにくぐり、彼らに続いた。

狭い裂け目の通路を身体を横にして、時々胸を擦りながらしばらく進んでいくと、ポッカリとひらけたやや広い空間に出た。岩壁に囲まれた十人ほどが立っていられる広さだ。

その天井は高く、高い湿度のせいか薄《うっす》らとコケが生えた岩肌の近くを、無数のコウモリたちが鬱陶《うっとう》しいほどに行き来していた。どこかに外へ通じる出入り口でもあるのだろうか。

今しがた通ってきた狭い通路の脇には、同じく別の近衛の制帽が置かれていた。

殿下らを追いながらも咄嗟《とっさ》の判断で戻るための目印を置くことに決めたのだろう。さすがは近衛だ。

この亀裂を含めて四つの道に分かれている目の前の状況なら、妥当な判断だろう。

「いったん三班に分かれて進むしかないか……」

顔をしかめて呟いた隣の近衛隊長。

きっとまた正しい道の出口に同じように目印が置かれているだろうけど、それを確かめるには三つに分かれた道を進んでみるしかない。

「王都の時も思ったのですが、殿下は探知の魔道具はつけておられないのですか？」

つい俺はそんな素朴な疑問を口にしてしまった。

王族には誘拐や監禁に備えて、居場所を知らせる探知の魔道具を持たせていると聞く。形や素材は秘匿になっているものの、そこそこ小さいものらしいから身につけていない方が不自然じゃないかと思ったんだ。

そんな俺の疑問に、近衛隊長は苦虫《にがむし》を噛《か》みつぶしたような顔をして渋々というように口を開いた。

「殿下が嫌がられまして……。それでも鞄《かばん》と上着には仕込んであるのですが……」

なるほど。王都での逃亡事件では変装したから服と鞄は学院だったのか。

あれ？　でも今は鞄こそルクレイプ邸に置いてあるけど、上着は着ているはずだよね。なんで反応がないの？　まさか捨てちゃった？　いやいや、さすがにそれはないか。


目の前の三つの道を二人、二人、三人に分かれて、俺は近衛隊長ともう一人とともに一番右の道へと進んでいった。

右へ右へ曲がっていく岩肌を追って、通路を十メートルも進んだあたりで「隊長！　ありました！」とずっと後方から声が聞こえた。おぅ、どうやらここはハズレだったようだ。

なので近衛隊長らと通路を引き返して全員で合流し、正解の一番左の道へと進んだ。

そして徐々に下がっていくような道を行くと、確かに三つ目の制帽が置いてあった。しかしその先はまた二叉に分かれている。

なんてこった。こんなところで迷ったら一発でアウトじゃないか。こんな迷路のような場所を殿下らは進んでいったのか？　地図も道案内もなしに？

……あり得ない。事前に道を知っている誰かが先導しなければ不可能だ。

俺の中で男爵令嬢《ヒロイン》に対する疑惑が大きく膨らんでいく。

二叉ならば全員で進んでダメだったら戻ろうと、まずは右の道を七人で進んでいた時だ、突然、全員の手元の明かりがふっとかき消え、周囲は互いの顔も見えない暗闇に包まれてしまった。

真っ暗な中で、全員が再び魔力で明かりを灯そうとするも、まったく魔力が使えない。

「結界か……！」

俺が口にしたその言葉に、近衛たちの間にピリリとした緊張が広まるのが分かった。

なるほど、殿下につけた探知の魔道具が反応しない理由はこれか。魔力を打ち消す結界が張ってあるとするならば、ここに何らかの人為的な意図があると考えるべきだろう。

このまま岩肌を伝って進むことは可能だろうけど、これほど真っ暗では出口に置かれた目印すら発見できないかもしれない。

俺たちは真っ暗闇の中、まずは点呼で全員の存在を確認し、そしてすぐに、このまま捜索を継続することを決定した。戻って対策を練るには時間がない。それほどここは危険なんだ。

明かりについては、もうこればっかりはどうにもならないようだ。周囲は岩石ばかりで燃やせるような木はないし、何より洞窟《どうくつ》内で物を燃やすのは危険だ。

「一刻も早くお迎えに行かねばならんというのに手探りで進んでいくしかないのか。くそ！　もっと人数を連れてくればよかった！」

唸《うな》るような近衛《このえ》隊長の言葉が暗闇の洞窟内に響いた。確かにもっと人員が多ければ捜索も捗《はかど》っていたかもしれないが……。

俺たちの頭の上を、幾匹ものコウモリたちが飛んでいく音がした。

このコウモリくらいの数の人員がいればなぁ、と溜息《ためいき》をつきそうになった時、ふいに俺は一つの方法の可能性に気がついた。


「ひとつ、方法があるかもしれません」

暗闇の中で俺はそう声を上げると、奥に向かって頭上を飛んでいくコウモリの気配に耳を澄まし、その方角に向けて目をこらした。そして宿眼を発動する。

コウモリの姿は暗闇で見えないものの、これだけの数が飛んでいるなら一匹くらいは引っかかってくれるはずだ。

果たして、すぐにコウモリの眼を借りることができた。ラッキーなことにコウモリの眼は薄暗くはあるが洞窟内を映しながら飛んでいる。

よかった！　ここのコウモリは眼が退化していない種類だ。超音波だけで飛んでいる種類だったら、まったくお手上げだった。

「どうか私の手を握って下さい近衛隊長。そして全員の手を繋げて下さい」

いちど宿眼を解除してから、暗闇の中で俺の言葉を待っている近衛たちに声を張った。

何をするのだという戸惑いの空気を打ち消すように「早く！」と急《せ》かせば、人が動き出す気配がした。グッと伸ばした俺の手が、剣だこのある固い掌《てのひら》に掴《つか》まれた。恐らくは隣にいる近衛隊長の手だろう。よし。

「全員繋がりましたか？」という俺の声に短い応《いら》えが次々と上がって、俺は全員が手で繋がったことを確認すると、暗闇に向けていっそう声を張った。

「特性を発動します。私の特性は『宿眼』です。特性は魔力ではないので制限されません。全員目を閉じて下さい」

すぐに俺は奥へ向かって飛ぶコウモリの気配に向けて宿眼を飛ばした。そしてコウモリの視界が瞼《まぶた》の裏に映った瞬間、周囲が一度ザワついたかと思うと「これは……！」「すごい……」「なんだこれは！」といった驚いたような声が次々と近衛たちから上がった。いやだから特性で宿眼だってば。

「ラグワーズ殿はこのような特性……をお持ちだったのですか」

驚きを隠さない近衛隊長の言葉に苦笑したのも束《つか》の間《ま》、俺が「さ、急ぎましょう。殿下の元へ」と腹に力を込めて声を上げると、グッと気を引き締めたような応えが全員から上がった。

「全員で満遍なく見える光景に目をこらして下さい。ダメなら別の個体に移って繰り返します。それでも見つからないようならもう一つの道に引き返しましょう。最重要は目印を見つけることですが、途中の危険な岩や穴なども見落とさないように」

そうして、七人で飛行するコウモリの目を通して薄暗い洞窟内に目をこらしていると、暫くして「ありました！」と複数の声が上がった。

ああよかった。この道がアウトだったらまた戻ることになっていたよ。

「行きましょうラグワーズ殿」

宿眼を解除した俺に、隣の近衛隊長から声がかかった。おう、さっさと進まなきゃね。

待っておいでギルバートくん。今行くから。

…………ところで近衛隊長さん、とりあえず移動中は手ぇ離してくれませんかね。

◇◇

四つめと五つめの目印は近衛のベルトだった。

それを確認して、次の目印を探すべく洞窟内を宿眼で探索していた時だ。コウモリの眼が、二叉に分かれた右の道で身動きできずにいる近衛隊員二人の姿を映し出した。

どうやら二人とも無事なようだ。どちらも制帽とベルトを身につけていないので、今までの目印は彼らのものなのだろう。

すぐに暗闇の中を声を上げながら進んで、俺たちは彼らと合流した。

「隊長、申し訳ありません。追い切れず……。先の者には声を張って留《とど》まることを伝えましたが、聞こえたかどうかは……」

真っ暗な洞窟の中で謝罪する二人の声が響いた。それにすぐさま「いや正しい判断だ。無事でよかった」という近衛隊長の声が返る。

その通り。これほど複雑に分岐した暗闇の迷路でむやみに動き回れば遭難間違いなしだ。目印の近くで留まったのは正しい。

これで殿下らを追った近衛はあと四人。どうやら最初に殿下を追ったのは近衛二人とギルバートくん。その後に近衛二組が続いたようだ。

二人以上での行動が鉄則の近衛たちは、最初に副隊長が置いた目印はともかくとして、その後は最後尾が正解の道に目印を置いていくルールにしたらしい。

その二人も加えて、さらに奥へとしばらく行くと、道が三つ叉に分かれた。なのでその手前に新たな目印の制帽を置くと、俺は八人となった近衛たちとまた宿眼を共有する。

うん、驚きの声を上げるご新規さんはスルーだ。それにしてもこの宿眼、何人まで共有できるんだろう。やったことないから分かんないけど。

その三つ叉をコウモリの眼で順番に確認。右から順に確認して二つがハズレ。一番左の道に進んだ。

そしてその進んだ先で、また二人の近衛が座り込んでいるのを見つけた。

新たな二人がいた場所の先は小さなホールのような空間。厄介なことにその先は四つもの道に分かれている。真っ暗な中で先を行く者たちの足音を追っていた彼らは、反響するホール手前で足音を見失ってしまったようだ。残りはギルバートくんのいる近衛一組と殿下たちだけ。

ギルバートくんたちがこの先で立ち往生していればそれでいい。彼だけを連れて外に出てしまおう。殿下らは近衛たちに任せればいい。

俺は十人となった近衛たちとまた宿眼を共有する。まさかここまで人数が増えるとは思わなかった。あとで口止めしておく必要があるな。これ以上の面倒ごとはご免だ。

四つの道の、右から二番目の奥に見えたのは、黄色いクラヴァット。

あれは……！　ギルバートくんのものじゃないか。

それはまるで投げ捨てられたように地面に落とされていた。恐らくは後方からの足音が聞こえないことに気づいた彼が、瞬時の判断で投げたのだろう。

分岐はその後もさらに続いて、俺たちはそのたびにコウモリの眼で目印を見つけては先に進んでいった。置かれていた目印は、ハンカチーフ、懐中時計、そして上着……すべてギルバートくんのものだ。

俺の脳裏に、殿下らを追う近衛の後を、目印を置きながら必死で付いていく彼の姿が浮かんだ。洞窟内は湿度は高いが気温は低い。上着まで脱ぎ捨て目印にした彼を思うと胸が苦しくなった。なぜ彼がここまでする必要があるんだ。いや分かっているさ。俺が彼でもそうせざるを得ない状況なのは百も承知だ。

けれど分かっていても腹が立つんだよ。先を行く近衛たちにも、近衛隊そのものにも、殿下にも。学院のルールが近衛を拒んでいるなら他に手を考えろっていうんだ。安全なのが当たり前だと思い込んでる王族には危機意識を教えろ。何をしても安全なのは俺たちが守っているからだと胸ぐらを掴んで教え込め。

ギルバートくんが置いた上着を近衛たちの制帽に代えて、俺たちはさらに奥へと進んでいった。

彼が置いた目印はすべて俺が回収した。左腕に抱えた彼の上着は洞窟内の湿気でじっとりと冷たく湿っている。その感触に奥歯を噛みながら暗闇の中を進んでいく間、俺は心の中で盛大に不満を吐き出し続けていた。

廃坑の入口くらい分厚く塞《ふさ》いでおけよ公爵家！　脳天気な子息はふん縛ってでも止めろよ使用人ど

も。それから元凶の男爵令嬢——と、俺の怒りの矛先がそこまで辿《たど》り着いた時、目の前の道が二叉に分かれたので、とりあえず男爵令嬢への文句を中断して速やかに宿眼を発動した。

コウモリの眼を通して、順番に出口付近の地面を視ながら、全員で新たな目印を探していく。が、どうしたことか、どちらの道にも何も見つけることができない。

「目印にするものがなくなったのか……」

暗闇の中で誰《だれ》かが呟《つぶや》いた。いやそんなはずはない。彼に限っては何かしら残しているはずだ。

「もう一度、二つの道を調べ直しましょう。必ずあるはずです。地面だけでなく壁や石の陰も、我ら十一人の目をこらして浚《さら》い直すんです」

俺の言葉に、近衛たちが揃って「おうっ」と声を上げた。近衛隊長の手にもグッと力がこもる。

左の道を全員でじっくりと二度見直すも、何も見つけられなかった。なので次は右の道へ進むコウモリに向けて宿眼を飛ばし、改めて確認していく。

コウモリは飛んですぐ天井に止まってしまう場合も多いので、小まめに別の個体へ眼を移しながら奥までじっくりと、意識を集中して視続ける。

結構なスピードで飛行するコウモリの眼で、見落としがないよう隅々まで目をこらすのはなかなかに厳しい。こればかりは十一人の目があってよかった。

けれどそのコウモリの眼は、間もなく次の分岐場所へ到達しようかというその時になっても、やはり何も映してはくれなかった。

もう一度ずつ捜索を繰り返すべきかと俺が考え始めた時、その勢いよく飛ぶコウモリの視界の端……右側の壁に何か光るものがチラリと映った。

「あれは？　何かありました。右に行きましょう」

その何かには他の数人も気づいたらしく、期待を抱きつつ全員で右の道へと進んでいく。

そうして、向かった真っ暗な道の先で俺たちはそれらしき場所にあたりを付けると、手探りで目印を探し始めた。

もし目印でなかったら、隊を二つに分けるか、数多《あまた》のルートを宿眼で辿って順番に潰《つぶ》していくしかない。消費される時間は相当になるだろう。

「あった！　これだ」

隊長を挟んだ反対隣の近衛《このえ》が声を上げた。

俺は手探りで人から人へと身体を辿って、その隊員の右手が添えられたそれに手を触れた。

ああ、これは――――。

暗闇の中でも分かる。万年筆だ。

俺が彼に贈ったガラスの細工がはめ込まれた万年筆が、蓋《ふた》を外された状態で岩の隙間に突き刺してあった。ツルリとした小さく細いガラス窓の感触が指先に当たる。

「間違いない。ランネイル殿のものです」

その場所に近衛の制帽を置いて、俺はその万年筆を回収すると内ポケットに仕舞い込んだ。蓋がないのは、彼が次の目印にするつもりでそうしたのだろう。

「次の目印は恐らく金細工のついた万年筆の蓋です。小さいものですが壁に注意を払って下さい」

そしてやはり、その先の二叉になった左の道にそれはあった。金のクリップ部分が力任せに曲げられ、岩肌に挟み込まれていた。

そうやって辿り着いたその場所で、俺たちはようやく人らしき声と物音の響きを耳にすることができた。それは目の前の二叉の左から聞こえてくる。

「辿り着いたようですね」

と、隣に声をかけると「ええようやく。ラグワーズ殿のおかげです」と、近衛隊長が剣だこのある手に力をこめた。いえいえどういたしまして。万年筆の蓋を回収したいから手を離して下さい。

近衛隊長の手をやんわりと外し、俺は無事に蓋を回収。代わりに隊長の制帽を手探りで取り上げて地面の端に置いてやった。あなたも隊長なんだから目印仲間に入りたまえ。


暗闇の中、声のする方に走っていく隊員たちの足音に付いていくと、やたらと石がゴロゴロしている場所に着いた。ひどく土の匂《にお》いがする。

それもそのはず。到着した場所では天井が崩落し、岩石や土砂が山積みになっていた。正面は行き止まりで、その岩壁が右側から雪崩《なだ》れ込んだ多量の土砂で半ばまで埋まっている。

が、それにしても妙に明るい。いや明るいと言っても真っ暗闇に比べれば、なのだが、常夜灯程度には見える薄暗さだ。

見れば土石に当たったのか正面の岩壁の上部が崩れており、そこから薄明かりが漏れていた。

さらに目をこらせば土砂の前で近衛らしき者たちが土を懸命に手で掘っている様子が見て取れる。

光源が何かは分からないけれど、あの壁の向こうに空間があり殿下たちがいるようだ。騒ぎ立てる声が聞こえるから間違いない。恐らくはあの土砂に埋まっている場所に出入り口があったのだろう。

「早くしろ！」

「急いでくれ！」

「出してぇー！」

殿下と公爵子息と令嬢の声だ。

どの口で言ってんだあんたら。ムカつくほど元気だな！

「隊長！」

身体を真っ黒に汚した二人の近衛たちが、俺の隣にいた隊長の元へ駆け寄ってきた。あの制帽を被《かぶ》っていない人が最初に制帽を置いたという副隊長なのだろう。

「なにがあった」と聞いた近衛隊長に、二人が手短に報告を始める。

殿下らを追ってきた彼らが、通路を抜けてここに入った瞬間に右の天井が突然崩落したのだという。

数秒違っていたらと思うと、何ともゾッとする話だ。

隣に立つ近衛隊長に早口で報告をする彼らの後ろに、もう一人の人影が見えた。さっきまで彼らがいた土砂の上で、中腰で立っている人物。顔は見えないけれどあれは間違いなく……。

「ギル！」

思わず叫んだ俺の声に、その人物は僅《わず》かに首を動かした。やっぱりギルバートくんだ。

まるで俺の声を探るように身体を起こした彼が、土砂に足を取られながらもこちらへと歩き始めたのが分かった。けれど俺はそれを待つことなく、すぐさま近衛たちの脇をすり抜け彼に駆け寄ると、その彼の手を掴《つか》んで自分に引き寄せた。

掴んだ彼の手は水気を含んだ土で真っ黒になって、ザラリとした感触がした。

真っ白だったろうドレスシャツも、磨き上げた靴も、艶《つや》やかな髪も、滑らかな頬も、土砂の泥と土にまみれ汚れている。


――――あり得ない……。


グツリと腸《はらわた》が煮える音がした。

「アル……来てくれたんですね」

薄暗闇の中、引き寄せた俺の目の前で彼がホッとしたように微笑むのが見えた。

それについ眉間《みけん》に皺《しわ》が寄ってしまうのを自覚しつつも、まずは彼を危険な土砂から離すべく、俺はその手を引きながら入って来た通路の方へと戻り始める。

そうして戻った通路のあたりは、暗さは増したものの近距離ならば何とか顔が判別できる程度の暗さ。あの危険で冷え冷えとした土砂の中に彼を置いておくよりは、暗い方がまだマシだ。

繋《つな》いだ彼の手は冷え切っていて氷のようだった。この手で冷たい土をどれほど掘ったのか。重い石をどれほど除《の》けたのか………。

俺は急いで自分のフロックコートを脱ぐと、すぐさまそれを彼に着せた。抱えていた彼の上着は湿気が内側まで回って、とてもじゃないが着せられたものではない。俺と五センチほどしか違わない彼なので、俺のコートはやや袖口《そでぐち》が長い程度で丁度よかった。

俺はコートの前ボタンをしっかりと留めると、その冷え切った身体を抱え込んだ。

「アル……？」

泥と土がついた彼の髪が顔の横で揺れるのが見えた。

それに無性にイラッとした俺は、その汚れを指で何度も梳《す》き落としていく。

「アル……ねえアル」

バンバンと背中を叩く彼の手に、俺がほんの少し引き寄せた腕を緩めると、彼が左肩から顔を離して俺の顔を覗《のぞ》き込んできた。

「私は大丈夫。大丈夫ですから……」

目元を緩めて僅《わず》かに見上げてくるその頬にも黒い汚れが付いていた。思わず彼の頬を両手で押さえて、その汚れを親指で拭《ぬぐ》う。

「もうこんなことをしたらダメだよ、ギル」

なかなか取れない汚れに指を動かしながらそう言えば、ギルバートくんの眉《まゆ》が僅かに下がった。

「君が行くことはなかった。近衛に任せるべきだった」

僅かな明かりを反射するその瞳《ひとみ》に向けてそう言うと、コツンと額を当てた彼が「すみませんでした……」と呟き、申し訳なさそうに細められた眼の奥で緑の瞳が小さく揺れ動いた。

顔を離して、また彼の髪を撫《な》で梳きながら、俺は最優先事項を思い出した。そうだ、こんな場所から彼を一刻も早く外に出してあげなければ。

「外に出よう。ギル」

俺はすぐさま彼の手を取って出口に続く通路へと歩き出した。が、その足はギルバートくん自身によって止められてしまう。

「ま、待って下さい。まだ殿下たちが……」

「知るか」

思わず吐き捨てるような物言いになってしまった。

さらに歩き出そうとする俺をギルバートくんの手がまたギュッと引き留める。

え、なんで？　もういいじゃない。もう充分だ。

「お願いします。最後まで、殿下らが無事に出てくるまで、どうか見届けさせて下さい」

繋いだ手をキュッと握りしめて頼み込む彼に、ついつい大きな溜息《ためいき》が出てしまう。

「端の方で身体を休めながら見ているんだ。危険だと思ったら無理にでも連れ出す。いいかい？」

本当ならば、こんな危険なところから一刻も早く彼を逃がしたいのが本音だ。けれど、それでは彼の気が済まないのだろう。

コクリと頷《うなず》いた彼を土砂を除ける作業がぎりぎり見える壁際に連れて行くと、俺は彼を背中から抱え込んだ。そして前に回した手で、冷え切った彼の両手を握って自分の体温を分ける。水中散歩スタイルの起立バージョンだ。

けれどいつもと違って、サラリと滑らかなはずの指と掌《てのひら》は、固まった泥土でキシキシとしている。

こんなことしていないで、早く戻って風呂《ふろ》に入れてあげたいのに…………。

「本当は……」

土砂と動き回る近衛《このえ》たちを見ながら、ギルバートくんが口を開いた。

「……来てくれると思っていました」

そう言って首を傾けた彼の頬が、俺の頬に触れた。ひんやりとした体温。まだ冷えているようだ。

「そりゃ来るでしょ」

そう返しながら、俺はその冷えた頬に自分の頬をピタリとつける。ああ早く、彼に熱が伝わればいいのに……。やはり早いところ強引に連れて出て行ってしまおうか。

「あと……」

頬から伝わる彼の言葉に、俺は「ん？」と声だけで返事をした。

視線の先では、どうやら近衛たちが入口の一部を掘り返すことに成功したようだ。あとは通れるだけの穴を拡げればいい。早くしてくれ。さっさと引きずり出せ。

「申し訳ありませんでした。頂いた万年筆、壊してしまいました」

ションボリしたような声を出す彼がどうにも可愛くて仕方がない。あれが彼の役に立ったのなら、それこそ本望だというのに。

「じゃあ、今度は十本くらい色違いでまとめて贈ろうね。いくら壊してもいいように。誕生日はそれにするかい？」

合わせた頬を擦り合わせ、俺は握りこんだ彼の手を揺らして軽口を叩いた。そうさ、彼の気分が浮上するなら万年筆くらい何十本贈ったって構いやしない。

でも彼は、頬をつけたまま軽く首を振ってみせた。

「同じ万年筆一本でいいです。同じ色で同じ形の……」

その言葉に、俺は彼の右手から手を離すと彼が着ているフロックコートの胸元に手を差し込んだ。

驚いたのかピクリと身体を震わせた彼を、小さく擦り合わせた頬でなだめ、内ポケットの中から指先で回収した万年筆を探り当てる。

そして俺はそれを取り出すと、彼の目の前に掲げて見せた。

「これと同じ？」

実物を手に確認をすれば、彼が「拾ってくれたんですね」と右手をそれに伸ばしてきた。

暗いので分かりにくいけど、恐らく万年筆はもう使える状態ではないだろう。けれど彼は、ほぼ直角にまで曲げてしまったそのクリップ部分を指で挟んで戻そうとし始めた。なので俺は慌てて彼の手から万年筆を取り上げる。

「買ってあげるから……ね。だめ」

指を痛めるでしょ、と耳元に告げて万年筆を自分のポケットにしまおうとしたら、サッと取り返されてしまった。

「ダメじゃないです。これは取っておきます」

片手で素早くそれを内ポケットに仕舞い込んだ彼が、俺の右手をぎゅっと握って拘束してしまった。

その時、土砂の方で動きがあった。どうやら無事に開通したらしい。見れば、腹ばいになった殿下の腕と頭が出てくるところだった。それに内心「やっとか」と思いながら、俺は腕の中のギルバートくんから身体を離した。

「ほら殿下はちゃんと出てきたよ。先に外で待っていよう」

すぐに手を繋ぎ直してそう言うと、彼も気が済んだのかコクリと頷いてくれた。

よし、さっさと行こう。

彼と繋いでいる手を後ろに回して、いまだ救出が続いている土砂の横で立っていた近衛隊長に声をかけた。まぁ一応ね。先に出ることを告げておいた方がいいでしょ。

「近衛隊長。我々は先に出ています。お邪魔になりますからね」

振り向いた隊長が「いや、我々と一緒に……」とか言い始めたので、それを片手で制し「近衛に代わって上着を脱いだランネイル殿の体温がやはり心配なので」と当てこすれば、隊長はいい感じに黙った。なので俺はそんな隊長に、外に出たら話す時間を頂きたいことと、殿下らには俺のことを黙っていて欲しいことを手短に伝えた。

「お願いできますか？」と頼み込んだ俺に近衛隊長が頷いてくれたのを確認したら、俺は礼もそこそこに踵《きびす》を返すと、ギルバートくんと一緒にその場を後にした。

チラリと横目で見た土砂の方では、いまだ殿下がモタついている。

だから、さっさと引きずり出せよ。

◇◇

出口への道のりは、目印の制帽のおかげで非常に楽だった。俺とギルバートくんは暗闇の中を右へ左へと分岐を進んでいく。

「改めて、よくもこんな道を進めたものです。殿下らが無事で本当によかった……」

隣にいるギルバートくんの声が洞窟《どうくつ》内に響いた。

緊張感の中で分岐を探りながら進んだ往路と比べ、彼がいる復路は緊張よりも安堵《あんど》感が勝っている。

もちろん危険がすっかり回避されたとは言い切れないので警戒を怠ることはできないけど。

ああそうだ、これだけは確認しておかないと、と俺は絡めた指を一度軽く握ると、隣の彼に思い出した大事な質問を投げかけた。

「ねえギル、殿下たちはこの迷路みたいな暗闇の中で、一度も立ち止まったり迷ったりはしなかったのかい？」

それが何を意味するのか、聡《さと》い彼はすぐに思い至ったようだ。

そして彼は、殿下らを追跡した時の光景を思い出すように僅かな間を置いたあと、ハッキリとした口調で俺の質問に回答し始めた。

「ええ。足音しか聞こえませんでしたが、ずっと迷いなく進んでいらっしゃいました。早足で一度も迷わずに。行き止まりの道に当たって戻ってくるようなことがあれば、そこで保護できたはずです」

彼の表情は暗闇で見えないけれど、洞窟内に響くその言葉には確信がこもっていた。

「追っている時に、『こっちよ』と言う令嬢の声を聞きました。近衛らも聞いているはずです」

決定的だ。男爵令嬢は、分かってこの迷路に殿下と公爵子息を連れてきたに違いない。

恐らく目的はあの壁の向こうの光源だったのだろう。それが何なのかは知らないし、誰《だれ》の何のイベントかは知らないけれど、彼女のゲームはここで終わりだ。

「このことは王家、ルクレイプ公爵家、ランネイル侯爵家に伝えなければならない。先ほどの壁の向こうにあるものや、この洞窟群には調査が必要になるだろうね。国の案件だ」

俺の言葉に、ギルバートくんが同意とばかりに繋いだ手をギュッと握ってきた。

「男爵令嬢の拘束を近衛に要請しましょう。彼女の入学後の行動は、今となっては学業以外の目的を持って入学したとしか思えません」

もしかしたら彼女は転生者で、ただ夢中でゲーム攻略をしていただけなのかもしれない。

シナリオを知っていたのなら悪意も危機意識もないまま、結果的に助かる前提で行動していたのかもしれないけれど、あまりにも強引で軽率だ。これ以上ギルバートくんに悪影響を与えるのなら速やかに退場して頂きたい。乙女ゲームなど俺は元々知らん。

ギルバートくんによると、宰相閣下であるお父上には適宜報告をしているようで、前回のグランバート家からの謝罪も含め、宰相閣下もある程度は状況を把握しているそうだ。もちろん陛下も。学院での殿下の態度も前回のことも、保護者の皆さまの動きを見る限り、今までは子供あるあるだと思っていた節がある。

まあ、何にでも家が嘴《くちばし》突っ込みゃいいってもんじゃないが、今回ばかりはさすがにそれでは済まされない。

「王家と公爵家を焚《た》きつけましょう。揉《も》み消しはさせませんよ」と、ギルバートくんが小さく笑いながら声を上げた。二度も巻き込まれて黙っているような彼ではない。

暗闇でも分かる。俺たちは今、きっと悪ーい顔をしているんだろうな。


制帽を目印に左に曲がり、さらに進んで右に曲がった時、ずっと先に小さな明かりが見えた。

「戻ってきたようだね。あそこが結界の境だ」

足を止めて思わず繋《つな》いだ彼の手をぎゅっと握りしめた。

ああ、これでやっと彼のこの手を綺麗《きれい》にしてやれる……。俺がそう思っていると、握っていたその手をギルバートくんのもう片方の手がそっと包み込んできた。

「アル、先ほどの誕生日プレゼントの話ですが……」

え、ここで誕生日プレゼントの話？

なんで急に？　と突然飛び出した話題に戸惑いながらも、彼の表情は真っ暗闇で窺《うかが》うことができないので、とりあえず俺は「うん？」とだけ返事をした。

「やはり新しい万年筆はいらないです。その代わり……」

その代わり？

「このコートを下さい。気に入りました」

え？　そのコート？

いや別にコートあげるのはいいんだけど、新しい方がよくない？　岩に擦《こす》れた傷はあるし汚れてるし、微妙にサイズ大きいし？

「そんなボロくなったやつじゃなくて、気に入ったなら、ちゃんとテーラーに注文するよ？」

俺の右手を握りこんでいる彼の両手を、上からさらに左手で握り返してそう言ったけど、なぜかギルバートくんは譲らなかった。

「いやです。これがいいんです。これに決めました」

もう私のものです——と、彼が耳元で囁《ささや》いた言葉が、暗闇の洞窟内に妙に響いて聞こえた気がした。

こうなった彼にはもう逆らえる気がしない。なので俺は「はいはい」と苦笑しながら真っ暗闇の中、声のした方へ顔を向け……彼の顔とぶつかってしまった。思った以上に近くにあったようだ。

唇に当たった彼の頬の感触。

僅《わず》かにひやりとして、薄らと土の香りを残す滑らかなその肌は……

そう、舐《な》め上げたくなるような——。

……って、何を考えているんだ俺は。馬鹿か。

非日常的な状況で不安定になっている自分を一瞬で立て直し、俺は「あ、ごめんね」と平静を装いつつ顔を離すと、今度こそ顔がぶつからない距離を測って彼に口を開いた。

「では、よければ君のものにしてくれ」

ほんの少しの間のあと「なら遠慮なく……」と答えた彼が、一度だけグイと俺の頬を額で押し、そうして「ありがとうございます」と呟《つぶや》き離れていった。

一瞬だけ顎《あご》に触れていった柔らかく潤んだ感触を確かめる間もなく、また片手だけ繋いで歩き出した彼とともに、俺たちは小さな明かりに向かって歩き出した。


そうして進んだその先では、近衛《このえ》とルクレイプ家、ランネイル家の私兵たち……それぞれ異なる制服の者たちがこちらを窺っていた。

「ギルバート様！」と声をかけてきた濃緑色の制服はランネイル家の者たちなのだろう。そんな彼らに向けて「出迎えご苦労」と声をかけるギルバートくんから俺は手を離すと、彼らとともに出口へと向かった。

最初に亀裂《きれつ》を通って出たあの小さな空間に戻ると、十人程度でいっぱいのスペースには人がひしめき合っていた。なるほど、数人ずつ駆けつけたはいいけど先に進めなかったと。まあ無茶して遭難するよりはいいね。

彼らに殿下らと近衛全員の無事を伝えたら、制服の色の違う幾人かが大急ぎで亀裂の外へと知らせに走って行った。その場にいるルクレイプの者たちに公爵閣下について聞くと、やはり外においでになっていると言う。

よかった、ルクレイプ家当主の公爵とは、今回の件で早急に話をしなければいけないからね。

「公爵には私がお声をかけて、お話の時間を頂戴《ちょうだい》いたしましょう。その後すぐにアルに代わりますね」

ギルバートくんは、これから何をすべきかの段取りをすでに頭の中で組み上げているようで、さすがとしか言いようがない。

貴族というのは面倒なもので、特に公爵ともなると声がけにはルールがある。我々のように当主ではない子息の場合は、幼い頃《ころ》から顔見知りで俺より家格が上のギルバートくんが筆頭を担ってくれるのが最も話が早い。

俺たちはランネイル家の私兵たちに先導されながら、またあの狭い亀裂を通って朽ちた支柱の立つ坑道へ出た。あーやっと戻ってきた。

坑道の中を出口に向かって進み外に出ると、思った以上の人の多さに、思わず心の中で「わぉ」と呟いてしまった。

坑道入口の前には、近衛の紅白、応援だろう第一騎士団の黒色、ルクレイプの葡萄茶《えびちゃ》色、ランネイルの濃緑色が入り乱れ、草木が生い茂る斜面にも、その上の山道にも人が溢《あふ》れかえっている。思わずハハッと乾いた笑いを溢《こぼ》して、俺は公爵閣下がいるという上の山道に向かうべく、ギルバートくんとともに足場の悪い斜面を上っていった。

山道には馬車が五台。王家一台、ルクレイプ二台、ランネイル二台。馬に至っては数え切れないほどいる。正直、渋滞気味だ。

ギルバートくんがその中の一台に向かって真っ直ぐに歩いて行った。ルクレイプ家の紋章つきの馬車だ。あの中に公爵閣下がおられる。

俺や護衛とともに山道に上がってきたギルバートくんに、ランネイル家の馬車の前に立っていた複数の人間が動き始めた。恐らくはギルバートくんのところの執事と従僕たちだろう。その中から年かさの黒服がこちらに近づいて来るのが見えた。

けれどまずは公爵家への挨拶《あいさつ》が先だ。この現場において最も地位が高いのは公爵閣下なので、それをスルーして自分の家の馬車に立ち寄ることはできない。それに殿下らが出てくる前に伝えなければならないこともある。

そのルクレイプ公爵家の馬車の前には護衛が二人立っており、ギルバートくんが公爵への取り次ぎを願うと、すぐさま馬車の中から応《いら》えが返され扉が開いた。

出てきたのはヒョロリと背が高い中年の男性。そしてお隣にはビシリとした黒服に真っ白な手袋が眩《まぶ》しい初老の男性が付き添っている。

よく言えば非常に上品な、悪く言えば浮世離れしたこのヒョロリとした方こそ、現王のはとこにしてルクレイプ家当主である公爵閣下。付き添っているのは家令だ。このお二人には父と一緒に何度かお目にかかったことがある。

「おおギルバート。無事であったか。なんと、そのように泥土をつけて。何があったのだ。殿下とエリオットは………」

たぶん本人的にはものすごく早口なのだろうけど、非常におっとりと声をかけてくる公爵閣下。それに、ギルバートくんを筆頭に全員が頭を下げた。

へー、エリオットって言うのね、公爵子息。

「はっ。このたびのこと、公爵閣下におかれましてはご心痛甚だしき事態と拝察申し上げます。第一王子殿下ならびにご子息はご無事にございます。間もなく近衛とともにこちらへおいでになるかと」

背筋を伸ばして肩を引き、僅《わず》かに首を下げた美しい姿勢でギルバートくんが話し出した。

「しかしながら、此度《こたび》の経緯および善後策につきまして至急閣下のお耳に入れたき儀がございますれば、こちらのラグワーズ伯爵家が嫡男アルフレッド殿に発言のお許しとお時間を頂戴いたしたくお願い申し上げます」

完璧《かんぺき》な所作と口調のギルバートくんに紹介された俺が、一段階深く頭《こうべ》を垂れると公爵閣下の目がこちらを向いたのが分かった。

「うむ。久しいのう、アルフレッド。話を聞こう」

その声がけに目線を上げた俺は「畏《おそ》れながら」と、今回のギルバートくんが領地に連れてこられてから坑道に入る経緯、そして謎の洞窟群と光る小部屋について公爵閣下に説明していった。もちろん男爵令嬢のことも。

話の途中から公爵閣下の顔色はどんどん悪くなっていった。話し終わる頃になると顳顬《こめかみ》に手を当てて天を仰いだ公爵閣下は、隣の家令に助けを求めるように視線を向けた。そんな閣下に家令がサッと水を差し出し、閣下はそれをゴクゴクと飲み干す。

「ゴホッ、つまり……。あー、いや、私はどうしたらよいのだ……」

へにゃりと眉《まゆ》を下げて困り切ったような顔をする公爵閣下。ダメだこの人、育ちが良すぎて解決能力が低いタイプだ。俺はそんな公爵閣下の目をしっかり見ながら話を続けた。

「殿下および宰相子息を危険に晒《さら》したこと、土砂崩れのそばに、たまたまあった入口の崩れた廃鉱山、王家に報告のない未知の洞窟《どうくつ》群と怪しげな小部屋。このままではルクレイプ家にいらぬ嫌疑が掛かりかねません」

「なんと……」と絶句した公爵と、一瞬で目つきを鋭くした家令。

「ど、洞窟群など私は知らなんだぞ？　そもそもあの坑道は父の代にはすでに廃坑になって塞《ふさ》いでおったわ。光る部屋とは何じゃ。知らぬ、知らぬぞ……」

ふるふると首を振り顳顬《こめかみ》に手を当てる公爵閣下に、隣の家令が気付けのチョコボンボンをサッと差し出した。公爵家ともなると気付け薬も優雅だな！

そこへギルバートくんが、「もちろん我々は貴家の潔白を信じております」と、タイミングよく口を挟んだ。もちろん俺もその言葉に大きく頷《うなず》いてみせる。

「そもそもは、その男爵令嬢がすべての発端なのですよ」

そう言ったギルバートくんに、百戦錬磨を思わせる家令がギラリと目を光らせた。

「もちろん私が騙《だま》されるように当領地へ連れてこられたのも、止めるのも聞かず殿下らを連れて洞窟に入ったのもご子息の判断です」

ギルバートくんの嫌味が、いい感じに小爆発を起こしている。キッチリ言うべきことは言うギルバートくん、さすがだ。

「ですが、それらもすべてきっかけは男爵令嬢。ご子息に金品を貢がせ、学業を放棄させ、王家に不審を抱かせるように誘導した。素直なご子息につけ込んで。そういうことで如何《いかが》でしょう？」

そう言ったギルバートくんに公爵閣下がカクカクと首を縦に振り、隣の家令は大きな頷きを力強く返してくれた。なので俺はさらに畳み掛けるように言葉を重ねていく。

「令嬢の拘束はすでに近衛に伝えてあります。このあと近衛隊長とも話をする予定ですが、ぜひ公爵家からも令嬢の処遇について強く王家へ念押し頂ければと」

つまりは令嬢の拘束と尋問に関して、王家と手を組んで殿下の力ではどうにもできなくしてしまえということだ。

今回の件で責任逃れしたい公爵家としては、嬉々《きき》として「主導は令嬢。子息は被害者」というストーリーを作り上げるだろう。そしてそれに王家も乗るはずだ。

「ご子息はいまだ令嬢の呪縛《じゅばく》から放たれておりません。洞窟を出たならば速やかに引き離し、適切な環境を整えて差し上げるのがよろしいかと」

俺の言葉に家令が大きく頷いた。家名を守るならば、息子が何かを口走る前に色んなものから引き離すのが手っ取り早いからね。

「ご主人様。どうやら坊ちゃまはご病気にかかっておられるご様子。半年ほど休学なさって、その間はご静養をして頂くというのは如何でございましょう。またこの鉱山は恐らく王家に接収されます。ならば此度《こたび》の件、殿下のことも含めてしっかりと王家側と折衝いたしましょう」

そりゃ、領地の一部を取り上げられる可能性が高い公爵家としては、今からいかに不利を少なくするかを考えなければならないもんねえ。

きっと令嬢の責任を追及するとともに殿下の行動をネタに王家を突っついて、自分たちだけが割を食わないように立ち回る気だろう。そしてそれが終わるまでご子息は雲隠れからの再教育と……。おお、優秀そうな家令さんの瞳《ひとみ》が燃えている。

そんな感じであらかた話を終えて、俺たちは公爵の元を辞した。すでに家令さんの指示の下、坑道入口ではルクレイプの私兵が数人スタンバって子息が出てくるのを今か今かと待ち構えている。そして反対側には近衛たちも集合していて、斜面では第一騎士団員たちが配置の確認をしていた。うん。あの三人が出てきたらすぐさま捕獲する気満々だね。頼むよ。

隣のギルバートくんを見ると、彼は無表情にそんな下の坑道の様子を眺めていた。そうだよね、まったくひどい目に遭ったよね。

陽差しの下で見る彼の白い頬には、まだ薄《うつす》らとした汚れがついたままだ。なので俺はそれを拭《ぬぐ》おうと、思わず手を伸ばし……、その手を途中で止めた。

そして掌《てのひら》を握りこむと、そのまま中途半端に上げた手を下ろした。

「行こうか」

よく分からないものを振り切るようにそう声をかけて、俺は彼と一緒に歩き始めた。

◇◇

無事に公爵との話も終わったので、俺はとりあえずギルバートくんをランネイル家の馬車へと促した。執事や従僕たちが、ずっと心配そうにこちらの様子を窺《うかが》っていたからね。

「冷えたシャツを早く着替えておいで。風邪を引いたらいけない」

そう言って、後ろに控える年配の執事に目をやると、執事は心得たように小さく頷いてくれた。ランネイル家への伝言で廃坑に入ったことは伝えてあったから、きっと着替えやら薬やら軽食くらいは積んできているんだろう。

夏に入ったとはいえ山の中のせいか、さほど気温を高く感じない。コートを着ていても中のシャツには湿気が残っているはずだ。いやほんと、早く着替えさせてあげて。

丁寧に頭を下げた執事とともにギルバートくんが馬車へ向かうのを見届けて、俺は馬の世話を一手に引き受けてくれていた御者のマシューの元へと歩き出した。

少し歩いたところで、にわかに廃坑の方が騒がしくなった。近衛とルクレイプ公爵家の私兵が慌ただしく動き、多くの掛け声が一斉に交錯を始める。どうやら殿下らが出てくるようだ。

見れば廃坑の入口から斜面、そして王家の馬車まで、近衛と第一騎士団による道ができていた。素晴らしくも容赦ない強制連行の花道だ。うん、「ぜってー逃がさねぇ」という心意気を感じるね。

そうしてしばらく、隊長を筆頭に近衛《このえ》たちに囲まれて出てきた殿下は、そのまま騎士たちの花道の中を王家の馬車へと直行。

なんか殿下が叫んでたみたいだけど、誰《だれ》も聞いちゃいない。緊急事態に王族本人の意思など聞いてられない。スルーが定石だ。

ルクレイプ公爵子息も、廃坑入口脇にいたルクレイプ家の私兵に取り囲まれて、やはり公爵閣下のいる馬車へ直行。パパと家令が来ていることを聞いたからか、殿下と違って実に大人しいもんだった。

そして男爵令嬢はといえば、近衛と騎士団によって坑道入口横に足止めをされていた。ルクレイプ家の要望はちゃんと近衛らに伝わったらしく、バッチリ引き離されている。

山道に繋《つな》いでいた馬に騎士たちが次々と騎乗して、ルクレイプの私兵たちも半数を残し、素早く騎乗を始めた。どうやら大急ぎで殿下と公爵子息を出立させるつもりのようだ。

どちらの馬車もカーテンがキッチリ閉め切られているのは、きっと中でカーテンを押さえている者がいるからだろう。もう殿下らの目に令嬢の姿を入れるつもりはないということだ。

「ラグワーズ殿！」

王家の馬車を囲む近衛の集団から近衛隊長が抜け出して、こちらに走ってきた。殿下を馬車に乗せ終えたから、やっと手が空いたのだろう。こちらにやってきた精悍《せいかん》な美丈夫は、俺の正面で立ち止まるとピシリと姿勢を正した。

「ラグワーズ殿。このたびは……いえ、このたびもまた貴殿のご尽力に助けられました。心から感謝申し上げる」

ピシッとした騎士の礼を執る隊長を、俺は「なんの。大層なことではありません」と貴族の常套句《じようとうく》でいなし、そしてさっそく男爵令嬢への疑惑と公爵閣下との談話を隊長に伝えた。

それに大きく頷いた近衛隊長は、いまだ下の廃坑入口に留め置かれている令嬢へと視線を向けた。

「前回を含め、彼女の発言や行動には私も不信感を抱きました。前回の裏通りといい今回の洞窟といい、殿下……ひいては王家に対して何某《なにがし》かの謀略を巡らせたと考えるのが自然でしょう。彼女はこのまま別の馬車で騎士団本部へ直行させます。詮議《せんぎ》ののち陛下のご判断を仰ぐことになります」

陛下のご判断の中には、もちろんギルバートくんの父の宰相や公爵家からの意見も盛り込まれるんだろう。さてさて、どんな結論になるんだろうね。

そんなことをチラッと考えていたら、男爵令嬢から視線を戻した近衛隊長が一歩こちらへ足を踏み出してきた。

「して、ラグワーズ殿。私へのお話というのはそれだけですか？」

先ほどまでの厳しい目を緩めた近衛隊長が、僅《わず》かに首を傾《かし》げて俺を見つめてきた。

あ、そうそう。そうだったよ。

「いえ実は、僭越《せんえつ》とは重々承知の上で近衛隊長にお願いしたいことがあるのです」

少し眉を下げてそう言った俺に、近衛隊長がさらに一歩、ズイッと進み出てきた。

「近衛隊長などと。私の名はヒューゴ・シュナイツです。シュナイツと……いえ貴殿にならばヒューゴと呼んで頂いて構いません。どのようなお願いでしょう。私にできることならば何なりと」

目の前の美丈夫がキラキラしい笑顔でこちらを見ている。近衛隊長さんてば意外とフレンドリー。

そう？　んじゃ遠慮なく。

「前回のことも今回のことも、私が関わったことは公《おおやけ》にしたくないのです。特に私の特性のことは国に知られれば面倒なことになりかねません。できれば近衛の、シュナイツ殿のところで留め置き頂きたい」

俺は本当に困り切ったような表情を浮かべて、近衛隊長を見つめ頼み込んだ。

下手に目立つことなどご免こうむりたいのよ。のんびり気楽な七合目人生への計画が破綻《はたん》しかねないからな。

「どうか、洞窟内の探索はすべて近衛が力を合わせて行ったということにして頂けないでしょうか」

お願いスタイルを崩さずにさらに畳み掛ければ、シュナイツ隊長は俺の顔を見たまま口をつぐんだ。きっとアレコレと頭の中で考えを巡らせているのだろう。

ほらほら、そんなに悩まないでよ。前回に続き今回も殿下に置いていかれた近衛隊としちゃ、王族を危険に晒した失態と不名誉を単独でカバーできる提案でしょ？　しかも力を貸した俺から「お願いされて」了承するなら、何のデメリットもないじゃん。ウンって言いなよ隊長！

困り切った表情作るのもそろそろ疲れてきたなーなんて思ってたら、目の前の近衛隊長が、ガッと俺の両手を取ってぎゅうっと握りしめてきた。ちょっと痛い。

「あなたは、なんて謙虚で奥ゆかしい方なんだ」

え？　そう？　まあ、そういうことにしてもいいけど。

「分かりました。それが貴方の望みなら、このヒューゴ・シュナイツ。騎士の名に懸けて貴方の秘密を守り抜きましょう！　部下たちには他言無用を徹底させます。上への報告もお任せ下さい」

よっしゃ。言質とったからな。

俺は心の中でガッツポーズをキメながら、ぎゅうぎゅうと手を握りしめてくる近衛隊長に愛想笑《あいそわら》いを浮かべた。

「騎士の名に懸けて下さるとは感無量です。ありがとうございます」

騎士の名に懸けたことをキッチリ強調して口約束で済ませないよう念押ししつつ、俺が心の中で「絶対だからな！　頼んだぞ！」と叫んでいた時だ。

「近衛隊長」

聞き覚えのある声が聞こえた。俺と隊長が同時に横を向くと、少し離れた場所にギルバートくんが立っている。すっかり汚れが落ちて綺麗《きれい》になったその顔は、僅《わず》かに口角を上げた無表情。貴族らしい外向けの顔だ。

「助けて下さった近衛に、ランネイル家としてひとことお礼を申し上げたく」

そう言って近づいて来たギルバートくんは、近衛隊長に向けて手を差し出した。それに近衛隊長も俺の手を放してギルバートくんに向き直り、求められた握手に応《こた》えた。

「ありがとうございました」

と言いつつ一秒あるかないかで握手を終えたギルバートくんがクイッと俺の腕を引いた。

おっと、と俺はついついつい後ろに一歩ぶんだけ、たたらを踏んでしまう。

「ほら、ちゃんと着替えて顔も手も洗ってきましたよ」

アルが心配していたので……と、ギルバートくんが綺麗になった両手で俺の手を持ち上げた。

ああ本当だ。手も顔もすっかり綺麗になっている。俺の両手をするすると擦《さす》るギルバートくんの手は、確かにいつもの滑らかさが戻っていた。元通りのサラサラとした感触に、俺はよかった、とホッとしつつも、けれど……………なんだろう。何だか妙に落ち着かない。

「で、近衛隊長とは何をお話ししていたのです？」

首を傾《かし》げて聞いてきた彼に、俺は気を取り直して近衛隊長に頼み事をしていた内容を正直に答えた。隠すことでもないしね。

「そうですか、宿眼を……」

俺が洞窟《どうくつ》内でコウモリに宿眼を使ったことを聞いたギルバートくんは、その眉《まゆ》を僅かに下げた。

「すみませんでした。私のせいで……」

そう言って見上げてくる彼に、俺はしっかりと首を横に振ってみせる。

「大丈夫だよ。近衛隊長は騎士の名に懸けて秘密を守って下さるそうだ。近衛は口の堅さも評判だからね。ギルが心配することはないんだよ」

笑ってそう言えば、眼を細めたギルバートくんが、その視線を近衛隊長へと向けた。

「ありがとうございます近衛隊長。彼の特性が広まれば、邪《よこしま》な利用を考える者が出かねませんから。けれど、高潔な近衛隊長がお約束して下さったのなら安心ですね」

俺の手を擦っていた手を片方だけ離してそれを胸に手を当てたギルバートくんが、隊長を見上げて首を僅かに傾げた。

ギルバートくんが隊長に向けて話し出したので、残った片手も離そうと手を動かしたらその手をぎゅっと握られてしまった。

「ラグワーズ殿は、あの素晴らしい特性を悪意に利用するようなお方ではなく、国に報告することは却《かえ》って藪蛇《やぶへび》。彼がそのような事態をまったく望んでいないだろうことは……」

私がよく存じておりますから――――と、もう一度俺の手をきゅっと握ったギルバートくんが、目を眇《すが》めて近衛隊長を見据えた。おお、近衛隊長に見事な口止めの援護射撃。ありがとうね。

それに同じく目を細めた近衛隊長は、ふっと俺に目を向けるとその目元をまた和らげた。

「ええ、私もラグワーズ殿とご一緒して、そのお人柄に感服しておりますよ。ご安心下さい。あなたとのお約束は必ず守ります」

俺に眩《まぶ》しいほどの笑みを向けてキッパリと約束してくれた近衛隊長に、俺がホッと胸を撫《な》で下ろしていると、向こうから隊長に声がかかった。お、どうやら出立の準備が整ったようだ。

「ではラグワーズ殿、いずれまた」

爽《さわ》やかに笑ったイケメン近衛隊長はそう言い残すと、俺とギルバートくんに礼を執ってから王家の馬車の方へ走っていった。

その後ろ姿に「おぅよ、殿下らをさっさと連れて帰っちゃってー」と内心で声をかけていたら。クッと繋いでいた手が引かれて「アル……」と隣から名を呼ばれた。

ん？　と振り向くと、ギルバートくんが薄らとした笑みを浮かべながら俺を見つめている。

「洞窟の中で、あの大きな男を後ろから抱え込んだのですか？」

…………

…………何を言われているのかよく分からなかった。

首を捻《ひね》る俺を見たギルバートくんの薄ら笑いが解け、代わりに首を傾げられる。

「違いました？　宿眼を使ったと言うので私はてっきり……」

ああ、そういうことか！　いやいやいや、ないない。必要ないでしょ。

「いや真っ暗闇の中で、十人以上でしゃがみ込んでいたからね。それに近衛《このえ》なら少しくらい引っ繰り返っても大丈夫だろう？　鍛えてる人たちだし」

そう肩をすくめた俺に「それもそうですね」と納得したように頷《うなず》いたギルバートくんに頷いて、俺は彼とともに最後に残ったランネイルの馬車へと歩き始めた。

彼と一緒に歩を進めながらふと見れば、少し離れた向こうに御者のマシューを見つけた。どうやら俺を迎えに来てくれたらしい。背が高い人だから、どこにいてもすぐに分かる。

口元に笑みを浮かべて馬や近衛で混雑する王家の馬車の方を見ていたマシューは、けれどすぐに俺の視線に気がつくと、こちらを向いてニカッと笑ってくれた。

彼はうちの馬だけじゃなく、あの近衛たちの馬まで面倒見てくれていたから、馬たちを見送っているのかもしれない。後でちゃんと労《ねぎら》ってやらなきゃね。特別休暇くらいあげてもいいんじゃないかな。

「もうすぐ出るから、ちょっと待ってて」と手を上げて声を上げると、マシューが「了解」とばかりに小さく頭を下げてくれた。うん、ギルバートくんを送ったらすぐ戻るからね。


馬車まで歩きながら、俺はギルバートくんに洞窟内での宿眠の話をした。最終的には十一人で宿眠を共有することになったと小声で話したら、隣で彼が目を丸くした。

「すごいですね。でもこれ以上は別に試さなくてもいいんじゃないですか」

驚きながらも特性の秘匿を重視してくれる彼の言葉に、俺も大きく頷きながら全面同意。大人数で水中散歩とかシュールすぎてイヤだ。

結局、ランネイル家の馬車に到着するまで、ギルバートくんは手を離してくれなかった。いや、いいんだけどね。

馬車の前では、先ほどの年配の執事さんが待っていてくれて、丁寧に頭を下げて出迎えてくれた。

「うちの家令です」とギルバートくんに紹介されて、俺はちょっとビックリ。

え、マジで？　執事じゃなくて家令だったの？

「アルフレッド・ラグワーズ様。お目にかかれて光栄でございます。ランネイル家にて家令を務めておりますローマンでございます。ギルバート様からお名前を伺うたびに一度ご挨拶《あいさつ》をと願っておりましたが、本日このような形ではございますが念願叶い、感激しております」

横にいたギルバートくんが「そんなにペラペラ喋《しゃべ》ってはいないだろう」と眉を寄せる様子にも、ローマンさんは好々爺《こうこうや》のような人なつこい笑みを浮かべ、ニコニコと頷いている。

温和な笑みを湛《たた》えているけれど、それでもこの初老の家令には何か底知れない不敵さを感じる。

公爵家も侯爵家も、家令ってこんな人ばっかなの？　うちの家令なんて王都屋敷の執事に口だけでやり込められてる可哀想なオッサンだぞ。

高位貴族の使用人コワイ……とかひっそりと思いつつ、俺はその家令さんにルクレイプ家に残っているギルバートくんの大切な荷物の件を伝えて、そのままギルバートくんをお見送りすることにする。

彼らはいったんルクレイプ公爵邸へ立ち寄って荷物を受け取ったら、すぐにそのまま王都へ帰ることにしたらしい。

うんうん、その方が絶対いい。疲れているだろうから早く身体を休めないとね。

「また月曜日に」と馬車の窓越しに微笑んでくれたギルバートくんに頷きを返して、俺は走り出した馬車に小さく手を振った。

彼の対面ではローマンさんがニコニコとギルバートくんを見守っていて、彼がお家《侯爵家》で大切に思われているのが察せられて、ちょっとホッコリした。


そしてランネイル家の馬車が山道のカーブを曲がって見えなくなったところで、俺も王都に戻るべく自分の馬に戻った。御者のマシューは、ギルバートくんにあげてしまったフロックコートの代わりに、予備のマントを用意して待っていてくれた。お、さっすが。気が利くぅー。

「待たせてすまなかったね。帰りも案内を頼むよ」

ありがたくマントを羽織って騎乗した俺に、カポカポと動き出したマシューはニカッと笑って頷いてくれた。領地のガストンも迫力があるけど、この人もデカくて妙に迫力があるんだよね。

うちの領には彼らみたいな、顔も性格も悪くないのに癖があるから女性と縁遠いってタイプが多い気がする。あ、でもうちの領は女性も強いんだっけ。婚活パーティー開いたら拳《こぶし》で決着つけそうな連中ばっかりだよ。

「お任せ下さい。帰りもちゃんと付いて来て下さいね、若様」

なぜかやる気満々のマシューの言葉に、嫌な予感がよぎった。

え、まさか帰りもまたあのペースで走るつもりなの？　いやいや、もう急ぐ必要ないよね？

ちょっと待って……と言葉を挟む間もなく、我が家の優秀な御者が馬の腹を蹴《け》って走り出した。

はやっ！

俺も慌てて馬の腹を蹴って、その後を追い始める。

ま、待ってぇぇ――――!!

11　近衛隊長からの報告

俺がルクレイプ領から王都の屋敷《じたく》へ戻った頃《ころ》には、すでにすっかり陽は沈んでいた。

案内役のマシューの手綱さばきは帰り道もキレッキレ。俺は必死で後を追いながら、なんでーなんでぇーと心の中で叫ぶも、爆走の手を緩めてくれなかった彼は、本当に馬が好きなんだと思う。

後で聞いた話だけど、彼は俺たちが洞窟に入っている間、預かった馬たちの世話をそりゃあもう甲《か》斐甲斐《いがい》しくしてくれたらしい。

あの場所からもう少し上にあった湧き水を探し出し、馬たちのクーリングダウンを兼ねて二頭ずつ引いていっては水を飲ませ、手持ちの塩も与えて、応援の人員が来るまで一人で何度も往復してくれていたそうだ。

ありがとう、と申し訳ない、という気持ちを込めて彼には三日間の休暇を与えといた。ゆっくり身体を休めて欲しい。

その晩は俺も屋敷のベッドで爆睡して、翌月曜日は二限の講義があるため屋敷から学院へ馬車で登校した。もちろんマシューには休みを与えているので御者は別の人だ。

午前中の二限の講義を終えて隠れ家へ戻れば昼休み。

屋敷の料理人が作ってくれた二人ぶんの昼食を広げてお茶を淹《い》れていると、間もなくギルバートくんも隠れ家へ戻ってきた。

「おかえり。お疲れさま」と俺が声をかけると「ただいま戻りました」とニッコリとした笑顔とともに返事をされた。おや、機嫌がいいね。

昨日あんなことがあって帰りも遅かっただろうに、朝から講義みっちりのギルバートくん。さぞ疲れているだろうと心配していたけれど、存外彼は体力があるようだ。いや、若さか？　メインキャラだからか？　とにかく大したものだ。

その彼が、テーブルの上を見てクスリと笑った。どうしたのかと思ったら、彼も件《くだん》の家令から二人ぶんの昼食を持たされたらしい。

せっかくなので彼が持参した分も一緒に並べたら、テーブルの上がいっぱいになってしまった。えらくゴージャスな昼食になっちゃったけど、これはこれで楽しいもの。両家の料理人の味を食べ比べながら、俺は彼といつものように取り留めのない会話を始めた。

うーん、侯爵家の料理人いい腕しているな。上品な感じだね。もちろん我が家の味だって負けてはいないよ料理人さんたち！

昼食をとりながらあれこれと話を聞いていると、本日は殿下、男爵令嬢、公爵子息が軒並み休みなんだそうで、ギルバートくんとしては非常に心穏やかに過ごせているのだそうだ。

なるほどね、だから上機嫌なのか。

まあ昨日の今日だからねぇ。それぞれのお家でがっつり怒られているはずだから、登校は無理でしょうよ。

「アルはもう今日はおしまいでしょう？　午後はどうするんです？」

ギルバートくんが野菜のグリルサラダを突っつきながら聞いてきたので、今日はこれから王都屋敷へ戻ることを伝えた。ぶっちゃけ、日曜に処理するはずの仕事が残っているからなんだけど、特に彼に言うことでもない。大した量でもないしね。あとは……ああそうだ。

「明日の午前中に来客の予定があってね、ちょうど明日の講義が試験に向けての調整休講だから今日は戻っておこうかと思って。ほら、昨日の近衛隊長だよ」

ザクザクザクッ、とギルバートくんがグリル野菜を三つまとめてブッ刺した。

力強いな。メインキャラは体力が有り余っているものなのだろうか。

けれどフォークに刺さった真ん中のズッキーニが完全に潰《つぶ》れているよギルバートくん。まとめ食いはダメだとあれほど……。

「ほう。で、何しに？」

マッシュルームと潰れたズッキーニと潰れたトマトが刺さったフォークを持ったギルバートくんが、薄い笑みを浮かべながら聞いてきた。あれ、さっきまで機嫌よかったんだけどな。

「いや、殿下を助けるまでの経緯を三日後には上に報告するらしくてね。近衛だけで助けたって形にするから概要を知っていて欲しいそうだ。きっと筋を通したいんだろうね」

わざわざ休息日の午前中を潰して来てくれるという近衛隊長には、隊長なりの騎士の矜持《きょうじ》があるんだろう。別に後ろめたく思う必要なんかないのにな。俺が頼んだことだし。

「なるほど」と目を細めたギルバートくんは、少し考えるように一拍置いたあと、僅《わず》かに眉《まゆ》を下げて肩を落とした。ん？　どうしたの？

「そうですか……。ではアルは明日の昼はここに来られないのですね。残念です……」

明日の昼休みに何かあったかな？　と考えていたら、ギルバートくんが小さな溜息《ためいき》をついた。

「いえ、明日の午後の講義に先立って、アルのノートを見せて頂こうかと。いくつかアドバイスを貰《もら》いたい点があったものですから……。でも近衛《このえ》隊長が午前中に訪問されるなら無理でしょう？」

パクリとフォークの先のマッシュルームを口に入れて、残念そうに眉を下げながらモグモグするギルバートくん。昨日あれだけのことがあったというのに、勉強熱心な彼は本当にすごい。

「いや、昼休みならたぶん間に合うよ。近衛隊長が来るのは十時だから小一時間で切り上げれば充分間に合うはずだ」

近衛隊長もせっかくの休みなんだから、面倒ごとは早く済ませてやった方がいいだろう。

「いいよ。明日の昼だね。どの講義だい？」と了承した俺に、ギルバートくんはフォークに残った潰れたズッキーニを放り込んだ口端を嬉《うれ》しそうに引き上げた。

「いいんですか？　嬉しいです。約束ですよ」と朗らかに笑った彼に頷いて、その後はその講義を含めた試験の傾向なんかを二人で話しながら、俺たちのゴージャスなランチタイムは過ぎていった。

翌日、近衛隊長は約束の時間の少し前に我が家を訪れた。うん、さすがにキッチリしている。

「お忙しい中、お時間を頂き感謝いたします」

ホールで出迎えた俺に、近衛隊長のシュナイツ殿は手に持った花束を差し出しながら笑みを浮かべた。

「我が子爵邸の庭に今朝咲いておりましたのでお裾分《すそわ》けに……」

そう言って青と黄色と白でまとめられた花束を手渡してきた近衛隊長は、嫌味なほど花束が似合っていた。

執事による事前のお客様情報によれば、近衛隊長さんは子爵家の次男さんで、騎士団の宿舎八割、実家二割くらいの感じで暮らしているとか。ふむふむ、いつもの紅白の近衛服ではなくオシャレな私服姿なのは、ご実家からいらしたからですね。

濃いネイビーの上下に胸元の淡い黄色の刺繍《ししゅう》入りクラヴァットが、隊長の濃いダークブロンドの髪色によく似合っている。男らしい超絶イケメン。やはり隠しキャラ疑惑は濃厚だ。

『青がアガパンサス、黄色がガザニア、それに白薔薇《ばら》です』

花に詳しくない俺に、後方から優秀な執事が花束の解説を耳打ちしてくれた。おぅ、助かる。

「美しいアガパンサスですね。さっそく飾らせて頂きます」

しれっと知っている風を装って、受け取った花束を執事へパス。そしてそのまま隊長さんをドローイングルームへお通しした。要は応接間だ。

彼にソファを勧めて、お茶を給仕し終えた執事も一緒に俺はさっそく近衛隊長の話に耳を傾けた。

ぶっちゃけギルバートくんとの約束もあるし、サクサクと話を済ませたいのよ。

最初は殿下を助けるまでの経緯について。これについては、真っ暗闇の中を手探りで隊員一丸となって頑張りました、で通すことにしたそうだ。

「よろしいのでは。そもそも戻りに備えて目印を置く判断は近衛ですし、それあってこその殿下の救出でしたから」

ヨイショを交えつつ、いいんじゃないの〜的に賛成の意を表する。俺としては、俺が出てこなきゃ何でもいい。

「いえ、ラグワーズ殿がおられなければ、到底あの短時間で殿下らをお救いすることは叶《かな》いませんでした。にもかかわらずその功績を葬ってしまうのは誠に心苦しく……」

近衛隊長がその男前の眉を寄せて申し訳なそうにこちらを見つめてくる。

いいのいいの。マジで気にしないで。ほんと放っておいて！　という気持ちを込めて、俺はゆるゆると首を振った。心の中ではブンブン振ってるけどな。

「私が特性を秘匿したいとお願いしたばかりに、ご心労をおかけいたします」

そう俺が頭を下げると、後ろに控えていた執事も一緒にダメ押しのように深く頭を下げてくれた。

ナイスアシストだ執事！

「お約束は必ず。口が裂けても漏らさぬと約束いたします」

改めてキッチリ言質を取ってホッとひと息。

絶対頼んだよ。お願いしますね。約束だからね！

さて次は、例の男爵令嬢の話だ。

近衛隊長によるとあの後、男爵令嬢は王宮敷地内の一室に連行されたそうだ。そして昨日一日かけて取り調べが行われたらしいけど、どうにも意味不明だという。

そしてあの謎の光る小部屋の中には、やっぱり謎の魔法陣が床に彫ってあったそうで、光源はその魔法陣だったんだとか。ほぅほぅ、光る魔法陣とはまたファンタジーっぽいね。

「洞窟《どうくつ》群の場所を特定するまでは王立学院の司書が協力をしたらしいのですが、あの迷路のような構造や、魔法陣の存在は司書も知らなかったようです。あまりにタイミングのよい土砂崩れが故意に引き起こされたのか、隠された小部屋をどのような経緯で知ったのか、など令嬢を厳しく問い質《ただ》したのですが………」

令嬢の支離滅裂だったという供述を、それでもいいから教えて欲しいとお願いすると、近衛隊長は

「本来は非公開なのですが、あなたなら」と言いながら懐から手帳を取り出してくれた。

すいませんね。部外者が無理言って。なんか義理堅さにつけ込んじゃったみたいでごめんなさい。

でもやっぱ知りたいじゃん？

『私は光の乙女なの！』
『ほんとは洞窟はドイルが見つけるはずだったのに』
『だから膨大な魔力が目覚めるんだってば！』
『私じゃなきゃ意味ないのよバカでしょ！』
『なんで二人なの？　なんでギルバートいないのよ！』

『魔法陣作った奴なんか知らないわよ！　古《いにしえ》の伝説なんだから！』

『だーかーら、道はお守りが導くはずだったの！　でも街で貰えなかったのよ！』

『で、私がドイルの命を助けるのよ。すごいでしょ。』

『ねえ、もう一度あの三人呼んでよ……あの場所で見せてやるから！』


近衛隊長がメモを片手に順番に読み上げていった。男前が真剣な顔で「のよ」とか「でしょ」とか淡々と話す姿は、なかなかシュールだ。この人って真面目な人なんだなぁ。

それにしても……うーん、男爵令嬢は全部ブチ撒《ま》けるタイプだったようだ。よほど近衛の聴取が厳しかったのか、あるいは挽回《ばんかい》の可能性をそっちに見出《みいだ》したのか。

でも確かによく分かんないよね。こっちの世界の人がそんなん聞いても。だって異世界人の概念もゲームの基礎知識もないんだから。

とにかく、彼女はやっぱり転生者だったわけね。もちろん俺がそれを隊長に言うことはないけど。

そんでもって床にあった古《いにしえ》？　の魔法陣を使って、えーっと、伝説の光の乙女？　ってのになる予定だったたと。

伝説の光の乙女かー。へー。

そんな伝説誰も知らんので今、専門家に確認中なんだってさ。

古《いにしえ》すぎて伝わってないとか、どんだけ古いんだよ。伝わってなきゃ伝説って言わないじゃん。

たぶんだけど、その伝説の膨大なチート魔力を得た乙女に、王子を含む攻略対象者たちが惚《ほ》れて、国に大切にされてウッハウハ……の予定だったんだろうな。まあ、そこんとこは俺としちゃどうでもいいんだけど、ただ一つだけ気になることがある。

『なんでギルバートいないのよ！』

つまり、ギルバートくんがいなかったから魔法陣が発動しなかったと。

殿下・公爵子息・ギルバートくんの三人は、極めて魔力が高い王侯貴族だ。若手のトップスリーと言ってもいい。その三人の高い魔力と魔法陣が揃って初めて、その光の乙女とやらになれるってこと？ならば、彼女はギルバートくんの魔力を奪う？　使う？　吸い取る？　……つもりだったのか？

は？　ふざけんなよ。光の乙女とかどうでもいいわ。

洞窟の中で感じた、あのグツリとした感覚が蘇《よみがえ》った。どうやら俺はまだ不安定なようだ。どうにもおかしい……。

「ラグワーズ殿？」

近衛隊長に声をかけられて、自分が床を睨《にら》み付けていたことに気づいた。

おっといけない、いけない。

「で、その魔法陣はどうしました？」

気を取り直して、すぐさま表情を取り繕って尋ねると、近衛隊長からは「壊しました」とのお返事。

うん、いいんじゃないかな。

昨日の朝イチから王宮の魔術の専門家や研究者が現地入りして、魔法陣を紙に書き写したあと床をブッ壊したとのこと。床をちょっと壊したら結界も解けたらしいので、魔法陣と一体になった仕組みだったようだ。

今後は研究者たちが張り切って解析にかかるんだろう。適当に頑張って欲しいものだ。

確かに怪しげな魔法陣を現場に残して警備をつけるより、精密に書き写してからブッ壊して、あとは王宮の奥とかでじっくり専門家が解明に当たる方が安心安全だ。

ちなみに洞窟群に関してもそっちの専門家らが調査チームを立ち上げるとか。おー、いいもんが見つかるといいな。

「令嬢の今後はどうなると思います？　王都での逃亡の時は、ずいぶんと軽い処分で済ませたようですが」

俺のそんな質問に、近衛隊長は小さく首を横に振った。

「そうですね、個人的な予測ですが、あの令嬢はもう表に出てこられないでしょう。王族に直接的に危害を加えたわけではないので、処刑や労役といった表立った処罰は受けないでしょうが、事前に知っていたと言いながら辻褄《つじつま》が合わない部分も多い。現場にいるはずのないグランバート伯爵子息の命を救うはずだったなどと妄言も目立ちます」

恐らくは治療院か、行方知れずでしょうね――と近衛隊長が何でもない声で告げた。

なるほど。個人的な予測と言いつつも、近衛の隊長が言うのだからきっとその通りになるのだろう。

つまりはそれが王家と公爵家、宰相の侯爵家が出すだろう結論。気の毒だが、もうどうにもできない。

聞いた限りでは、街でのデートの失敗やグランバート伯爵子息が消えたことでシナリオが大きく崩れたんだろう。それを強引に推し進めようとした結果を、彼女は受け止めなきゃいけない。

ふぅ、と息を吐いて時計を見れば十一時少し前。あっという間に一時間が経《た》ってしまったようだ。そろそろお開きの時間かな。他にも殿下や公爵子息の動向も気にならないことはないんだけど、その辺は同級生で幼馴染《おさなじ》みのギルバートくん経由でいずれ聞けるだろう。

「ありがとうございます。私などにそんな細かい話まで……。しかしこれ以上はやめておきましょう。この先は伯爵家ふぜいには縁遠いお話ですからね。今、シュナイツ殿から伺った内容だけで私は充分に納得いたしました」

本日はどうもありがとうございました……と話をシメようとしたら、目の前の近衛隊長がこちらにズイッと身体《からだ》を乗り出してきた。

「時にラグワーズ殿、本日は学院での講義はないと伺いました。よろしければこの後……」

隊長がそう言いかけた時、部屋の扉が大きくノックされた。

後ろにいた執事が離れて扉の外の者と話をしたかと思うと、すぐに戻って近衛隊長に僅《わず》かに聞こえる程度の声で俺に耳打ちをしてくる。

「次のご予定へ向かう馬車の支度が整いました」

そう。これはあらかじめ俺が頼んでいたことだ。十一時を過ぎたら呼びに来るように、ってね。

案の定、近衛隊長は言葉を続けることなく、乗り出していた身体を元に戻してくれた。

「シュナイツ殿。本日はありがとうございます。貴殿のご誠実な姿勢とお心配りには感服いたしました。聞けばシュナイツ殿は本日が休息日だとか。貴重なお休みにお時間を取って頂き、私としては恐縮するばかりです」

申し訳ないモードで眉《まゆ》を下げてそう言えば、近衛《このえ》隊長が「いえいえ」と小さく手を振った。

「こちらこそ。お忙しい貴殿と直接お話ができて安堵《あんど》いたしました。また近いうちにお目にかかりたいものです。トラブル以外で」

ニッコリと眩《まぶ》しい笑顔を向けてきた近衛隊長とテーブルを挟んで握手を交わした後に、「では」と声をかけ、隊長を見送りがてら一緒に部屋を出て外へ向かった。

あらかじめ学院に持って行くノート類は馬車に積んでおくよう頼んでおいたから、隊長んちの馬車を見送ったらそのまま学院へ向かおう。

そう思いながら玄関を出て外の馬車寄せを見渡すと、停まっていたのは我が家の馬車だけ。あれ？　近衛隊長んちのは？　と思ったら、我が家の馬車の御者席からマシューが降りてきた。

ん？　マシューってばお休みだよね？

「若様。学院までお送りいたします。シュナイツ様の馬車はお話の目処《めど》がついたらご連絡差し上げるつもりで、うっかりお帰ししてしまいました。まことに申し訳ありません。よろしければシュナイツ様にご一緒にお乗り頂いて、学院の後に当家の馬車でお屋敷までお送りいたします」

そう言って大きな身体を折って頭を下げたマシューは、休みが続くと身体がなまるから代わってもらったのだと頭を掻《か》いた。

ワーカーホリックかな？　ダメだよー、ちゃんと休まないとー。と眉を寄せた俺に、マシューは「ひとっ走りしたら気が済みますから」とニカッと笑うと、さっさと御者席に上がり込んでしまった。

「シュナイツ殿。手違いをお詫《わ》びいたします。当家の馬車でお屋敷までお送りいたしますので、どうぞお乗り下さい」

そう言って近衛隊長を馬車へ促すと、一瞬だけ微妙な顔を見せた隊長は、けれどすぐに「では有り難く」と頷《うなず》いて、同乗を了承してくれた。

ほんとすいません。うちの者が馬車を帰しちゃって。家の者たちには話は一時間って伝えてあったんだけど、マシューはお休みだったから知らなかったみたい。許してあげて下さい。

そうしてゆっくりと走り出した馬車は徐々に速度を上げて快調に走り始めた。

このぶんならギルバートくんとの約束には間に合いそうだなとホッとしながら、俺は馬車の中で宿眼について聞いてくる近衛隊長に、当たり障りのない範囲で趣味の水中散歩や、空中散歩について話をした。

「貴方のこの手で散歩へ出かけるのは、さぞ楽しいでしょうね」

前の座席に座った近衛隊長が、そう言って俺の手を取ってニッコリと微笑んだ。

いや手じゃなくて眼だから。

「いずれ機会がありましたら」と適当に返事をすると「いつにしましょう？」と返されてしまった。

え？　いつ？　えーと、えーと……なんて、目の前でニコニコしている隊長さんの顔を見ながら俺が考え始めた時、ガタンと馬車が僅かに揺れて、いい感じに近衛隊長の手が離れた。どうやら車輪が石を踏んだらしい。

でも正直言って助かった。いや、さすがにこれはヤバいって分かるって！　これ乙女ゲーだよね？　シナリオ崩壊してるよね？　勘弁して下さい。俺はモブです。

心の中で青ざめながら、俺はこれ幸いと速やかに話題を王都の道の整備に移し、そのまま馬車は王立学院へ到着した。

学院に到着したのは昼休みの十分ほど前。

滑るようにスムーズに停車した馬車の中で、俺は近衛隊長に改めて礼と挨拶《あいさつ》を述べると、マシューが開けてくれた扉から外に降り立った。

「じゃあ、シュナイツ殿を頼むよ。お送りした後はちゃんと休んでね」

昨日あれだけ頑張ってくれたマシューに、ちゃんと休むように念を押しておく。

それに「お任せ下さい」と頭を下げた彼に頷いてから、俺はギルバートくんとの約束に間に合うように、隠れ家に向かって早足で歩き始めた。

あ、そういえば近衛隊長とマシューが知り合った経緯を聞くのを忘れてたな。いやでも俺も必死だったし。まあ、次でいっか。

と、目の前に見えてきた学院の西棟を見上げて、俺はギルバートくんの元へと急ぐべく、学院の石畳を急ぎ足で進んでいった。

12　自覚

昼休み前の学院内はのんびりとしていた。まあ、あと五分もすれば教室から出てきた学生でごった返すんだろうけどね。

そうして歩きながら、俺はつい先ほどまで一緒にいた近衛隊長との屋敷での会話を思い出していた。

令嬢によれば、ギルバートくんは本来、殿下らとともにあの小部屋にいるはずだった。けれど実際に到着したのは、殿下らを追った近衛のさらに後で、崩落の後だ。

たぶん俺に伝言魔法陣を飛ばした時間と、目印を置いていった僅かな時間の積み重ねがタイムラグを生み出したのだろう。

モブなはずの俺が一人、間接的に関わっただけで大きく変わったゲームのシナリオ。

そのシナリオのドミノ倒しは、俺というピースが紛れ込んだことでルートを変え、登場人物たちを異なる未来へと導いていった。

乙女ゲームのシナリオなんぞは、はなからシカトと決めているからどうでもいい。けれど俺という、たった一人の存在が介在したことで、他にも人生の連鎖と未来が変わった人間がいるかもしれないと思ったら、自分も含めて最悪、足元の石ころ一つで人生変わるのかも……。と少しばかり背筋が寒くなった。

そんなことをブツクサと考えつつも、怠りなく周囲を警戒しながら西棟を回った俺は、素早く隠れ家の中へと身体を滑り込ませた。

静まり返った隠れ家の中では、いつものように水槽の魚たちだけが忙《せわ》しげに泳ぎ回っている。

俺はコンソールテーブルに荷物を置くと左奥の水槽へと足を向けて、水の中を覗《のぞ》き込んだ。今日も小さな生物たちは彼らの狭い世界の中で、泳ぎ回ったり砂に潜ったりと気ままに過ごしているようだ。

そういえば、ギルバートくんと出会ったのも、この水槽の前にいた時だったな。もしかすると、あの瞬間から乙女ゲームのシナリオは狂い始めたのかもしれない。

隠れ家の存在でギルバートくんは男爵令嬢《ヒロイン》との関わりが薄くなり、彼が別行動を取るようになったことで、結果的に光の乙女は誕生せず、彼が男爵令嬢《ヒロイン》を愛することはなくなったのか。

彼が令嬢を愛する……と考えたところで、胸の奥の蛍火が一瞬だけパチンと発火したように、ツクリと胸が痛んだ。

「将来有望な後輩がハーレム要員にならなくてよかったよ。なぁ」

水槽のガラスに貼り付く海ナマズに、なんとはなしに話しかける。返事などするはずのないナマズの、モグモグと動く口元をしばし眺め、俺は意味もなくうんうんと頷いて顔を上げた。

うん。別に問題はない。

ギルバートくんは優秀なままで、穏やかに学院で学べて、未来の宰相まっしぐらだ。

何も問題ないことに納得して身体を起こすと、俺は奥のミニキッチンへと進んだ。彼が来る前にお茶の支度をしておきたいからね。

そうして、ちょうど茶葉をポットに入れて湯を沸かした時、隠れ家の扉が開いた。

「アル。昼休みに間に合ったのですね」

開口一番そう言って、入口からキッチンまで真っ直ぐ歩いてきたギルバートくんが、俺の後ろから紅茶のポットを覗き込んだ。そしてヒョイと、いとも簡単に俺の肩口に顎《あご》をのせる。背が伸びたねえ。

「来てくれないかもと、少しだけ心配しました。ありがとうございます、アル」

左の肩口から顔を覗かせた彼が、俺を下から見上げて微笑んだ。

「ギルとの約束だからね。最優先だよ」

二杯ぶんの湯をポットに注ぐと、ポットの中で茶葉が游《およ》ぎ、ふわりと香りが上がってきた。

茶葉の様子を見ていた彼がくるりと首をこちらに向け、隠れ家でしか聞けない柔らかな声が、思いがけず耳元近くで響いた。

「いい香りですね」

ガシャリ。

と手が滑って、載せようとしていたポットの蓋《ふた》がキッチン台の上で音を立てた。慌てて蓋を拾って確認すると、割れていないようなので安心する。

「今あっちに持って行くよ。座って待ってて？」

口元を引き上げて、首を離しながらそう言えば、「はい」と返事をした彼が背中から離れてソファへ向かった。いかん、ボーッとしていたかな。気をつけないと。

気を引き締めて、ティーカップとポットを手に彼の後を追う。ソファ横ではギルバートくんがさっそく昼食を広げている。今日はサンドイッチを持ってきたようで、俺のぶんもあった。

昨日のゴージャスな昼食は結局食べきれなくて残してしまったからなぁ。そういや彼は入学当初はサンドイッチなど食べたことがないほどの箱入りだった。そんなことを思い出したら、少し気分が浮上してきた。

「悪いね。ありがたく頂くよ。美味《おい》しそうだ」

紅茶を淹《い》れ終えてバゲットサンドのようなそれに齧《かじ》り付くと、香辛料が効いていてボリュームもあり非常に美味《うま》い。

「それで、近衛隊長とのお話はいかがでしたか」

うまうまと遠慮なく食べる俺にギルバートくんが尋ねてきた。うん、あの後のことは彼だって知りたいよね。なので俺は彼に、午前中に近衛隊長から聞いたことを話して聞かせた。もちろん、男爵令嬢のゲーム発言は一部端折《はしょ》ったけどね。

「伝説の魔法陣ですか……」

何とも言えない顔でギルバートくんが呟《つぶや》いた。だよねぇ。

「もしそれが放っておけば害を及ぼすものならば話は違うでしょうが、今まで発見されずとも問題はなかったわけですし、下手に大きな力など手に入れたら、それこそが国にとっての災厄になりかねません。破壊して正解でしたね」

まったくもって同意だ。光の乙女ってやつの効能は知らんが、魔王や龍といった人智を超えた存在がいないこの世界で、過ぎた力は逆に世界のバランスを崩すだろう。俺が国側なら危なっかしくて、乙女を適度に持ち上げつつ監視するね。

すっかりサンドイッチを食べ終えて、その後はギルバートくんに頼まれて持ってきたノートを元に、約束していた午後の講義のための勉強会。

話を始めたものの、ギルバートくんはやはり優秀で、講義の対策はほぼ確認だけで済んでしまった。

「助かりました」なんて礼を言われちゃったけど、俺のノートなんかより、よほど彼のノートの方が完璧《かんぺき》じゃないかと……。俺、必要だった？

月が替わってすぐの来週の初めにはいよいよ試験が始まるので、まあ彼なら相当やりこんでいてもおかしくはないけどね。

「そうだ。招待状のお返事ありがとうございました」

ソファの隣に座ったギルバートくんが、パタンとノートとテキストを閉じて顔をこちらに向けた。

ああ、あれか。

「ちょうど試験が終わった翌週の土曜日だったね。もちろん君の誕生パーティーなら馳《は》せ参じるよ」

今月初めに王都屋敷へ届いたランネイル家からの招待状には「喜んで」と俺の名で返事を出した。

試験直後の学院生は、試験が振るわなかった者以外は晴れて暇になる。この間に狙ってパーティーやお茶会が開かれることも多い。まあ、試験終了の打ち上げみたいなものだ。

きっと彼は、招待客が決定した最終リストを見たのだろう。家令に任せきりの貴族も多いのに彼らしい……と思いながら、微笑ましい気持ちで彼の髪を撫《な》でた。

サラサラとして艶《つや》やかなプラチナブロンドは、ずっと撫でていたいくらいに気持ちがいい。撫でられるまま目を細めて満足そうな顔をした彼が可愛くて、俺はそのまま手を彼の頬に滑らせた。

この数ヶ月、成長とともに徐々に引き締まっていった彼の頬や顎のラインは、男性的でシャープな輪郭を描きつつ、それでいてその白い肌は相変わらず滑らかで柔らかなままだ。

吸いつくような感触を楽しむ俺の掌《てのひら》に、スリ……と彼の頬が擦りつけられた。

その幼げな仕草がまた微笑ましくて、吸い込まれそうな翡翠《ひすい》の瞳《ひとみ》に笑いかければ、胸の奥底からジワジワと温かな感情が次々と溢《あふ》れ出てくる。

頬を包んだ俺の掌のすぐ横で、緩く弧を描いている形のいい彼の唇……。指先でなぞったらどれほど柔らかいだろうか。

親指で頬骨をすうっと撫で、引き寄せられるままに彼の口元にその指を…………。

動かそうとしたところで、我に返った。

頬を撫でるように動かしていた指先がピタリと止まる。

胸に広がっていた熱も一瞬で動きを止めた。

……。

…………。

これはどういう状況だろう。

目の前のギルバートくんが急に固まった俺を見て「ん？」というように、ふに、とまた掌《てのひら》にその頬を僅《わず》かに押しつける。うん可愛い……じゃなくて。

俺は何をして、何をしようとしていた？　いや、それ以前にこの体勢は…………。

ソファで二人並んで身体を向き合い、俺の手は彼の頬を擦《さす》り、彼の手は俺の腿《もも》の上に置かれ二人で見つめ合っ――――ちょっと待て。

これは、先輩後輩の距離感だろうか……。

ふっつーにやっちゃってたけど、これじゃあまるで、

恋人同士みたいじゃないか。


思わずバッと手を引く。

「アル……？」

ギルバートくんの怪訝《けげん》そうな声。

自分でも分かる。今、俺の顔はむちゃくちゃ真っ赤になっている。

「思い出した……。外の魚液肥の具合を見てくる……よ」

片手で口を押さえ、俯《うつむ》き加減でそう唐突に言って立ち上がった俺は、相当に挙動不審だっただろう。

だがそんなことは百も承知。俺は赤くなった顔を見られないように扉へ向かい、外に出た。そして、パタリと閉めた扉の、魔法陣の影響ぎりぎりの範囲に立って大きく深呼吸をする。

落ち着けアルフレッド。彼に触れたのも、別に初めてってわけじゃないだろう？

そうだ。ずっと前から…………。

……ずっと前から？

記憶を遡《さかのぼ》って、顔に集まった血の気が一気に引いていくような感覚に襲われた。

けれど、まずは移動だと、俺は周囲を確認することだけは忘れずに魔法陣の外へと足を踏み出すと、少し離れた魚液肥の柵《さく》に向かって歩き出した。そして歩きながら冷静さを取り戻していく。

落ち着け……俺。そう、とりあえず、とりあえずだ。この思考はいったん置いておこう。こんなところで片手間に考えることじゃない。

このまま続けたら羞恥《しゅうち》で転げ回る予感がするからな！

ググッと思考を腹の底へ押し込めて、俺は魚液肥の入った壺《つぼ》の蓋を開けると、中を入念に確認し始めた。うん、いい感じにできている。七、八割ってとこかな。

糖分を変えて作った中身を順に確認していき、発酵の進み具合の違いをチェックしていたら、

「いかがですか？」

横から声がかかった。ギルバートくんだ。俺の後を追ってきてくれたらしい。だよねー、挙動不審だったもんね。

「いや、ちょっと気になっていたことがあったから。でも大丈夫そうだよ」

俺は、しゃがみ込んだまま彼を見上げて笑顔を作った。うんそう、大丈夫だ。いつも通り。俺はそう自分に言い聞かせつつ魚液肥の蓋を閉めると、網をしっかり掛けて立ち上がった。

「急に思い出しちゃったから、ごめんね？」

そう言った俺に、彼は笑顔でゆるゆると首を振ってくれた。

ほんとごめんねギルバートくん。ちゃんと、ちゃんと考えたいから、今は誤魔化《ごまか》されて。

「お茶を淹《い》れ直すよ。部屋に戻ろう」

そう言えば、「はい」と頷《うなず》いてギルバートくんがスルリと手を繋《つな》いできた。

当たり前のように手を取られて、当たり前のように握り返す。うん、すごく当たり前になってる。

湧き上がってくる色んな感情をまたグッと押し込めると、俺はそのまま彼とともに隠れ家へ向けて足を進めていった。

決して……嫌じゃないんだ。嬉《うれ》しい気持ち、当然のように思う気持ち、戸惑う気持ちがグルグルして、感情がとっ散らかって落ち着かないってだけ。


部屋に入って、彼にはソファで待っててもらって、俺はそのままお茶を淹れるためにキッチンへと向かった。

「明日も学院にいらっしゃいますか？」

キッチンに立った俺にギルバートくんが声をかけてきた。

明日は水曜日。俺に講義の予定はない。今までの平日は講義がなくても隠れ家に立ち寄っていたのだけれど…………。

「いや、明日は来られないかな。論文の最後の一本を仕上げてしまおうと思ってね」

卒業単位に必要な残り三つの講義のうち、試験があるのは一つだけ。残り二つは論文提出と平常点で単位が与えられる。論文一本はすでに提出済みで担当教授から早期にオッケーを貰《もら》っているし、残り一本もほぼ出来上がって確認と修正をするだけの状態。

なのに、口を突いて出たのは、あながち嘘ではない言い訳めいた言葉。嘘ではない。嘘ではないのだが……。

「そうですか……分かりました。では、次は木曜日ですね」

ちょっと残念そうな彼の口調に「いや、明日も来るよ」と言いそうになって口をつぐんだ。

試験まであと一週間を切り、彼には集中して勉強して欲しい。このままでは、俺は彼の前で挙動不審を繰り返す自信がある。

彼は乙女ゲームの設定など関係なく、将来国の要職に就くべき逸材だ。いくらあっても足りない学びの時間に、俺の挙動不審で水を差しちゃいけない。

そうとも。彼は、幾人もの優秀な宰相を輩出するランネイル侯爵家の、一人きりの嫡男ギルバート・ランネイル殿……なのだから。

湯を入れたポットを手に、気を取り直してギルバートくんがいるソファへと戻って、対面の椅子に腰掛けた。そうして俺は、彼のティーカップにお茶を注ぎながらいつものように軽口を叩《たた》く。

「ギル、もしかして寂しくなったかな？」

俺がクスリと笑った刹那《せつな》、

「ええ。寂しいです」

即答で返されて、手元がぶれそうになった。

ティーポットをテーブルに着地させて、笑みを浮かべたまま彼を見れば、

「寂しいですよ」

薄い笑みを浮かべた彼が俺を見つめていた。

胸の奥の奥を引っかかれたような痛みと、それを凌駕《りょうが》する熱が一瞬走った。けれど俺はそれを瞬時になかったことにして、笑みを崩すことなく首を傾《かし》げた。

「嬉しいな。けど、来年にはここは君だけの部屋になるんだからね。そんなこと言われたら卒業できないじゃないか」

まったくー、と眉《まゆ》を下げれば、ギルバートくんが「ふむ……」と考えるように首を傾げた。

「それも、考えなければいけませんね」

そうして新しく淹れたお茶に手を伸ばした彼に「ははっ……」と曖昧《あいまい》に笑って、俺も自分のマグカップに手を伸ばした。

◇◇

水曜日の夕刻。

俺は王都屋敷の執務室で、執事が淹れたお茶を飲みながらひと息入れていた。

ギルバートくんにああ言った手前、午前中に論文の残り一本を最後まで仕上げ、午後は待ち構えていた執事やら会計係やらとともに、執務室にこもって書類を捌《さば》いていた。

「美味《おい》しいね、これ」

芳《かぐわ》しい香りを立てるティーカップを片手に、傍《そば》に控える執事を見やれば、クオリティーシーズンの茶葉を常に如才なく手配する優秀な男が、その顔に薄く笑みを湛《たた》えて小さく頭を下げた。

明日、この茶葉を学院に持って行って彼にも振る舞おうか……。ふとそんなことを思いついた時、隠れ家で俺の肩越しにポットを覗《のぞ》き込んでいた彼の姿が、急に思い浮かんできた。

――――いい香りですね。

耳元で柔らかく響いた彼の声が蘇《よみがえ》ってくる。少し前までは執事のこだわりなど知ってはいても、さほど気にも留めず暢気《のんき》に出された茶をすすっていたのだけれど……。

「若様」

呼ばれて顔を上げれば、目の前の執事は両手に書類を掴《つか》み、その脇で会計係が片手に蝋《ろう》と印章、片手に書類を鷲掴《わしづか》みにして掲げていた。ハッと目の前を見ると、執務机に紅茶がタラタラと溢《こぼ》れている。

「おわっ……！　悪い！」

慌てて手元のティーカップを戻し、ガッと椅子を引いて机から身体を離した。

書類を素早く向こうの会議用テーブルに避難させた執事が、雑巾《ぞうきん》で執務机を拭《ふ》き上げる様子をシュンとしながら眺め、俺はすっかり元通り綺麗《きれい》になった執務机に戻って溜息《ためいき》をついた。

「すまなかったね」

そう言って、書類仕事を再開させようとペンを手に、戻される書類を待っていたんだけれど、目の前に立った執事が書類を持ってくることはなく、会計係と一緒になって対面から俺を見つめてきた。

「若様。何があったかお話し頂けますか？　昨日、学院からお戻りになってからというもの、ご様子がおかしいですよ」

ニッコリと笑みを浮かべる執事と会計係。なんか二人とも目が笑っていない。

「え、いや何も……」

ない、と言いかけて、昨日のギルバートくんとの出来事を思い出した。いや思い出したと言うよりは、仕事中は考えないようにしていたことが戻ったと言うか、何というか。

「さあ、何があったのか、さっさと、とっとと吐きやがれ、でございますよ」

執務机に手をついて、笑顔の執事と会計係が迫ってくる。さすがは、こいつらも生粋のラグワーズ領民。根っこはかなり荒っぽい上に気が短い。

王都執事のディランは先代の家令の孫で分家筋ということもあり、子供の頃《ころ》からの俺の世話係、兼教育係。会計係のオスカーもまた、分家筋の出で俺の相談係、兼教育係を長く務めている。この二人の目を誤魔化すことなど不可能なんだ。

それから俺はポツポツと、ギルバートくんとの出会いから今までのこと、気づいたらこう、なんというか、アレな感じになっていて……。みたいなことを話し始めた。

そうこうしているうちに、いつの間にか微に入り細を穿《うが》った尋問形式となった二人からの追及に、俺はすべてを吐かされ、そうしてしばらく、グッタリと椅子の背にもたれる羽目になっていた。

二人とも何なの。前世は凄腕《すごうで》刑事か何かだったの？


「なるほど。ランネイル侯爵子息……」

「ほほぅ、あの万年筆の請求書はそういうことでしたか」

うんうんと何やら納得した様子の二人。

お互いに目配せ飛ばし合うのやめてくんないかな。すっごく気になる。

「だから今、頭の中で過去の自分を振り返って色々整理しているところなんだよ」

椅子の肘掛《ひじか》けで頬杖《ほおづえ》をついてそう言えば、二人がえらく不思議そうな顔で俺を見やった。

「何を言ってるんですか若様」

「もう分かってらっしゃるんでしょう。現実逃避も大概になさい」

いいですか、と二人が執務机の向こうのソファにドカリと腰掛けた。

うっ、二人の態度が執事と会計モードから、教育係と相談係モードに切り替わっている。

「若様。若様がご自分から特性を披露してみせたのは……いえ、ご自分から手を握られたのは、ご両親と弟君以外にいらっしゃいますか？」

「確か、幼い弟君が驚きすぎて泣き出して以来、他人の手に触れることは避けておられましたねぇ」

執事のディランの言葉に、会計のオスカーがしみじみと答える。

いや確かに、宿眼のコントロールができなかった昔は、そんなこともあったけどさ。

「ええ。手を触れるどころか、他人との最短距離はいいとこ五十センチ」

ふぅ、とディランが顳顬《こめかみ》に手を当て、わざとらしく顔を振った。

いやいや、何度も誘拐されかけたら、そりゃ他人と距離取るようになるでしょ。五十センチありゃ手を出されてもやり返すことも逃げることもできる。

「そもそも、そうしろと教えたのはお前たちだろう？」

そう言い返せば「まさか成人するまでとはねぇ」とオスカーが飲んでいたティーカップをソーサーに戻しながら呟《つぶや》いた。おいディラン、うんうんとか首を振るな。

「工芸品　匠《たくみ》の逸品　海シリーズ　18金仕様　万年筆　金二枚」

オスカーが請求書の綴《つづ》りを開いて、指で確認しながら読み上げた。

「お相手が誰《だれ》であっても若様の名で何か贈る際は、濃紺どころか青も金も絶対に入れてくれるなと、若様自《みずか》ら厳命されてたんですよ、私……」

おい、なぜそこで世間話みたいに二人で話し始めるんだ。

「あー、確か……男が自分の色を贈る意味を学んだ時から、でしたか」

「ええ、未来の伴侶《はんりょ》以外に贈るのは不誠実だと……」

何やら言いたげな顔で、二人がソファからこちらを見た。

「で、万年筆のお色味はどのような？」

オスカーが抜き出した請求書をペラペラと揺らしながら首を傾げた。

「…………濃紺の軸に金のクリップと装飾……」

思わず口元を押さえ小声でそう告げれば、二人揃って「ふふん」とばかりにと鼻を鳴らされた。

「表立って動くのを嫌う若様が大切な方のために街で動いた、ってガストンがハイテンションで報告していましたね」

「その前には、魚問屋でそれはもう仲良く手を繋いでいたと」

「伝言魔法陣ひとつで飛び出していった時は、私もさすがに驚きました」

「あれほど秘匿していらした特性を、その方のためには躊躇《ちゅうちょ》せず近衛《このえ》に披露したんですよね」

二人の会話に、ついには顔を覆って俯《うつむ》くしかない俺。

「要するに」

パタン、と請求書の綴りを閉じた会計のオスカー。

「若様はランネイル侯爵子息に、それはもう熱烈に恋い焦がれていらっしゃる。恐らくは一目惚《ひとめぼ》れ」

ボオォォ――――ッと手で覆っている顔が、火を噴いたかと思うほど熱くなった。

「若様のことです。お相手の年齢だとか、お家だとか、嫡男だとか、男同士だとか、そういったのを逃げ道にして目を逸《そ》らしてたんでしょ」

「若様、賢いですからね。ご自身の思考すら、ねじ曲げた謎理論で論破しちゃったんですかね」

二人から次々と浴びせられるのは、容赦のない言葉の刃《やいば》。ああ、俺のライフがゼロになっていく……。

「だ、だが、男同士……だぞ。しかも嫡男同士だ。どうにもならないだろう…………」

そう言った俺に、ソファから立ち上がった二人が歩み寄ってきた。そうしてまた、執務机に手をついて、顔を半分覆った俺をズイと覗き込んでくる。

「どうにもならないと言うわりに、がっつり口説いてますよね」

ぐぅ。

口説いてる意識などなかった。本当だ。ただ可愛くて可愛くて、してやれることは何でもしてやろうと思っただけだ。

彼が俺の前で気を許す姿が嬉《うれ》しかった。甘えられると、もっと甘やかしたくなった。

可愛い後輩――。手を繋《つな》ぐぐらいなら、肩を抱くぐらいなら、髪を撫《な》でるくらいなら、と彼に触れ、許されるたびにもっと触れたくてたまらなくなった。

先輩後輩のスキンシップ――。親しい友人同士なら肩ぐらい組むだろうし、抱き合って喜びもする。

そう自分に言い聞かせて、それもそうだその通りだと納得させたさ。

だって、しょうがないだろ。男同士だぞ。ハードル高いだろう！　認めたら最後、俺の根本の何かが崩れそうで怖かったんだ。

それに、何よりも……。

「彼は将来有望な次期宰相候補で……それを私が邪魔することなど、できない……」

地方モブ貴族の俺なんぞが、彼の輝かしい未来を変えちゃいけないんだよ。彼はランネイル侯爵家の一人息子だぞ。

「はっ！」と目の前の二人が揃ってそれを鼻で笑い飛ばした。

「私らにとっちゃ性別や相手の家の事情なんぞより、若様が恋情を向ける方を見つけたことの方が重要なんですよ」

口角を引き上げたディランが、目を眇《すが》めて俺を見つめた。

「若様は幼い頃から他人と線を引いていらっしゃった。年齢に見合わぬ才気とは裏腹に、控えめと言うにはあまりにも頑《かたく》なに目立つことを避けておられた。他人に踏み込まない、踏み込ませない若様の態度に、今までどれほどのご令嬢方が涙を飲んだことか」

いや、そんなこと言われても………。

「若様は当たりがすごく柔らかいですし、何でもそつなくこなされますが、愛情方面の情緒だけは主《あるじ》様も心配していらした。幼少期から誰に対しても恐ろしいほどに態度が同じで、親ですらただの一個人として扱われてしまう、と」

オスカーの言葉に俺は十数年前を思い出す。

ああ、確かに五歳で前世を思い出した俺は、記憶はあやふやでも思考はすでに成人していた。

たぶん、当時二十代の父母より精神的な年齢が上だった俺は、できるだけ彼らが楽なように煩《わずら》わせないように手助けしていたつもりだったが、親の立場ではそう感じさせてしまっていたのか。

この世界の人間としてちゃんと生きていこうと、あっぷあっぷしていた過去の俺。変な言動をしないように、弾《はじ》き出されないようにと気を張っていたことは否《いな》めない。

「その若様が、呆《ほう》けてお茶を溢されるほどの恋煩い。これを喜ばぬ者はラグワーズにはおりません。若様に唯一欠けていたものが埋まるなら、他はどーだっていいんですよ。帳尻《ちょうじり》は後から合わせりゃあいいんです」

ははは……、ひどい言われようだ。うまくやってきたはずが、他者からはそんな風に見えていたのか。

肩から力が抜けていくのが分かる。こいつらの説得力がハンパない。俺が拘《こだわ》ってきた前世の記憶と常識が、オセロみたいに引っ繰り返っていく。

「頭脳明晰《めいせき》、容姿端麗と評判高いランネイル家のご子息ならば、下手なご令嬢よりよほど若様のお相手として相応《ふさわ》しいですね。厳しい領の女たちからも絶対に文句が出ないでしょう。うちの妻などはきっと大歓迎だ」

口元を緩ませたオスカーに、ディランが鷹揚《おうよう》に頷《うなず》いた。そうして身体を机から起こした彼は、至極真面目な顔で俺を見下ろしてきた。

「全力でお手に入れなさいませ。ラグワーズの総力をもって支援いたしましょう。ただし、ラグワーズの跡継ぎは若様です。これは決定事項。ランネイル侯爵家に若様が入ることは罷《まか》り成りません」

厳しい目のディランがぴしゃりと言い切った。

「領主が結婚せずとも問題はないでしょう。将来の跡継ぎなど、弟君の子や親戚《しんせき》から選べばよいこと。まずは、どう侯爵家の嫡男をかっ攫《さら》うか、宰相に手放させるか、ですね」

オスカーがニヤリと笑って言葉を続けた。

「いざとなれば、いくらでも手はあります。財力、兵力、食糧備蓄。国を相手にしても負けはしません。最悪、ランネイル家を潰《つぶ》してしまうって手もありますが………」

なぜ嬉しそうに好戦的な目で笑ってるんだオスカー。そんなデンジャラスな方法論を考える以前に、考えなきゃいけないことがあるだろう。

「だがやはり男同士というのは……その、抵抗があるんじゃないかな」

俺自身だって戸惑っているんだ。自分が愛を育《はぐく》むなら異性相手だとばかり思っていたからな。ギルバートくんだってきっと……。

「あのね若様。嫌悪感があったら手を繋いだ段階で蹴飛《けと》ばされてますよ」

私ならそうしますね、と肩をすくめたオスカーの隣で、溜息をついたディランが「まったく」と小さく呟いたかと思うと、目を細めて俺の胸元に視線を向ける。

「若様が至極大事になさってる、そのクラヴァットピン。侯爵子息からのプレゼントでしたね」

それにコクコクと俺は首を振った。その通りだからな。忘れるはずもない。これは彼が俺の誕生日に送ってくれたものだ。

「ランネイル家のご子息はもしや、プラチナブロンドに緑の瞳《ひとみ》では？」

口端を上げて首を傾《かし》げたディランの気迫に、俺はまたもやコクコクと頷くしかなかった。

確かに、彼の髪は美しいプラチナブロンドで、瞳は宝石のように輝く緑色だ。

「むちゃくちゃ脈ありじゃないですか！　何やってんですか若様」

いやオスカー、何やってるも何も…………。

あ……は…………。

ひと目で気に入ったクラヴァットピン。彼からの誕生日の贈り物。

そりゃ気に入るはずだよ。これは彼そのものだ。そうさ。微妙に色が違うとか言い訳してたさ。感情にそっぽ向きながら、そのくせ後生大事に使ってましたよ。

「ならば、圧力や裏工作は最終手段ですね。まずは若様が腹をくくって、ランネイル侯爵子息へ思いを正直に伝えることです。今までのように、すっとぼけた態度ではなくね。お相手の心をしっかり捕まえなさいませ」

　ふっと笑ったディランが、最後には執事の顔で俺に告げた言葉に、隣のオスカーも大きく頷いた。

　学院を卒業したら、どこかの令嬢と見合いをして結婚すると思っていた。それが普通だと。小説のような熱烈な恋など、ましてや相手が同性など、七合目の人生には存在しないし、モブの俺にはあり得ないと思い込んでいた。

　けれどそんな俺に彼らは、悩んでないでさっさと捕まえてしまえと、あっさり言ってのけた。とっ散らかった俺の頭の中が、どんどん整理されていく。

　自分の気持ちに目を逸らし、言い訳をして誤魔化《ごまか》しながら、それでも千載一遇の相手を逃がすまいと必死だった俺自身。間合いを詰め、心をほぐし、エスカレートさせたスキンシップ。閉じ込めていた胸の奥底の熱が、徐々に広がっていく。

　ああそうだよ。もう、認めるよ。

　彼が欲しくて仕方がないんだ。

　口を覆っていた手を離して、俺は執務机の上で両手を組んで彼らを見上げた。まだ躊躇《ためら》いが消えたわけじゃない。正直、気持ちは竦《すく》んだままだ。それでも……。

「気持ちを伝えるよ……。ちゃんと。試験期間の後に」

彼らに視線を据えてそう言えば、優秀な彼らは揃ってニッコリと満足げな笑みを浮かべた。

「領地の主様《あるじ》が大喜びですね」

その言葉に嫌な予感しかしない。

「あの父上《オヤジ》が暴走しないよう抑えてくれよ」と釘《くぎ》を刺せば、「頑張ってみます」と頼りない返事。なんでそこだけ二人とも頼りないかな。

「主様が暴走する前に、若様が愛《いと》しの侯爵子息を口説き落とせばいいだけですよ」

ディランが新しく淹《い》れ直したお茶を目の前にカチャリと置いた。いやまあ、そうなんだけど……。

ああ、明日彼にどんな顔で会えばいいんだろう。挙動不審にならないよう気をつけないと……なんて思ってたら、また執事のディランと目が合った。

「お二人ぶんのお弁当と一緒に、想定問答集も作っておきます？」

執事有能だな！　でもいらないからね！

◇◇

その日の晩のこと。俺は屋敷のベッドに潜って、昨日《きのう》から今日にかけての出来事を思い出していた。

思いもよらぬ、あの嵐のような怒濤《どとう》の展開。

過去の自分を思い出すたび羞恥《しゅうち》に悶《もだ》え、口に枕を押し当てて叫ぶ……などということはしない。それは昨日の晩にしたからな！

ギルバートくんへの気持ちを自覚して、戸惑いや躊躇い、羞恥や焦りといった感情で混乱しまくったのが昨日。そして今日になったら、なぜかそれをディランやオスカーに洗いざらい話す羽目になって、その結果、逃げ回っていた自分の本音に向き合うことになった。

きっと俺のことだから、彼らに言われなければずっと卒業まで誤魔化し続けていた可能性は高い。そんなズルかった自分への反省もあって、思わず早急に下してしまった決断。

――――彼に気持ちを伝える。

はー、と思わず大きく溜息《ためいき》をついて、俺は薄暗い部屋の天井を見上げた。

つい勢いで彼らに宣言してしまったけれど、正直まだ迷っている自分がいる。一度決めて宣言したくせに、グズグズと悩んでしまう臆病《おくびょう》で意気地のない俺。

いや、ギルバートくんへの気持ちは本当だと思う。男同士ということに当惑していたのは確かだけれど、す……すす……、あー、えーと、すっ……好きになった相手の性別が男だったと言うだけの話だ。まだ迷って悩んでしまっている原因は彼じゃない。俺と彼が置かれている状況だ。

もし、もしもだ。俺が気持ちを伝えて、それを彼が受け入れてくれたなら……。そりゃあ俺自身は天にも昇るほど嬉しいさ。けれど問題はその後だ。

ディランやオスカーは幼い時からの俺を見ているから、俺の些細《ささい》な変化も感情の機微も分かった上で、ああして背中を押してくれたけれど、実際問題、俺が選んだ相手が同性だと知られれば、必ず領の内外から異論が出る。もちろんギルバートくんの家からも。

嫡男同士で揉《も》めるなと言うのが無理なんだ。同性愛に大らかな世界ではあるが結婚は異性のみ。もしお互いに独身で家を継いだなら横槍《よこやり》は避けられない。

かといって、隠れてコソコソとか形だけの結婚をするとかは絶対にあり得ない。

そんなことしたら俺は、ギルバートくんにも形だけの結婚相手にも不誠実極まりないクズ野郎になる。そもそも俺にそんな器用な真似ができるとも思えない。無理。

ギルバートくん――――。彼にはいつだって陽の当たる場所を堂々と歩いて欲しいんだ。俺の手前勝手な感情で、一時でも彼の立場を悪くしたくないんだよ。

だけどもう、今さら気持ちを誤魔化すことはできないし、しないと決めた。試験期間が終わったら俺の気持ちを伝える。それは変わらない。

でも、気持ちを伝えるのと同時に、今後起き得る問題についても彼に話さなきゃフェアじゃない。よくよく考えながら、順序立てて最もいい伝え方をしなければ。行き当たりばったりで感情のままに告白するのだけは却下だ。

その上で、彼が俺を受け入れてくれたなら……、俺は全力で彼を守ろう。批判や面倒ごとはすべて俺が引き受ける。

けれどすべては、そう、試験が済んでから。ギルバートくんにとっては当座の最優先事項だからね。俺の浮かれポンチな思考や事情なんぞは後回しだ。そうしてそのあとに、彼に時間を取ってもらってちゃんと、本当にちゃんと伝えたい。

なんて、そんなことをぐるぐるぐる考えながら、ぎゅっと潜り込んだ布団に顔を埋《うず》めた俺は、ようやく眠りに落ちていった。

明けて木曜日。今日は学院で講義がある日だ。いや、ギルバートくんと顔を合わせる日だ。

昨日あんなことがあったけど、今朝の執事の様子はいつも通りだった。変に励まされたりしたら朝から動揺した自信がある。

執事はいつもと変わらぬ顔で大きめの弁当の包みを馬車に積み込んでいた。弁当は二人ぶんだ。今日は我が家から弁当を持参するとギルバートくんにも伝えてある。張り切る執事と料理人には、作りすぎないよう昨日キッチリ釘を刺しておいた。

そうして、出立した馬車が学院に到着したのは二限が終わって五分ほど過ぎた時間。

片手に弁当の包みをぶら下げ、片手にブックバンドでまとめた薄いノートとテキストを抱えて、俺は足早に西棟へ向かった。そして隠れ家の前に到着すると、俺は一度大きく息を吸った。

さあここからは平常心だ。彼を前にしても動揺してはいけない。すべてはギルバートくんにとって大切な試験期間が終了してからだ。

よし、と笑顔を作って、俺は隠れ家の扉を開けた。

彼の姿はすぐに目に飛び込んできた。

やはり先に到着していたようだ。ちょうど荷物をソファの脇に置いたところだったようで、扉を開けた俺に、彼はニッコリと微笑んでくれた。

その笑顔の直撃に、一瞬クラリと身体が傾きそうになる。

人というのは不思議なもんだ。昨日まで平気だったものが自分の気持ちを認めた途端にこれだ。

先々ちゃんと考えて伝えるとか言ってたけど……できんのか俺？　しっかりしてくれ。

脳内で自分にツッコミながら、俺は懸命に平静を取り戻した。

「おまたせ。講義お疲れさまギル。お腹空いたでしょ」

気を抜くと湧き上がってくる感情をグイグイ押し込めて、俺は持参した弁当をテーブルに置いてから手をすすぎにミニキッチンへと向かった。

「私も今、来たところですよ」

と言いながら、彼がその昼食の包みを広げてくれている間に、俺は彼のために持ってきた昨日の茶葉でお茶を淹れ始める。そして、ティーポットと茶器を手にソファへ戻ると二人して向かい合った。

テーブルの上には広げられた二人ぶんの弁当の容器。今日はライスコロッケに温野菜サラダ、一口サンド。うん、いいね。

「おとといはご馳走《ちそう》になったからね。どうぞ」

そう言って勧めると、ギルバートくんが「美味《おい》しそうですね」と笑顔になった。

ぐう。平常心だ、アルフレッド。

俺は平常心にしがみつきながら彩り豊かな温野菜に手をつけ、食事に集中する。温野菜のラインナップは、ブロッコリーにジャガイモ、いんげん、にんじ…………。

…………人参《にんじん》がハートに型抜きしてあった。

何してくれちゃってるの?!

さりげなく混ぜられたそれを掘り起こし、真っ先に駆逐《くちく》していく。勘弁してくれ執事。

でも当然、ギルバートくんもそれに気づくわけで、フォークで刺したハート人参をまじまじと眺めながら「可愛いですね」とパクリと食べてくれた。

「料理人の遊び心かな」と俺は苦笑を浮かべつつも、頭の中で執事の首を締め上げてやった。

まだほのかに温かいライスコロッケを平常心で頬張っていると、温野菜を綺麗《きれい》に食べ終えたギルバートくんが口を開いた。

「論文の方は仕上がりましたか？」

首を傾《かし》げこちらを見てくる彼に頷《うなず》いて「おかげさまで完成した。たぶん大丈夫だと思うよ」と答える。首を傾げた彼は非常に可愛らしい。

おとといはごめんねギルバートくん。俺、動揺してたからさ。でも論文はキッチリ仕上げましたよ。

まあ実際のところ確認して修正も僅《わず》かだったからね。今日の四限の前にでも提出してしまう予定だ。

「そうですか。アルのことですから卒業は確定でしょう」

そう言ってお茶を口にした彼が、ちょっと目を見開いて「これ美味しいですね」と口元を綻《ほころ》ばせた。

「それはよかった。君の喜ぶ顔が見たくてね。家から持ってきたんだ」

微笑む彼の顔を見つめながらそう告げれば「ありがとうございます」とほんの少し照れたように彼の笑みが深まった。くっ……。

なるほど。感情を表に出さぬ貴族としての鍛錬は、こういったところで生きるのかと妙に感心をしながら無事に昼食を食べ終え、その後は間近に迫った前期試験についての雑談をしつつ、二人で和やかにお茶を飲んだ。

そんな感じで、そのまま穏やかな時間が過ぎるかと思われたその時、

「まだ時間がありますから……ね、アル、水中散歩がしたいです」

席を立ったギルバートくんが、俺の手を引いた。温かでしなやかな彼の手が俺の左手をきゅっと掴《つか》んでいる。

ちょっと今日は勘弁して欲しいかもしれない……と内心で思いつつも、俺は手を引かれるままに水槽の前へ。だって拒む理由がない。拒んだら逆に変だろう。今の俺に逆らうすべなんかない。

いや別に、宿眼を使うのは構わないんだ。どんとこいだ。でも、その……体勢がですね。いやいや、今さらなんだけどね⁈!

笑顔を貼り付け、俺は平常心で水槽の前に座り込んだ。そう平常心。平常心だ。

いつものように俺の脚の間に腰を下ろしたギルバートくんが、そっと俺の左肩に頭を預けてきた。ふわりと鼻をくすぐったのは彼の匂《にお》い。俺の肩に彼の艶《つや》やかな髪がサラリと落ちる。抱き込むように腕を回して彼の手を取れば、彼がその手をキュッと握り返してきた。安心しきったように俺に身体を預けて、頭を擦り寄せてくる彼の仕草がどうにも愛しくて仕方がない。

彼の肩に顎《あご》をそっとのせて、左頬に当たる艶やかな髪をスリ……と撫《な》でるように除《の》ければ、彼がくすぐったそうに小さな笑みを溢《こぼ》した。

――このまま抱き締めてもいいだろうか。

彼の腕を交差させるように、手を握ったまま胸元に引き寄せ……。

……ようとしてグッと踏み留《とど》まったり、理性を総動員。一〇〇までの素数二十五個を十秒で数えた。

「じゃ、いくよ」

気を取り直してそう声をかけて、俺は目の前の小魚に視線を飛ばして宿眼を発動させる。

スイスイと泳ぐ大きな尾ひれの小魚になって、水の中を上へ向かい急降下からの水草群を横断。そのまま他の魚たちと競うように進んで、流木の手前で分かれて湧き上がる泡の林の中へ。

「アル……」

彼の柔らかい声を左の耳が拾うと同時に、グイと手が引かれた。

いつの間にか引き気味になっていた身体がストンと彼の背中に密着し、僅かに浮かせていた顎も彼の肩に再び当たってしまう。

「次はあの黄色まだらの海ナマズです」

瞳《ひとみ》を閉じたままの彼が額をクイと俺の頬に押しつけて、柔らかな声でねだった。彼が話すたびに、その吐息が俺の顎をかすめていく。

ふわりと香る彼の匂いと、密着した場所から伝わる彼の体温。頬に当たる滑らかな彼の髪……。

これは
拷問だ。

よくも今まで平気でやってたな俺！　あ、腕をホールドしないでギルバートくん、お願いだから。もう……もうね、頭に血が上《のぼ》って逆上せそうなんだよ俺。きっと今の俺の顔はきっとトマトより真っ赤だ。こんな顔を彼に見られたら羞恥《しゅうち》で死ねる。

俺は咄嗟《とっさ》に手を繋《つな》いだまま右手で彼の腹部を押さえ、ほどいた左手の掌《てのひら》でバッと彼の目を覆った。

「あ……」

彼が驚いたような声を上げ、目を覆う俺の左手にその手を重ねてきた。

掌の下で、彼の長い睫毛《まつげ》が震えた感触がした。

「今日はこのまま……ね」

赤面しているだろう顔をやっと動かして、戸惑う彼の耳元に小さく懇願する。そうして俺は、逃げるように閉じた目の裏に広がる水中の景色に意識を向けた。

――――アル。

小さく呟《つぶや》いた彼に、もうこれ以上はと彼の肩に顔を伏せて、俺は必死でナマズに宿眼を飛ばすと視界を移動させた。もう少し……、もう少ししたらちゃんと感情を隠せるから。だからどうかギルバートくん、今はこのまま……。

彼の肩に伏せている俺の顔のすぐ横で、クスッと短く笑む声が聞こえた。

「これも、いいですね。目を開けてしまわずに済みます」

ね、と目を塞《ふさ》がれたままの彼が口元に笑みを浮かべて、俺の肩の上ですぅっと力を抜いた。

「そ……う？　……よかった」

もうそれだけ言うのが精一杯で、俺はその先の思考を放棄すると、宿眼で魚を追うことに集中した。

甘やかな責め苦を受けるような時間をどうにか乗り切り、水中散歩の時間は終了。

俺の表情も無事に元に戻って、そっと彼の目を覆っていた手を外すと、閉じられていた長い睫毛がゆるりと上がって、煌《きら》めきながら現れた翡翠《ひすい》の瞳とパチリと目が合った。

「楽しかったです」

いまだ俺の肩に頭を預けたまま綺麗に微笑む彼に、俺もまた笑みを返した。

腹部に回った俺の手をきゅっと握りながら目を細めて笑う彼は、本当に、本当に綺麗で可愛らしい。

ありがとうギルバートくん。なんか挙動不審でごめんね。もうね、今まで自己欺瞞《ぎまん》に身を委《ゆだ》ねてきた反動がさ、すごすぎて……。

求めたいのに恥ずかしい、嬉《うれ》しいのに困る。ひとつ感情を整理したら、別のところが派手にとっ散らかってしまった。

でもね、そんな俺だけど、たった一つのことだけは絶対に迷わない。君のためにできることはすべてする。だから、俺はちゃんと君に言わなきゃいけない。

目の前で俺を見つめてくる翡翠の瞳。俺はその輝く瞳をしっかり見つめ返しながら、ゆっくりと口を開いた。つい情けなく眉《まゆ》が下がってしまうのはね、許して。

「明日から十日間……君とは会えない」

目の前の彼が僅かに目を見開いた。

明日が金曜日。土日を挟んで月曜から金曜までが筆記試験で、さらに土日を挟んだ三日間が課題提出期間だ。一年次の試験日程はどうしてもハードになる。講義数をマックスまで入れている彼の負担は相当になるだろう。俺も経験したから分かることだ。

彼にとっての最良の環境を、俺は先輩の立場で提示しアドバイスを添える。

「君が求めるレベルの結果を出そうとするなら、今日を含めて試験までの四日間、詳細な詰めが必要だ。君の科目数なら、試験期間に入ったら要点の確認だけで手一杯になるはずだ。そしてその作業はひとりでするのが最も効率的……」

彼の翡翠色の瞳が真っ直ぐに俺を捉《とら》え、水槽の明かりを反射して僅かに揺れていた。

「ギル、君には万全の状態で試験に臨んで欲しい。だから会わない。集中して良い結果を出すことを願っている」

聡《さと》い彼は俺が言いたいことを瞬時に理解したのか、口元を引き締めコクリとひとつ頷いてくれた。

そんな彼に、俺は頑張ってねという気持ちを込めて小さな頷きを返した。

彼に会えないその十日間で、俺は俺で色々と考えようと、そう思っていた。

もう少し冷静に、焦らず、周囲のことも考えて、そうして十日後には落ち着いた状態で彼の提出課題をサポートして、その週の彼の誕生パーティーで、まずは宰相閣下に友人としてお目通りする。

まずはそこからだと、そんな手順を昨日までは考えていたんだけど……いたんだけどね、至近距離で彼を見つめていた俺の口は次の瞬間スルリと、本当にスルリと、自分の中で却下したはずの提案を溢してしまっていた。

「もうひとつ、これは私からの個人的なお願いなんだけどねギル……。試験期間が無事に終わった翌日の再来週の木曜日は、何か予定があるかい？」

あー、言っちまった。言うはずじゃなかったのに。

俺の言葉に、引き締めていた彼の口元が柔らかくほどけた。そしてすぐに「いいえ……」とふるふると首を振った彼の、艶やかなプラチナブロンドが俺の左肩の上でサラサラと音を立てる。

気づけば俺は、伸ばした指先でその流れた毛束を撫で梳《す》いていた。思考とは裏腹に、言葉が湧き上がるのが止められない。

「君を我が屋敷に招きたいのだが、受けてくれるだろうか……」

髪を梳いていた左手で彼の頭を引き寄せ、彼のしなやかな手を握りながら、俺は祈るようにそう告げた。段階を踏んで状況を見て……そんな考えを急《せ》いた心が吹き飛ばす。俺はこんなに我慢が利《き》かない奴だったのか。

「はい。喜んでお伺いします」

彼が俺の手を握り返し、そしてスリ……とその引き寄せた頭を俺の頬に押しつけた。

招待状も何もない、侯爵家嫡子への口頭での急な招待。そんな非礼にもかかわらず、快く了承してくれた彼。

ねえギルバートくん、そんな風にしたら俺は……自惚《うぬぼ》れてしまうよ？

「ありがとう」

どうにかそれだけ言って、俺は左手を彼の頭から肩へ移動させて身体を離した。

「そろそろ昼休みが終わ……る時間だから」

言い訳がましくそう促して二人で一緒に床から立ち上がる。俺はもう、自分が今どんな顔をしているのかすら分からない。

「嬉しいです。試験後の楽しみができました」

正面に立って俺を見つめてきた彼が、そう言ってあんまり綺麗に笑うものだから、そう、だから……。寸の間だけ、箍《たが》が外れた。

気づけば俺の片腕は彼の腰を強く引き寄せ、それにストッと何の抵抗もなく腕の中に収まった彼の、その滑らかな顳顬《こめかみ》から頬を左手でそっと撫でてしまっていた。

そんな顔をしないで、ギルバートくん。傍《そば》にいたくなっちゃうじゃないか。

「毎晩、伝言魔法陣を送るよ。返事はしなくても構わない。私が送りたいだけだから」

私の我が儘《まま》だ——と告げれば、目の前でその美貌《びぼう》を綻ばせた彼もまた、スルッとその指先を俺の頬に優しく滑らせてきた。

「では私も我が儘を……私も毎日お返事を送ります。きっと愚痴や泣き言も。受け取って下さいね？」

ほんの少しだけ唇を尖《とが》らせて、そんな可愛いことを言ってくる彼。あんまり可愛いものだから、思わず思い切り抱き締めたくなってしまった。

グッと腕に力を込めようとする自分を、復活した理性で瞬時にブン殴る。

「もちろん。嬉しいよ」

一〇〇から一九九までの素数二十一個を素早く数えながら、総動員した理性で彼の腰に回した腕をほどいた。そしてこれ見よがしに時計を眺め「そろそろだね」なんて言葉を付け足して、俺は何事もないような顔を懸命に作りながら、彼をソファの方へと誘導した。

うん、彼を午後の講義へ送り出す時間だってのは確かだからね。

「じゃあギル、再来週の月曜日に。招待状は改めて送るから」

そんなことを話しながら、俺は彼を見送るべく荷物を手にした彼とともに出入り口の扉へ向かった。

それに「はい」と応《こた》えてくれた彼が、ドアノブに手を掛けたまま一度こちらを振り返る。

「ちゃんと食べて寝ることは忘れないようにね。毎晩、送った魔法陣でうるさくチェックするよ」

そんな彼に、まるで母親のような言葉を吐いた自分自身に内心で苦笑しながら、俺は彼に小さく手を振って見せた。それに小さく笑って頷《うなず》いた彼が、くるりと扉に向かうと今度こそ扉を開いた。

――寂しいと思うのは、夜だけにしますね。

外の空気と一緒に流れてきた言葉。それは俺の視線を閉まった扉に釘付《くぎづ》けにするには充分で……。

思わず俺が口を押さえてしゃがみ込んでしまったのは、仕方がないと思うんだ。

そうして俺は、その場でしゃがんだまま頭を抱えると、大きな溜息《ためいき》を吐き出した。

まったくなんてザマだ、アルフレッド。

いや、しゃがみ込んだことじゃない。なぜあんなに急いで彼を屋敷に招いたんだ？　気持ちを伝えるにしても順序ってもんがあるだろう。彼の誕生パーティーの後だって充分に時間があるじゃないか。屋敷に招いて場を作って告白……ってのは、もっと後の予定だっただろう？

ああそうだよ、そのはずだったさ。なのに、瞬時に沸点を超えた熱に、どうにもならなかった。

まったく、何がよくよく考えてだ！　行き当たりばったりで感情のままはＮＧ？　は？　どの口が言うかな！　考えた手順を初っぱなから自分でブッ壊してるじゃないか。順序をすっ飛ばしやがってアホか俺！

自分で自分の首を絞めて、自分で自分を追い込んで、そんな自分自身に呆《あき》れ果てて、俺はもう床にしゃがみ込んだまま、頭を抱えることしかできなかった。

◇◆◇私はヒロイン〜セシル・コレッティ◇◆◇

なんで？

なんで？

なんでなんでなんで？

なんで私、こんな狭い部屋に閉じ込められてるわけ？

ここ乙女ゲームの世界よね？　私、ヒロインよね？　光の乙女になって、イケメンはべらせて、国を後ろ盾《スポンサー》にして優雅な一生送るんじゃないの？

騎士団の取調室で二日、王宮のどこかの部屋で二日、それから眠って起きたらこの見知らぬ部屋だった。窓のない十畳ほどの部屋にはベッドとテーブルと椅子だけ。石の床で繋がった隣の部屋にはシャワーと洗面台。それに狭いトイレ。

いったいここはどこなの？　どうしてこんなことになったのかしら。私はどこで間違えたの？

何度も攻略したゲームだったのに――。


自分がゲームのヒロインだと気づいたのは、学院入学の一週間前。

朝起きたら突然前世の記憶が蘇《よみがえ》っていた。

慌てて自分の容姿を鏡で確認して、今までのセシルとしての記憶と照らし合わせれば、すぐにあの乙女ゲームのヒロインだって分かったわ。

異世界転生。ゲーム転生。本当にあるなんて！　まさか自分が、しかもヒロイン？

ピンクブロンドの髪。水色の瞳《ひとみ》。長い睫毛。華奢《きゃしゃ》な身体に大きな胸とくびれたウエスト。

鏡の中に、スマホの画面で見た通りのヒロインが三次元でいたんだもの。そりゃ小躍りするわよ。

嬉しすぎて前世のことなんてどうでもよくなっちゃった。たぶん何かしょうもないことで死んだんだろうなぁって程度。だって未練なんかなかったもの。

前世はごく普通の家庭で育った、ごく普通の……いいえ、少し可愛いくらいの女子高生だったわ。ホントよ？　親が共働きで稼いでたから、まあちょっとばかり裕福な家の子。生活に不自由はしなかったけど、あくせく働くばかりの両親は顔を合わせれば小言ばっかりで、そんな生活にはうんざりしてたわね。

ああ……、でもオシャレして夜まで遊ぶのは楽しかったかな。学校にいたんじゃ絶対に会えないような人たちに、知り合いのツテで紹介してもらえたりね。IT社長とか億万デイトレーダーとか、医者や弁護士さんだっていたのよ。学校なんかに行くよりよっぽど有意義な活動じゃない？

高そうなお店でバッグとか買ってもらう時は、セレブになったみたいで気持ちよかったなぁ。身体を触られるのは、最初は気持ち悪かったけどそのうち慣れたし、いっぱいお金貰《もら》えるからいいかなって思うようになった。だって簡単にお小遣い貰えるのなんて若いうちだけでしょ？

そのうちセレブのツテでお金持ちのイイ男と結婚する予定だったんだけどな。両親みたいに、せっせと働いて寝るだけのつまらない人生なんて馬鹿馬鹿しいもの。

もっと上を目指して、いつかは華やかでキラキラした人生を送る。私にはそれだけの価値があると思ってたけど、いつの間にか死んじゃったみたいね。

最後の記憶は……うーん、よく覚えてない。会社経営してるって男に声かけられて、車乗って……あとどうしたんだっけ。まあいいわ。思い出さなくて。今さら意味ないしね。

あー死んじゃったのかーって思ったらヒロイン転生だもの。前の人生では私の価値を生かしきれなかったから、神様が相応《ふさわ》しい人生をくれたんだ！　って感謝したわ。

今回はなんてったってヒロインだもん。しかも前世でフルコンプしたスマホの乙女ゲーム。選択した会話だけで好感度上がる手軽さで、男待《カモ》ってる隙間時間に遊ぶには持ってこいの無料ゲームだったからハマったわ。レベル上げや戦闘とかの面倒がなくて、ライバル令嬢も出てこない、ただイケメンたちにチヤホヤされる単純な恋愛シミュレーション。こういうのがいいのよ、ストレスなくて。マウントの取り合いなんて、現実だけで充分よ。

出てくるキャラもストーリーも頭に入ってたから、最短でサクサク攻略するわよ！　って張り切って学院に入学したわ。記憶を取り戻す前の私《セシル》は、将来いいお婿さんを捕まえるために頑張って勉強してたみたいだけど、もう勉強なんかする必要ないわよね。だって将来は勝ち組確定だもの。

婿取って男爵家を継ぐ？　冗談じゃないわ。貴族ったって男爵なんて一番下じゃん。小さな領地で田舎者たちに囲まれて一生暮らせっていうの？　いやよ。

パッとしない親、パッとしない生活、パッとしない人生。

それじゃあ前と同じじゃない。記憶を思い出して本当によかったわ。

だから入学後は張り切ってイベント消化と好感度アップに走り回ったの。おかげで拍子抜けするくらい簡単に学院内のメインキャラたちとお近づきになれたわ。

一日目の入学式では第一王子のレオン。

二日目の履修ガイダンスでは公爵子息エリオット。

三日目の最初の講義では騎士団長子息ドイル。

十日目の休み時間は図書館司書カイ。

みんな、順調に私のことを好きになってくれた。ま、どんな言葉をかければいいか分かってるから、当たり前だけどね。

ちょっとその気になればモテモテってとこは前世と同じだったけど、地位とお金があってイケメンなんて完璧《かんぺき》な相手がいるのはこの世界だけよね。何より一番違うのは、今回はテッペン取るのが約束されてるってとこ！　しかもそのテッペンまでのルートも、セレブたちの情報も全部分かってるんだから楽勝なんてもんじゃないわ。

王子様は王位継承者へのレベルの高い期待と、追いつかない平凡な自分との差に苦しんでた。

公爵子息は、ひとりでは何も決められない自分が嫌なのに、自信がなくて周囲も許してくれないと悶々《もんもん》としてた。

騎士団長子息は、上の二人の兄が優秀すぎてコンプレックスの塊。

図書館司書は貧乏男爵家の次男で、成績は良かったのに歴史学者への道を諦《あきら》めた傷を抱えていた。

その辺をちょっと突っついて、肯定してあげて褒めあげれば、さすがチョロゲー。みぃんな私にメロメロ。ま、既定路線だわね。

ただねぇ……、おかしなことになぜか宰相子息ギルバートのイベントだけが消えていたの。

ギルバートとの出会いイベントは、五日目の昼休み。食堂へ向かうヒロインが本を落として、それを拾った彼が「これを君が？」からの「難しいんですけど興味があって」からのミニ勉強会で親密度アップ！　の流れだったんだけど……。

小難しい本を抱えて食堂前のポイントをウロウロしてたのに、一向にギルバートが現れやしない。え、どういうこと？　って思ってるうちに昼休みが終わったわ。おかげで昼ご飯食べ損ねちゃった。

まあちょっとした誤差かな、って軽く考えてたんだけど、その後も全然うまくいかないの。他の男子との絡みを見せても、モヤモヤしてくれるどころか眉《まゆ》ひとつ動かさない。

優秀すぎてロボットみたいに課題をこなす毎日を送る彼は『他人に気を許せず、常に気を張っている孤独な人』っていう設定は知ってるから、

「私の前では仮面を取ってホッとして欲しい……」

ってウルウル見上げて言ったのに、ギルバートってば「何言ってるか分からない」とばかりに小首傾《かし》げてさっさと先に歩いて行っちゃった。鉄仮面がズレる気配すらなかったわ。

強硬手段で腕を絡めて、プルンプルンの胸を擦りつけてみたけど、一瞬で腕を振り払われる始末。え、ちょっと傷つくんですけど！　って思ったら無表情で舌打ち……怖かった。

それ以降も彼は講義直前に現れ直後に消える、を繰り返してまったく捕まらない。何なの？　ギル

バートいつからレアキャラになったの？　死んだあとに何かシナリオ変更あったのかしら。

なんて疑問は抱いたけど、まあいいや、って気を取り直してストーリーを進めたわ。だって、どうせ私が光の乙女になったら、みんなその膨大な魔力と信じられない奇跡のような力にメロメロになるのは決定事項なんだから。

だからさっさと洞窟《どうくつ》と魔法陣に辿《たど》り着くことにしたの。光の乙女になるのは三年生の夏だけど、そんなの待ってられないわ。必要なアイテム手に入れてサクッとなっちゃえばいいじゃない。

確かゲームでは……えーっと、好感度を上げた第一王子とお忍びデートに行った先で『導きのお守り』をゲットだったわよね。

露店の占い師に声をかけられて、お金がないのに気づいて「じゃあそれでいいよ」って言われて髪留めを渡して……。まったくバッカじゃないの。道ばたの占いの代金に王子から貰った宝石入りの髪留めとか、ヒロイン頭おかしい。まあおかげで高価そうな髪留めに驚いたお婆さんが露店の商品くれるんだけどね。

丸い小石にまじないの図柄が描かれた手作りペンダント。それを同じような品がずらっと並んだ中から、古《いにしえ》の遺跡の小石で作られたアタリを見つけなきゃいけないのよ。

でも大丈夫。絶対に間違えないわ。だって石の形も図の模様も紐《ひも》の色も、私ぜーんぶ覚えているもの。まぁ、どうせ髪留め買うのは王子だし？　ヒロインの内なる光の魔力に反応する『導きのお守り』が手に入るなら万々歳よ。そのうち髪留めだけじゃなくて、もっともっと素敵な宝石やドレスだって思う存分手に入るようになるんだから。髪留めくらいくれてやるわ。

『導きのお守り』はこの先の二年間、ヒロインとキャラたちとのイベントのきっかけを作ったり、人との縁を繋《つな》いだりしながら洞窟へとヒロインを導いていくアイテム。

でも、そんな遠回りしなくたってヒントも答えも分かってるから、その辺はショートカット。要は洞窟の場所よ、場所。場所さえ分かれば直行しちゃえばいいじゃない。

エリオットの領地の山だっていうのは分かっているの。イベントをこなしてメインキャラたちと向かった山道で、エリオットが「ちょうど二年前の土砂崩れで父上が閉鎖した道なんだ」ってセリフがあったからね。

二年前といえば今年じゃない。つまりは今年の夏にどこかの山で土砂崩れがあって、その近くに目的の魔法陣があるってことなんだけど、ルクレイプ領内は山も廃坑も多すぎて……。

私はとりあえず司書カイの攻略を最優先で進めて、大急ぎで場所を特定してもらうことに決めた。休み時間に小まめに図書館へ通って、親しくなったカイに連れてってもらったのは図書館の貴重本倉庫。そこで彼が見つけるはずの古い書物をサッと私がピックアップ。だって場所知ってたし。それを見せて彼を煽《あお》れば、案の定、彼は熱心に場所を調べ始めてくれたわ。

ロマン溢《あふ》れる未発見の洞窟、プラス意味深な言い伝えときたら、燻《くすぶ》っていた研究者魂に火がつかないわけがないわよね。そこに私の知る洞窟周辺の地理をさりげなく伝えたら後はお任せ。あー便利。

興味本位でメンバー外の彼に先々ついて来られても困るから、書物の中の「永き眠りにつきし偉大なる力」ってのが魔法陣だってことはカイには黙っといたわ。いずれ私が光の乙女になったら分かることだもんね。

カイはねぇ……。イケメンだし頭いいし優しいんだけどお金持ちじゃないのよ。ああ、いずれ古代魔法の研究者として成功するのよ？　でも研究者ってビミョーよね。私の取り巻き《キープ君》の一人でいいかな。

とりあえず場所の特定はカイに任せて、私はアイテムを手に入れなくっちゃ。そう、まずは例のお守りゲットのイベントよ！

なんて思ってたら、まさかの土曜日にデート日が設定してあった。え、困るんですけど。水曜の午後じゃないと占い師いないもの。おっかしいわねー。

……って思ったら原因が判明。ギルバートだった。

ゲームでは「平日の街って一度行ってみたいなぁ♡」って、ランチの時にイケメンたちに話してたはずが、現実ではギルバートが不在でその話題にならなかったっていうね。ああもう！

だからレオンに泣きついて、水曜の昼に無理やり学院を抜け出してお忍びを強行。

けど、これがもう、なぜかゲームと大違い。最初にあれ？　って思ったのはお忍びに出る直前。

何だか護衛騎士の数が少ない気がしたのよね。でもゲーム画面で馬車が街へ走り出すワンシーンを見ただけだから気のせいかもって思い直したんだけど、嫌な予感はしたのよ。

でもまあ、馬車から見えるゲームと同じ街並みでテンション上がって、一軒目の雑貨屋さんに到着した時にはすっかり上機嫌だったわ。

ここは占い師へ渡す髪留めを買う場所。フリルやレースに囲まれたお店の真ん中で二人、微笑み合いながら髪留めを選ぶの。

ゲームと同じ店構えにウキウキしながら、腕を絡めたレオンと一緒に張り切って店の扉を開けたわ。けど、店に足を踏み入れた瞬間。私ってば思わず「え」って言っちゃった。なにこの違和感。店構えも店の名前も同じなのに…………。

その店内は、なんかやたらと落ち着いた感じの色味と品揃えに様変わりしていた。赤やピンク、フリルとリボンの世界どこ行った……。ううん、フリルもリボンもあるんだけど、こう、なんかずっと上品で落ち着いた感じ？

髪留めが置いてあるはずのメインコーナーではなぜか文具フェアが開催中。どうして急に品揃えが硬派になっちゃってるの？「恋愛成就アイテムコーナー」？文具が？並んでる万年筆でラブレターでも書けってことかしら。海シリーズ売り切れ、カラーオーダー一年待ち？

首を捻《ひね》りながら先に進んでいくと、文具フェアの奥では店主によるリボンの装飾結び体験教室が開かれていた。これがすっごい盛況で見学者もいっぱい。髪飾りや小物にも加工できるのか、棚には色んな組み合わせパーツが販売されている。

壁には「恋を結ぶ♡恋結び」の謳《うた》い文句。なにそれ、ちょっと興味ある。

ゴージャスなのに上品な仕上がりの、複雑な装飾結びを施されたリボン……。うわぁ、綺麗《きれい》！だけど今日の目的はあれじゃないわ！と気を引き締めて装飾小物コーナーを探せば、店の片隅に追いやられていた。まあいいわ。さっさと見つけちゃおうっと。

買うのは青紫のフリルリボンの中央で、いくつもの小さな水色のアクアマリンがキラキラと光る髪留め。目をこらしてコーナーの隅々まで探したけど…………ない。

ちょっと！　王子様《メインキャラ》と私の瞳《ヒロイン》《ひとみ》の色なんだけど！　ゲームの中では「流行の最先端の人気商品」って言ってたじゃない！

そう思って体験教室コーナーで立ち働く店主に声をかけると「少々お待ちを」って奥から大きめの箱を抱えてきた。目の前に置かれたその箱の中には、フリフリキラキラのリボンやレースの髪留めがたくさん。

なんだあるんじゃない。と、その中を探してようやく目的の髪留めを見つけることができた。もちろん速攻でレオンにオネダリしてお買い上げよ。

チラリと見えた箱の側面には「髪留め・見切りセール用」の文字。なんで？　と思いつつも、とりあえず目的のものは手に入ったからヨシってことで、次に行くことにした。

馬車の中でレオンに髪留めつけてもらって「オッケーオッケー」って気合いを入れ直して向かったのは宝飾店。ハイセンスな店内とキラッキラの宝石たちに気分はもうアゲアゲだったんだけど、ここでゴージャスなものを選んじゃダメ。あくまでも控えめに。

なので攻略ルート通りに青紫色の小さなアメシストのペンダントを買ってもらった。綺麗なんだけどアメシストって安いのよねぇ。私の誕生石《ヒロイン》だから仕方ないけど。

隣の花屋さんではレオンが花束を買って贈ってくれた。小さな薔薇《ばら》の花束。

うん、このチョイス。好感度はかなり高いわ。ゲームと同じ花束にひと安心。ちょっとくらい違っても大筋で合ってればいっかー、って思いながら、馬車の中で花束片手にレオンに微笑みかけて、嬉《うれ》し恥ずかしの表情で手元の薔薇に鼻を埋《うず》めてみせた。

「お茶でも飲もうか。近くによさそうな店があるらしい」

よっしゃ来た！　好感度が一定以上じゃないとこのまま帰っちゃうのよ。そしてまた好感度上げて次の水曜日に出直さなきゃいけなくなるのよね。よかったわ。

到着したのは街の路地奥にあるお洒落《しゃれ》なカフェ。

花が並んだ小綺麗な路地の景色も、店の外観も、バッチリ記憶通り！　って思って店内に入ったんだけど……。やっぱり何か違う。

まずは、ゲームで私たちが座るはずの店の真ん中のテーブル。そこにあったのは「予約済」の札。

え？　と思いつつも壁際のテーブルへ案内されて席に座った。そしてメニューを開いてまたビックリ。頼むはずのフルーツタルトと、メロンケーキの名前が変わっていた。

『溢《あふ》れる恋のフルーツタルト』

『滴《したた》る愛のメロンショート』

なにそれ。なんでこんな……小《こ》っ恥《ぱ》ずかしいネーミングになってるわけ？　意味が分からない。

それでも既定通りに注文をして、イケメンなレオンと二人で手を握り合ったり、足を絡め合ったりして待ってたわ。

「やだぁ恥ずかしいからぁ」「こいつめ」なんてラブラブな会話を交わしているうちに、ケーキと紅茶が運ばれてきた。

目の前には美味《おい》しそうなケーキ。溢れんばかりにフルーツがてんこ盛り……ってアレ？　こんなんだっけ。ねえちょっとお店の人、可愛いヒロインにちゃんとサービスしてくれた？

まあいいわ。いっぱい載ってる……わよね。とにかく早く食べないとあのイベントが始まっちゃう。

そう、もうすぐライバル店から送り込まれた男たちが店内で暴れるのよ。そうしたら騎士たちと乱闘になった男たちの一人が火をつけて大騒ぎになる予定だから、うかうかしてると食べ損なっちゃうのよね。

そう思って、ちょっと早回しで手と口を動かしてボリュームのあるケーキを口に詰め込んでたんだけど……。いつまで経《た》っても男たちが来ない。ほぼケーキを食べ終えちゃったのに、来ない。

どういうこと？　と思ってたら、隣の席で話す女性客の声が聞こえてきた。

「ねぇ、そういえば二ブロック先のスイーツ店の話聞いた？」

「聞いたわ。確か盗んだ果物を不正に仕入れてたって摘発されたんでしょう？」

「そうなのよ。安くて果物大盛りが売りだったけど、そういう裏があったのね」

……え？

皿に残ったクリームをフォークの先で突っつきながら、顔は目の前のレオンに笑顔を振りまきつつ、私は耳をそばだてた。

事情通らしい隣席の女性たちによると、ある生産地の貴族夫人が、それはもう細かく領地や領民を見て回るようになって、果物を横流ししていた集団の存在を暴き出したとか。そしてそれからは芋づる式に密売ルート上の者たちが摘発されていったという……。

そんなぁ、火事になって逃げ惑う人たちがいたから、護衛とはぐれた私たちが裏路地に辿り着くんでしょ？　何も起きないんじゃ、どうやって王子と二人きりで裏路地まで行けばいいの？

呆然《ぼうぜん》としてたら「どうしたんだいセシル」って目の前のレオンが心配げに声をかけてきた。イケメンだわ。むっちゃキラキラしいイケメン。

なんだけど……何だろう。ゲーム画面で見てた知的さとか思慮深さとか落ち着きとかが、ちょっと足りない気がする。ゲームの中で「君の自慢の友人でいたいと思ったんだ」なんて照れ顔で話していたレオン王子の雰囲気はもう少し、こう……。

確かあれは、王宮での教育が厳しくなっていって、幼馴染《おさななじ》みの居丈高な公爵令嬢に嫌味を言われたりしていた時のセリフだったわ。あれ？　そういえばあのスチルこの世界ではなかったわね。

でも、このちょっと迂闊《うかつ》そうな今のレオンならイケるかも……と私は最後の手段として、必殺・お目々ウルウルを炸裂《さくれつ》させて彼の瞳をじっと見つめたわ。

『ううん大丈夫。ちょっとね、空想してしまって……。もしも、この場から二人で逃げ出せたら、なんてね。二人っきりの束《つか》の間《ま》の逃避行をほんの少しだけ夢見ちゃった。レオンが時々、王族って立場で苦しんでいるように見えたから……。一瞬だけ自由の羽をあげられたらどんなに素敵なことかしら、なんて、出来もしないことを考えてしまったわ。ごめんなさい』

ってね。

そしたらなんと、彼ってばノリノリでノッてきたわ。

マジか、大丈夫この人？　って思ったけど、私にとっての最重要はアイテム。

「いいの？　レオンってば本当に規格外の器でビックリしちゃう。きっと将来は賢王の若かりし頃《ころ》のヤンチャな逸話、なんて語られてしまうわね」

適当に褒めたらレオンはちょっと得意そうな顔になったわ。本当にこの人は、非凡とか規格外とか豪快って言葉が好きよね。

「そうだろう？　私に任せておけば何だって大丈夫だ」

なんて胸を張ったイケメン王子様。まあいいけどね。将来的にも扱いやすくて。

そしてダッシュで逃げ出したカフェ。いい感じに護衛を撒《ま》くことができた私たちは、いざ歓楽街の裏路地へ。

そういえば、あの予約済みの席。結局最後まで客なんか来なかったわね。美男美女カップルの私たちは注目の的になる予定だったんだけど、まあ今となっては却《かえ》ってよかったのかな？

そんなことを考えながら、レオンと二人で手を取り合って街を走った……んだけど、レオンてば意外と体力がなかった。ダメじゃん王族。鍛えなさいよ。

そうしてやっと辿《たど》り着いた目的の裏路地。私は「探検みたいね」なんて適当に言い訳しながら、さっそくレオンと一緒に入っていった。

間違いないわ、この景色。ゲームと同じ。向こうの建物の陰に、占い師のお婆さんがひっそりと店を出していて、通りがかった私たちに声をかけてくるのよ。

私は何も知らない風で、レオンと手を繋《つな》ぎながら建物を通り過ぎる。ほらここで「素敵なお二人さん。占いはどうかね」って声が――――！

……かからなかった。

なんでっ！　ってバッと振り向いてそこを見れば……占い師がいない!?　そこは何にもない、ただの建物の角になっていた。どうしてよ!!

そうこうしているうちに私とレオンは、いつの間にか何人もの男の人たちに囲まれてしまっていた。どうやら物盗《ものと》りではなく街の人たちのようで、すでに近衛《このえ》に連絡をしたという。さすが王族。あっという間に捜索の手が回されてたわ。

なんてこと……。無理してここまで来たのに！　意味ないじゃないの！

ガックリしながら一定の距離を保って近づいてこない男たちに、ダメ元で占い師について聞いてみたら、その中の数人が知っていて教えてくれた。

「ああ、占い師の婆さんなら、孫が結婚するって嬉《うれ》しそうに話してたな」

「そうそう。確か……カフェの給仕をしていた孫が、熊みてぇなパティシエと急に話が決まったとか」

「あー、髪留めのひとつも付けない気の強い孫って言ってたあれだろ。でも何か、急に素直に男に甘えるようになったんだと」

「え、俺は熊みたいな口の重い男が、甘い言葉を囁《ささや》くようになったって聞いたぜぇ」

マジかよ。うわー熊が？　甘いの作るだけじゃなくて吐くようになったのか！

めでてぇ、めでてぇ、ワハハハ！

みたいな脳天気な会話が繰り広げられるのを、私はボウッと聞いていた。お婆さんは、孫と一緒に男の故郷へ挨拶《あいさつ》に向かったらしい。しばらく帰って来られないとか。

嘘でしょ？　洞窟《どうくつ》の中で魔法陣まで道案内するはずのお守りが……。

呆然としながら、私はレオンと一緒に学院へ向かう馬車に乗せられて、過ぎていく景色をただ窓から眺めていた。

◇◇

馬車が学院に到着した後、私とレオンは近衛たちに囲まれるようにして中央棟の大講堂へと連れて行かれた。私たちを先導していたのは、近衛隊長と三人の騎士たち。

あー、やっぱり近衛隊長のヒューゴかっこいいわ！　背が高くて逞《たくま》しくて、凛々《りり》しいのに甘さを含んだ綺麗な顔。もう、うっとりしちゃう。実はね、彼ってば隠しキャラの一人なのよ。光の乙女になった後に、王子ルートの途中で分岐できるの。もちろんゲームでは彼も攻略済み。

だから、彼とは関わらないわ。だって彼、ヤバいもの。品行方正な顔して実は超ヤンデレ。エンドがメリバ一択っておかしいでしょ。

観賞用、観賞用……と思いながらヒューゴと目を合わせないように、それでもゲームと同じ超イケメンな顔をチラチラ拝みながら、私はレオンと一緒に席に着いた。しばらくすると近衛に連れられたドイルが入って来て、やはり私たちの隣の机に座らされたわ。

そうして始まった近衛たちからの聞き取り……いいえ、言葉は丁寧だったけど、あれってほぼ尋問よね。

「今日のプランを立てたのはギルバート・ランネイルだ。私は奴の計画に沿って動いただけだ」

近衛たちから次々と飛ぶ質問に、ウンザリとした顔でレオンがそう言うと、それにドイルも頷《うなず》いた。

え、あのデートプラン考えたのってギルバートだったの？　王子様ってデートのプランも部下に考えてもらうのかしら。優雅なのね。私もいずれ人に傅《かしず》かれて、ぜーんぶ他人にお任せの人生が待っているのかしら……。なんて想像したら、少しウキウキしちゃった。

騎士のうち二人がどこかへ出て行って、残った近衛隊長と騎士一人がレオンとドイルに今日のお忍びデートについて色々聞き始めた。

私も時々聞かれて、王子殿下に付いていっただけって答えたわ。実際そうだしね。色々決めたのは彼だし、私はちょっと「～だといいなぁ」って言っただけだもの。ま、それは言わないけどね。

あー早く帰りたい。私関係ないでしょ。帰してよ。


しばらくそうしていたら、講堂の扉が開いて騎士に先導されたギルバートが入ってきた。騎士たちはギルバートを迎えに行っていたのね。

相変わらずの無表情。でも、むちゃくちゃイケメン！　最近は背も高くなってきて、ゲームで見たエンディングのスチルの姿に近づいてきてる。

十八歳の彼はもう少し背が高くて大人っぽかったけど、スタイルの良さと知的な美貌《びぼう》は今だって充分すぎるほど。うん、プレイヤー人気ナンバーワンの氷の貴公子はダテじゃないわ。

ふふっ。私知っているのよ。

実は彼、笑うとちょっと可愛くなるの。普段の冷たい美貌がこう……、蕩《とろ》けて、甘ぁくなるのよ。ゲームの画面でそれを見た時はドキドキしちゃった。

ああ〜、早く光の乙女になって、彼に笑いかけられたい。

彼の笑顔はヒロイン限定。彼の笑顔を独り占め……。んん〜最高だわ。

ドイルの隣にギルバートが着席して、近衛隊長が彼に質問をしようと口を開いた時、それよりも早くレオンがギルバートに話しかけた。

「おいギルバート。私とセシルが街へ出る極秘の計画は、お前が立てたんだよな」

席についてすぐにそう言われたギルバートは、無表情のまま頷いて「ええ。私が立てましたが……」と首を傾《かし》げた。

「出発からカフェでのあれこれまで、計画の詳細を殿下にお伝えしていましたよね」

続けて、身を乗り出すようにして隣に座るギルバートに確認したドイルの言葉にも、ギルバートは「ええ、確かに」と頷いた。

なんなの？　何かレオンもドイルもちょっと変な感じ。

近衛隊長からの確認にも頷いたギルバートを見てレオンが「ほら、私の言った通りだろう」と胸を張った。そして、「早く王宮へ帰せ。父上には私から報告する」と近衛に詰め寄った時、また講堂の扉が開いた。

入ってきたのは二人の男の人。

隣の席のドイルが「兄上……」って呟《つぶや》いたのが聞こえた。ふーん、あのひときわ背が高くて制服の上着を着ているムキムキの人が、どうやらドイルのお兄さんみたい。

じゃあもう一人の人は？　って思ってたら、近衛隊長の知り合いらしくて、何か話し始めた。

誰《だれ》だろう？　でもあの人、すごく姿勢がいいと言うか、動きの綺麗《きれい》な人だなぁ。超イケメンってわけじゃないけど、顔は整ってるし雰囲気がこう……、何かステキ。

その人の纏《まと》う雰囲気に少しポゥッとしてる間に、その人はみるみる話を進めていく。

いい声だなぁ。少し低くて張りがあって、よく通るのに甘さを含んだ柔らかい声。ゲームにこんな人出てきたかしら。隠しキャラ？　ううん。そんなはずないわ。だって私フルコンプしたもの。でも声優さん誰かしら、絶対ファンになっちゃう。

そう思って聞いてたら、なぜかその人がこちらを向いて、レオン、私、ドイル、と順番に睨《にら》み付けてきた。え、なんで？

でも睨み付けるその目はすごく怖いのに、夜空みたいな青色の瞳《ひとみ》がキラリと光って、胸がキュンとしちゃった。やっぱりあの人かっこいいなぁ、名前知りたいなぁ、なんて思ってたら、いきなり隣のドイルがお兄さんに殴られたもんだから、思わず悲鳴を上げてレオンにしがみついちゃったわよ。

それからはもう、よく分かんないうちにドイルが床に押さえつけられたり、ドイルのお兄さんが謝罪したり、近衛たちの顔が怖くなったり、レオンの顔色がどんどん悪くなったり……。

なになに？　何なのよ。誰か説明して。

「ランネイル殿。参りましょう」

やぁん、やっぱり素敵な声。けど素敵なのは声質だけじゃないわ。話し方とか抑揚とか、全部素敵！　しかもさっきより数段よくなってるし〜！

うっとりしてたら、席を立ったギルバートにあの人がスッと手を差し出したわ。ギルバートをまるでエスコートするみたいに迎え入れたその仕草がもう、溜息《ためいき》が出るくらい優雅なの！

肩に手を添えて、柔らかぁくギルバートの身体全体を包み込むように迎え入れたら、そのまま流れるように自分の前に誘導して………。

なんかもう、すっごいすっごいステキ！　綺麗で色っぽくて、もうやだ私もああされたい！　攻略対象じゃなくてもいいわ。ぜんっぜんオッケー。あの人もゲットしたい！

だから私、出て行こうとするあの人に慌てて声をかけたの。名前だけでも知りたい！　そうしたら光の乙女になった時に呼び出せるじゃない。

でも教えてもらえなかった。ひどい。さっさと出て行ってしまったあの人……いったい誰？

隣のレオンに聞いたけど、それどころじゃないみたいで答えてくれなかった。

それからは二時間以上も講堂で事情聴取よ。もちろん私は事情なんか知らないで、ただ付いていっただけ。そう押し通したわ。

それから二週間、レオンは学院に出てこなくなった。ずいぶんと叱《しか》られたみたい。可哀想。

私だって男爵家を管轄してるっていう上の伯爵家に送られて、木曜、金曜と学校を休まされたわ。

せっまい部屋で見張りつきで謹慎。充分可哀想でしょ。

父親のコレッティ男爵からは何枚も魔法陣が送られてきて、なんか色々うるさかったから「王子殿下に誘われて断れるわけないじゃない」って返事送ってやったわよ。変なの。ゲームじゃデートの翌日にはレオンと食堂で会話してたのに。

何より驚いたのが、月曜日に学院に戻ったらドイルがいなくなっちゃってたこと。学院を休学してお祖父《じい》さまの辺境伯のところへ行っちゃったんですって。

ええー？　うそ！　困る！　洞窟見つけるのはドイル……ううん、それは何とでもなるわ。でも、ドイルには魔法陣がある小部屋の前で崩落した土砂に潰《つぶ》されてもらわないと困る。

だってそこがゲームの、いいえ私の見せ場だもの！

――魔法陣の部屋に閉じ込められた私たち四人。土砂で塞《ふさ》がれた入口から見えるドイルの指先。『がんばって！　死んじゃダメ！』って必死に叫ぶ私《ヒロイン》。閉じ込められた部屋を出てドイルを助ける唯一の方法は、伝説の魔法陣を使うこと。その奇跡を起こすという伝説の力を――。

……まあ、伝説の力についいては本当はストーリーの中で徐々に分かっていくことだけど、いいわ。この際カットしちゃって。書物で知ってたってことで！

で、その伝説の魔法陣を使うために必要な魔力の量が尋常じゃないのよね。

ヒロインと三人の魔力がどんどん吸い込まれて、それでもみんなドイルを助けようと必死に頑張るの。そしてみんなの魔力が尽きるその寸前、パーッと魔法陣が輝いて、膨大な古《いにしえ》の光のパワーがヒロインの中に一気に流れ込むのよ。

光の乙女が一丁あがりのキラキラシーン。

光の乙女となった私は、軽々と土砂を退《ど》かして瀕死《ひんし》のドイルを救うの。それはもう女神のように綺麗で神々しい姿でね。

奇跡のような回復の魔法を見せつけたら、イケメン四人は私にメロメロ。その後は王宮で下にも置かないおもてなし……からのモッテモテ。たくさんのイケメンに傅《かしず》かれる王国の至宝、それが私ってわけよ。チョロゲー万歳！


でもドイルいなくなっちゃったのよね。どうしよう、女神みたいな力を見せつける場面が………。

うーん、でもまあ力は他で見せればいいか。

レオンとエリオットとギルバートの三人さえいれば光の乙女になれるんだし、瀕死のドイルいなくても、閉じ込められた部屋から出るには魔法陣の力が必要なわけだし？

多少の変更は仕方ないかー。二年ぶんのイベントも飛ばしちゃうしね。攻略対象だけじゃなく、出かけた先で出会うモブたちとのハプニングや会話も、洞窟へ至るヒントになるはずなんだけど、導きのお守りもないし、そもそもそんな面倒なことしなくても全部覚えてるもん。

学院を留年して退学したっていう遊び人の子爵令息の話も、騎士団崩れの用心棒の話も、王都の火事で息子を失って気落ちする居酒屋の主人の話も、もう会話の内容全部知ってるから。聞かなくても全然オッケー。

それに、これまでだってゲームと違うところがいっぱいあった。ギルバートの態度やお忍びデートのイベント……。理由はさっぱり分かんない。だけど、このままのんびり過ごしてたら、光の乙女になれないいんじゃないかって不安になってきちゃったわ。

こうなったら少しくらい強引に話を進めなきゃ。要は私が光の乙女になれればいいのよ。この際、洞窟での道案内《導きのお守り》もいらないわよ。だって私、何回もあの迷路クリアしてるじゃない。真っ暗どころか目ぇ瞑《つぶ》ってたって行ける気しかしないわ！

んもー、ゲームにこだわって無駄足踏んだのが馬鹿みたい。そうよ、効率的にサクサク省けるモンは全部省いちゃえばいいんだわ。

お忍びデートで叱られはしたけど結局、私には大したお咎《とが》めもなかった。翌週からすぐに学院に通えたのは、さすがヒロイン効果ってとこかしら。

レオンがお休みなのは、ちょっと寂しいけど、その間にエリオットやカイの好感度をさらに上げて、ギルバートとも仲良くなるわよ！　って私頑張ったわ。

六月の終わりから七月前半は雨続き。ふふっ、ゲームの通り。傘の下で身体を寄せ合って、いい感じの雰囲気になれる相合い傘イベントがあるのよ。

場所は東棟裏の雑木林。傘を忘れた私が木の下で立ち往生してると、捜しに来たギルバートが自分の傘を差し出して東棟まで送ってくれるの。

なのに……待てど暮らせどギルバートったら来やしない。ちょっと！　ずぶ濡《ぬ》れなんだけどっ！　出てきなさいよギルバート！　どこよ！

むぅぅーと唸《うな》りながら水たまり踏みつけて寮に帰った私。でもシナリオは進んでるみたいだからメゲないわよ。

エリオットによるとルクレイプ領はひどい雨続きなんですって。すぐにピンと来たわ。山の土砂崩れに向けて着々と進んでるってね。

そうして七月に入ってレオンが学院に復帰。何かちょっと疲れてる？　可哀想。

ちょっぴり真面目になったレオンと一緒に講義を受けるようになったけど、内容がさっぱり分からない。テキストがバカみたいに進んでて、レオンもエリオットも少し焦ったみたい。

まあ国の宝になる私には関係ないけどね。でも二人は頑張らないとダメよ。ハイスペックなイケメンじゃなきゃ私いやだもの。

来月には試験が始まるし一緒に勉強しようね。なんて軽〜く話してたちょうどその頃《ころ》に、カイが洞《どう》窟《くつ》のおおよその場所を特定。

やったー！　って大喜びで場所を聞いたら、ルクレイプ領の北にある山だって。ふうん、ルクレイプ公爵の本邸からそんなに遠くないのね。じゃあ、そこにいたらきっと土砂崩れの知らせが入ってくるはず…………。

一緒に調べに行きたそうなカイを、試験を口実にした先延ばし作戦でかわしたら、あとはあの三人をルクレイプ領に連れて行くだけ。

いつ土砂崩れが起きるかはだいたい分かってる。七月の後半の週末。ゲームでの会話を思い出しながら、頑張って今年の日付を割り出したんだから間違いないわ。繰り返しプレーしてた甲斐《かい》があったわよ。

問題はどうやって連れて行くかよね。レオンとエリオットはＯＫだろうけど、ギルバートは攻略を進めなきゃ一緒に来てくれそうにないわ。

そう思って彼と接触しようとしたんだけど、ギルバートってば、ほんっとーに捕まらない。こうなりゃ意地よ！　だから早起きして学院の男子寮の前で待ち構えてやったわ。

そして試験対策の相談という形のアピール！　アピール！　アピール！

ゲームでの好感度アップのアイテム「手作りチョコ」だって頑張って作ったわよ。実は彼、甘党だって知ってるしね。私すっごく頑張ったわ。なのに、なのに！

相談や質問すれば、

「教授に直接聞くのがいいのでは」

チョコを渡そうとすれば、

「間に合っていますので」

いつもどこにいるのかと聞けば、答えすら返さず一瞥《いちべつ》して去って行く。

何なのあの塩対応！　私ヒロインなんだけど?!

そう思ってたら、しまいにはギルバートと会うことすらできなくなった。

講義だって出てるのに気がついたら消えてるし。これでどう攻略しろって言うのよ。


ギルバート対策に行き詰まって頭を抱えそうなところに、エリオットがナイスな提案をしてきた。

エリオットのお家にギルバート呼んでノート見せてもらう?!　いいじゃないそれ。一気に解決よ。

このチャンス逃すものですか。

『王都邸じゃなくて本邸が見たかったなぁ』『馬車で遠出したら勉強会も楽しくなるわね』『ギルバートをサプライズ招待するのはどうかしら』『この土日なんか、ちょうどいいかも』

無邪気にそう言えば、すぐに彼らもギルバートのノートを一晩借りられる妙案だって気づいたみたい。試験対策、困っていたものね二人とも。

そうして、土砂崩れが起きる可能性が一番高い週末に三人をルクレイプ領に集めることに見事成功！　やっぱりツイてるわ私。ヒロインってすごい。

そして迎えた勉強会当日。ルクレイプ領の公爵家本邸へ連れてこられたギルバートは、そりゃあもう機嫌が悪かったわ。やあね、騙《だま》したんじゃなくてサプライズよ。

「エリオットも悪気があったわけじゃないの。許してあげて」って、ウルウル見上げたけどスルーされた。ちょっとヒドすぎない？

ギルバートがひとりになった時にもう一回アタックよ！　ってチャンスを窺《うかが》ってたら、彼が家に伝言魔法陣出すからって席を外した。ま、そうよね。勝手に連れてきちゃったし？

アプローチするなら今だって思って少し間を置いてから彼を追ったら、彼がいたのはルクレイプ邸の長い廊下の突き当たり。プラチナブロンドを煌《きら》めかせ、スッと背筋を伸ばして立っていた彼。

やぁん、やっぱりかっこいいわ、ギルバート。

ほんの少し俯《うつむ》いて、手に持った魔法陣を見つめるその美貌《びぼう》がもう……！　って、え……？

……うそ。

――――微笑んでる？

細長い窓から差し込む光の下でギルバートが……。

ギルバートがそれはもう、綺麗な、綺麗な微笑みを浮かべていたの。

冷徹な美貌を柔らかく溶かして、ほんの少し赤らめた頬と、綻《ほころ》ぶように弧を描いた唇……。甘くて蕩《とろ》けちゃいそうな、うっとりするようなその笑顔は――


「なん……でぇ？」


思わず呟《つぶや》いちゃったわ。

その声に気づいたギルバートがパッとこっちを向いた瞬間、そこにあったのはいつもの無表情。

その手に持っていた魔法陣を黙って服にしまうと、ギルバートはリアクションのひとつもなく私の横を通り過ぎて、部屋に戻っていってしまった。

……ねえ、どういうこと？　あの笑顔って、ヒロインに恋した時に見せる顔じゃないの。

たった一人、私だけに見せてくれる顔でしょう？

ひとり残された廊下で私はぎゅっと手を握りしめたわ。

いいわよ……もうすぐ、もうすぐだもの。そうしたらギルバートは私に甘く微笑むようになるんだから。今のはきっとバグよ。土砂崩れの知らせさえ入ったら、すぐに現地に行って光の乙女になってやるんだから！

そう思って知らせを待ってたんだけど、到着したその日は何もなくて、ひたすら勉強。徹夜とか何それワケ分かんない。眠いんですけど。

そうして迎えた翌日の早朝、ついに待ちに待ったその知らせが来た。北にある山道で土砂崩れが起きたとの一報が、部屋にいた執事に届けられたわ。

執事がエリオットのお父さまに伝言を飛ばすため部屋を離れた隙に、私は三人を現地に向かわせるためエリオットとレオンにアプローチ。

「心配だわ」「ご当主がいない時になんてこと」「一度エリオットが見に行った方が……」「頼りになるレオンもいるし……」

途中でギルバートが「状況が分かってから動いた方がいい」「無計画に動いても何も得られません」とか何とか余計なこと言ってくれたけど無視よ。

そうして、どうにか無事にエリオットとレオンを動かすことに成功。

あー、ギルバートも近衛《このえ》も使用人もうるさいったら。ゲームでは洞窟に向かう私たちに近衛も周囲も協力的だったのに、やっぱり色々すっ飛ばしたせいか強引に止めようとすらしてくる。

それをレオンが「うるさい！」と黙らせてくれた。さっすが王族。そうよ。黙ってついてきなさいよ。光の乙女を見せてやるから！

そう張り切って向かった北の山。ゲームの記憶にある二年後の山道は放置されて荒れ放題だったけど、今は綺麗《きれい》な状態で馬車も楽々。しばらく走れば土砂崩れの現場が見えてきた。

ゲームでは放置されて草とか生えてたし、横に細い迂回路《うかいろ》もあったけど、今は崩れたてのホヤホヤって感じで岩や土や倒れた木がゴチャゴチャと混ざっている。でも間違いないわ。

馬車から降りて、その状況を確認するレオンとエリオット。ギルバートは近衛たちと何か話してたと思ったら、懐に手を入れて何か探してる。

近衛たちが周囲をチェックするために離れた隙に、私はしがみついていたレオンと一緒にエリオットの元へ行って、山道下にある草に埋もれた廃坑入口の方向を指さした。

「ね、あそこに何かあるわ。あれはなあに？」

エリオットは自分の領地だけあって、すぐに廃坑だと分かったみたい。得意そうに教えてくれたわ。

「へぇ、すごいわ。廃坑なんて私見たことない！　すごく見たいけど……でも無理よね。王族や公爵家の方が行けるような場所じゃないもの。残念だわ」

二人の顔つきが変わった。

「そんなことはない。私に行けぬ場所などあるものか。行くぞ」

そう言うなり、レオンは私の手を引いてザッと草だらけの斜面に下りていった。エリオットも口を引き結んでそれに続いてきた。ちょ……待って、ギルバートがまだ……！

レオンに手を引かれながら後ろを振り向けば、ちょうどギルバートがこちらを見た。

『殿下っ！　殿下お待ち下さい!!』

ギルバートの声が聞こえた。

あ、大丈夫っぽい。あの様子ならすぐ追ってきてくれそう。ちゃんと追いついてねギルバート。

廃坑の崩れた入口をくぐる時に後ろを振り返ったら、彼は近衛たちと一緒に斜面を下りているところだった。追いかけてくれてるのはいいんだけど、近衛はいらないなぁ……。

私はレオンに引かれていた手を、逆に引っ張るようにして急いで坑道の奥へと進んでいった。

そうしてゲーム通りの亀裂《きれつ》を発見。

「不思議な亀裂ね。この先には何があるのかしら。ちょっとだけ行ってみない？」

早口でそう言って、私は二人の同意を取り付ける前にさっさと亀裂に入ってしまう。

いいからいいから、付いてきなさいよ。

途中から結界で真っ暗になった洞窟にレオンとエリオットは驚いていたけど、二人を褒めて、なだめて、おだてて、煽《あお》って三人で手を繋《つな》いでどんどん奥へと早足で進んでいった。ここまで来て近衛たちに止められるわけには行かないのよ。

コウモリの行き交う洞窟の中は、湿気は高いし真っ暗だし寒いし、正直最悪だったけど、私は道を間違えないよう進むのにいっぱいで気にしちゃいられなかったわ。

「こっちよ！」

途中からはなりふり構わず先頭に立って案内したわ。でも後ろからはちゃんと私たちを追ってくる複数の足音が響いている。うん、あの中にギルバートがいるはず。
1、2、1、1、3、2、1、1、2、1、2、2……。分かれ道を右から番号振って、何度も呪《じゅ》文《もん》のように覚えた魔法陣までのルート。

もうすぐ、もうすぐ私は本当のヒロインになる。

ギルバートは魔法陣の部屋で待てばいいわ。ゲームで崩落が起きたのは魔法陣の部屋に三人が揃ってからだもの。

そして私たちは最後の分岐を左へ……。着いたぁ！

まだ真っ暗な洞窟の岩室で、私はレオンとエリオットの手を振りほどくと、正面の壁に沿って右へ右へ進んだ。二人が何か言ってるけど構ってられない。

そうして、手探りで細かな石で塞《ふさ》がれた部屋の入口を発見。そこを私は足で思い切り蹴《け》る。ゲームではレオンの役目だったんだけどね。この際もういいでしょ。

開いた穴から明るい光が岩室に伸びて、お互いの顔が見えるようになった。

あー、二人ともビックリしてる。そりゃそうよね。

「本で読んで知っているわ。これ、伝説の魔法陣よ！」

私は胸元で手を組み、驚いたような声を上げた。

「伝説……の？」

「え……？」

ポカンとして立ちすくんでいるレオンとエリオット。まぁそうなるわよね。ここに至る手順を全部すっ飛ばしてるんだから分かんないに決まってるわ。でもいいの！

入口を塞いでいた小石をガンガン足で蹴飛ばして穴を拡げたら、私は彼らを待ちきれずに魔法陣の小部屋の中に潜り込んだ。

目の前には、光り輝く魔法陣。複雑な文様と古代の言語で描かれた直径二メートルほどのサークルが床に刻まれている。これよ！　これ！　ああやっと!!

私の後からおずおずと入ってきたレオンとエリオット。あとはギルバートが揃えば私は……！

そう思った瞬間。

ドォォーンッ！　という激しい音が轟《とどろ》いて……。

私たちは魔法陣の小部屋に閉じ込められてしまった。


ねえ、なんで？

なんでなんでなんで？

なんで私、こんなんなっちゃってるの？

なんでよ――っ！


質素な家具しかない小さな部屋で、今日も私は考える。

何がいけなかったの？

私がヒロインなんでしょう?!　ねえ!!

13　試験期間

――【木曜日20:00】――

『ギル、今日は急な招待を受けてくれてありがとう。
さっきランネイル家へ招待状を書いたよ。明日には届くと思う。
試験明けだから午後にしたけれど、都合が悪かったら言って？
じゃあね』

――【木曜日20:00】――

『アル、招待状ありがとうございます。
明日は屋敷に戻るので、すぐに返信を出しますね。
ご招待とても嬉《うれ》しかったです。時間は午後で問題ありません。
では、おやすみなさい』

――【金曜日20:00】――

『ギル、今日で前期の講義は終了だね。お疲れさま。
ほとんど皆勤だろう？　すごいな。
今日は王都邸にいるんだったね。

試験準備も大切だけど、柔らかいベッドで休むチャンスも大切だよ。
じゃあ、また明日』

『ふふ……私の寮のベッドは入学前に変更したんです。だから大丈夫ですよ。
でも今日は早めに休みます。
試験前の休講があって、今日はずいぶんと捗《はかど》ったんです。
あ。あと、招待状受け取りました。
すぐに返信を出したので明日には届くと思います。
アル………また明日』

――【土曜日20:00】――

『寮のベッド、変更できたんだ？　知らなかったよ。参ったな。
まあ今さらだけどねぇ。
ああそうだ、夕方に返信が届いたよ。一緒に入っていた花はサギソウだね。
返信を開いたら白くて小さな鳥が出てきて驚いたよ。
これは魔法で包んでずっととっておこう。
ありがとう。今までで一番嬉しい招待状の返信だ。
もちろん君の返事の内容が一番嬉しいのだけどね。

じゃあ……また明日ね。ギル』

『アル。今日の午後から学院に戻りました。

試験期間中はここを基点にして、夜に寮へ戻ります。

隠れ家の方が色々揃っていますから。

花が潰《つぶ》れてなくてよかったです。少し心配でした。

無事にあなたに届いて安心しました。

では……。おやすみなさい。アル……』


――【日曜日20:00】――


『ギル。まだ隠れ家にいるのかな。

いよいよ明日から筆記試験が始まるね。

歴史学と行政学は選択式の論述だけど、設問候補がバカみたいに多い上に非常に抽象的なんだ。

慣れないうちはその設問の選択自体に時間を取られがちだから気をつけてね。

君なら大丈夫だとは思っても勝手に心配してしまうのは許してくれ。

ああそうだ。水槽に餌をひとつまみだけ入れておいてくれる？

じゃあ……。明日もまたこの時間に……』

『アル。論述の情報ありがとうございます。時間配分に気をつけますね。

今、水槽に餌を入れましたよ。

水槽はいいですね。いい気分転換になります。

水中散歩をしたくなるのが困りものですが……ね、アル。

…………明日からの試験、良い結果を出せるように頑張ります』

――【月曜日20:00】――


『試験一日目お疲れさま。高等部の試験は中等部とは勝手が違ったんじゃないかな。

私が一年の時は目を丸くしてしまったよ。

私のいる屋敷にも水槽があるんだけどね、水中散歩は……二人の方が楽しいね。

来週の月曜、水中散歩をしよう。約束するよ。

じゃあ、また明日だ……ギル』

『一日目の試験が無事に終わりました。

聞いていた通り、選択候補が三十もあったことに驚きましたが、何とか書ききりました。

アルのおかげです。

先ほど休憩でお茶を淹《い》れたのですけど……、アルが淹れた方が美味《おい》しいですね。

水中散歩楽しみにしています。

アル…………。また明日……』

――【火曜日20:00】――
『今日もお疲れさま、ギル。
昨日の伝言でお茶を淹れたと言っていたけれど、
君が淹れたお茶なら私はぜひ飲みたいんだけど。
ね、飲ませて？
ああでも……まだ火曜日か。来週……ね。
忘れないでギル……』

『ええ。まだ火曜日ですよ、アル。
私が淹れたお茶はあまり美味しくないと思いますが……。
それでもよければ来週……。来週に。
美味しくなくても笑わないで下さいよ。
ねえアル…………また明日』

――【水曜日20:00】――
『試験お疲れさま。

筆記試験が半分終わったね。疲れていない？
明日の午後は私も四限で試験だ。例のクリノス教授の講義さ。
意地の悪い問題を出してきそうで頭が痛いけど、
ギルがいる学院に行けるのは嬉しいよ。……きっと会えないけれどね。
……そうそう、四限の前に隠れ家に寄って食事を差し入れておくから食べて？
それじゃあ……』

『差し入れの件、嬉しいです。
それと、学院生活最後の試験、頑張って下さい。
きっとあなたなら大丈夫でしょう。
同じ学院にいて会えないのは初めてかもしれないですね。
……………あと二教科済ませたら寮へ戻ります。
おやすみなさい』

木曜日の午後、登校した俺は隠れ家に立ち寄った。
三限の試験中とあって学院の敷地内に人気《ひとけ》はほとんどなく、ここまで裏ルートを使わずともスルスルと到着することができた。

隠れ家の扉を開ければ、コンソールテーブルの上やソファまわりに、ギルバートくんの学習資料が几帳面《きちょうめん》に分類され、所狭しと置かれているのが目に入る。

けれどソファとテーブルの上は、綺麗《きれい》に片付けられて何も載っていなかった。まったく彼らしい。俺が来ると聞いて、場所を空けておいてくれたのだろう。

ソファ奥に立つコートスタンドには、洞窟《どうくつ》の中で彼に譲ったフロックコートが下がっていた。なぜコートが？　肌寒い日でもあっただろうか。

ああでもやっぱりこのコート、ところどころ傷がついてるなぁ。彼への誕生日プレゼントには改めてきちんとしたものを贈りたい。これはこれで彼に譲ったのだから好きに使ってもらえばいいし。

そんなことを思いながら、持ってきた差し入れの包みと、ポケットに入れていた彼宛てのメモをテーブルの上に置いて、持参したペーパーウェイトで押さえた。

一輪の薔薇《ばら》の装飾が入ったペーパーウェイト。ちょうど家に呼んだ御用商人から買ったものだ。彼に使ってもらえればと……。

薔薇を選んだのはその、あれだ。うん……我ながらこういうチョイスしかできないんだよなぁと呆《あき》れてしまうんだけどね。きっと手慣れた男ならもっと上手に、粋なものを買うのだろうけれど……。

そっと溜息《ためいき》をかみ殺してミニキッチンに向かって、これまた持参した茶葉の瓶を棚に置いた。

ふと見れば、綺麗に洗ったティーカップとポットがシンク脇に伏せてある。侯爵子息が洗い物なんて、ここにいなきゃ一生することはなかったろうに……と、思わずひとりで苦笑してカップとポットをペーパーで拭《ふ》き上げて棚にしまった。

さて、あまり長居しても未練が残りそうだ。時計を見ればちょうど三限が終わった時間。外では鐘が鳴っているだろう。

キッチンから出口に向かって、俺は扉のところでもう一度振り返ると、隠れ家の中を見渡した。

「頑張るんだよ……ギル」

思わずそう呟《つぶや》いて、俺は隠れ家を後にした。


念のため目の前の林を経由して、向かったのは試験のある東棟。

三限終了の鐘も鳴り終わって時間も経《た》ったせいか、おぉう、うじゃうじゃと学生だらけだわ。みんな次の移動場所に向かったり、他の棟から移動してきたりと忙《せわ》しない。まあ俺もその中の一人なんだけどね。

俺はいつものように、混雑する中央階段を避けて別の細い階段を上がっていく。

けれどさすがに入学後四ヶ月も経てば、その存在を知る学生も増えるわけで、中央階段ほどではないにせよ、それなりに人が上り下りしていた。

三人が並べばぎゅうぎゅうの階段では、自然と左側通行で行き交ってはいるけれど、急いでいる奴はお構いなしに追い抜いていく。

そうして階段を上がって、二階と三階の踊り場が見えてきた時、なにげなく見上げた三階への階段の途中に見えたのは……。

――――ギルバートくん。

彼が真っ直ぐにこちらを見下ろしていた。

誰《だれ》もが目を惹《ひ》かれる艶《つや》やかなプラチナブロンド。スラリと伸びた手足、美しい立ち姿。

ああ、ギルバートくんだ………。

視線の先の彼が、ゆっくりとした足取りで階段を下り始めた。俺もまた、階段を一段ずつ踏みしめながら上がっていく。

俺の右脇を、幾人かの学生たちが通り過ぎていって、そして上がった先のギルバートくんを見て、ぎょっとしたように慌てて左によけると、また階段を駆け上がっていった。

そんな彼らに目を移すことなく、彼の蕩《とろ》けるような緑の瞳《ひとみ》は、ずっと俺に向けられている。

狭い踊り場に上がって、俺が少し右に寄るように後ろから来た学生に道を譲れば、彼との距離はもう目の前。ふわりと僅《わず》かに和らいだ彼の目元に、俺も目を細めて応《こた》えた。

けれど、ここは狭い階段の踊り場。立ち止まることはできない。

だから、互いにそのまま歩を進めて、肩がつくほどの距離で横を通り過ぎた。その時……。

軽く触れ合った互いの右手。

指先を絡め合ったのは、ほんの一瞬。

それから、俺は階段の上へ。彼の足音は階段の下へ。

指先に残った感触に目を伏せて、俺は速めた足で階段を上がる。

ね……ギルバートくん。

君も俺に会いたかったと、思ってもいいかな。

――【木曜日20:00】――

『今日も試験お疲れさま。筆記は残り一日だけだね。
私の方も無事に終わった。結果は分からないけどね。
今日は……君の顔を見ることができてよかった。
まるで思いがけないプレゼントを貰《もら》ったような気分だったよ。
明日は試験が終わったら少し休むといい。
それじゃあギル……またね』

『アルの方こそ、試験お疲れさまでした。
結果が出たら教えて下さい。お祝いをしましょう。
先ほど差し入れを美味《おい》しく頂きました。
甘味のグラッセは、大切に食べますよ。
それと、頂いたペーパーウェイト、とても綺麗ですね。
アル、私も……今日はとても嬉《うれ》しかったんですよ。

とても……とてもです。
…………明日一日頑張ります。おやすみなさい』

――【金曜日0:00】――
『ギル…………ギルバート。
十六歳の誕生日おめでとう。
真っ先に言おうと思っていた。
ごめんね。こんな時間に。もし眠っていたらきっと朝だね。
じゃあ、おやすみ』

『アル。起きていましたよ。
けれど、眠れなくなったらアルのせいです。
でも……、ありがとうございます。
おやすみなさい。
…………アルフレッド』

――【金曜日20:00】――
『筆記試験終了お疲れさま。よく頑張ったね。

大変だったろうけど、ギルのことだから今回でコツを掴《つか》んだんじゃないかい？
後期の参考にするといい。
昨晩はその、起こしてしまったかな。ごめんね？
筆記試験も終わったし、今日はゆっくり休んで？
じゃあね、ギル』

『(クスッ)ちゃんと眠れましたよ。大丈夫です。グッスリです。
今日は学院から王都邸へ戻りました。
家族と使用人たちが誕生日を祝ってくれましたよ。
父も王宮から戻ってきて、久しぶりにゆっくり話ができました。
明日は一日屋敷にいて、日曜の午後に学院に戻ろうと思っています。
アルもちゃんと休んで下さいね。
ではまた……明日』

――【土曜日20:00】――
『今日も一日頑張ったね、ギル。
ずいぶん前から準備していても、調べごとの多い提出課題は大変だったろう？
月曜日は午前中に行って課題のチェックを手伝うつもりだ。

ああ、課題だけじゃなくて何でも言ってくれていいよ。こき使ってくれ。

じゃあ、明日また……』


『アル、迂闊《うかつ》なことを言ってはいけませんよ。

私は欲張りなので、あなたにお願いしたいことは山ほどありますからね。

ああでも、全部一度に叶《かな》えてしまったら勿体《もったい》ない気もします。

悩みますね……。でも楽しい悩みです。

ありがとうアル……。ええ、また明日……』


――【日曜日20:00】――


『ギル、隠れ家にいる？　それとも寮かな。

ね、ギル。君の願いならなんでも叶えたいと私は思ってるんだから、出し惜しみしないで？

明日の朝行くから、たくさん考えておいて……ね、ギル。

今日も一日お疲れさま。頑張ったね。

じゃあ、おやすみ』

『つい先ほど寮に戻ってきました。

アルからの伝言魔法陣……これが最後ですね。

明日、私宛ての伝言魔法陣の追加を持って行きますね。交換しましょう。
アルも多めに持ってきて下さい。
これが私の最初のお願いです。ね、アル。
…………今日は、早く寝ます。
明日の朝……会えますね。
では、おやすみなさい』

14　再会

夏の日の出の時間は早い。

五時前には朝焼けのオレンジだった空は、昇っていく朝陽とともに徐々に夏空へと色を変え始める。

そんな中を、俺は馬車に揺られて学院へ向かっていた。御者のマシューには申し訳なかったのだけれど、今日は特別。朝に行く、とギルバートくんに約束したから。

陽が昇れば朝だろう？　彼よりも先に隠れ家に行って、扉を開けた彼に「おはよう」と言ったら、彼はどんな顔をするだろう。

馬車の窓から、徐々に色を変えていく空を見上げて、俺は長いようで短かったこの十日間を思い出していた。もちろん、彼とやり取りした魔法陣は大切に取ってある。

いや別に、伝言を聞き返してひとりでニヤつくためじゃないぞ？　まぁ……ちょっとはするかもしれないけど。


道の向こうに学院の正門が見えてきた。大きくて立派な金属製の装飾門は、今は閉められている。

そりゃそうだ。開門は七時だからな。けれど別に中に入れないわけじゃない。馬車で乗り入れることができないだけだ。

そして、馬車がその閉まった正門の前にピタリと止まると、扉から降り立った俺に御者のマシューが頭を下げてきた。

「早朝にご苦労だったね。我が儘《まま》を言った」と労《ねぎら》った俺に、マシューはこともなげに首を振って「いつでもお申し付けを」と屈託なく笑ってくれた。

彼に見送られながら、俺は正門脇の小さな通用門から学院内へと向かった。

学生証、あるいは職員証があれば基本的に学院へは二十四時間出入りは自由だ。それが学院の方針。

ただし部外者は開門時間中は馬車停めまでで、閉門中は通用門でシャットアウト。学生証が入校パスになって自動的に入出の記録が取られるシステムは、前世の日本より進んでるんじゃないかと思う。

まあ……前世から十八年以上経《た》ってるし、テクノロジーも進んでるのかもしれないけどね。でも、パスなしや偽造は一発で弾《はじ》き飛ばされるそうだから、手荒さは確実に上を行っていると思う。


早朝の人気《ひとけ》がまるっきりない学院内は静かなもんだ。

石畳を踏む自分の足音と、片手に持った朝食入りの紙袋の音を聞きながら西棟へと歩いて……いや正直、かなりの早足で向かう。

正門から真っ直ぐ歩いて左側に見えてきたのは図書館。右側の小道を行けば、ギルバートくんが休んでいるだろう学生寮、左側の小道は実験農園や演習場、研修棟などの研究エリアへ続いている。

街路樹の繁る右の小道の奥に、僅かに見え隠れする寮の外観にちょっとだけ目を細めて、俺はそのまま真っ直ぐに進んでいく。

学生の憩いの場、芝生の広場を通り過ぎると目の前には学院のシンボル中央棟。そこを左に進めば西棟が見えてくる。

西棟の前を通り過ぎて、念のため周囲に目を配るものの、人っこひとり歩いていない。まぁまだ五時台だからね。

ササッと西棟の角を曲がればいつもの見慣れた林。木々の間が適度に離れているせいか、陽が差した草地のところどころで模様のような影が揺れている。

あちらこちらで夏鳥たちがさえずる声を聞きながら西棟の裏へ回ったら、そこは何の変哲もない校舎裏。林に面して続く校舎の壁……にしか見えないけど十メートルほどで目的地の隠れ家入口だ。

けれど、角を曲がってほんの数歩進んだところで俺は足を止めた。

向こうから、人がこちらへ歩いてくるのが目に入ったから。あれは――。

「ギル……」

ギルバートくんだ。

朝陽に照らされ輝くプラチナブロンド。遠目からでも分かる美しい姿勢。一瞬立ち止まったのは、俺に気がついたからだろう。

彼の姿を目に入れた途端、俺の足は知らぬうちに地を蹴《け》っていた。彼もこちらへ走ってくるのが見える。どんどん近づいていく距離が嬉しい。

隠れ家の入口前を通り過ぎて、肥料の柵《さく》まであと少しのところで彼と合流。

ほんの少しだけ速まった呼吸を落ち着かせながら、俺は彼の前に立った。走ったのなんていつぶりだろうね。

「アル、どうしたんですか。こんなに早く……。驚きましたよ」

同じく息を整えながら俺を見上げた彼が、一瞬だけ見開いた目をふわりと緩めて笑みを浮かべた。

「え……と、君を出し抜いて驚かそうと思ったんだけど……失敗したかな。君がこんなに早起きだなんて知らなかったんだ」

思わず苦笑して正面の彼を見れば「充分驚きました」と微笑んだ彼が、ゆっくりと歩み寄ってきた。それにつられるように俺も彼との距離を詰める。

「今日は目が覚めてしまっただけです。いつもはもっと遅いんですよ」

困ったみたいに眉《まゆ》を下げて微笑んだギルバートくん。俺はそんな彼に向けて口を開いた。

「おはよう……」

そうだ。彼にこう言いたかったんだ。一番にね。ちょっと予定とは違っちゃったけど。うん、少し頬を染めた彼がものすごく可愛いから、もう何でもいいや。

「おはようございます」

小さく首を傾《かし》げて照れたように応《こた》えた彼に、何だか俺も気恥ずかしいような気分になってきた。

あ、ええっと……そうだ。

「ギル、これ……朝食。一緒に食べようと思って」

俺は片手で握りしめていた紙袋を目の前に掲げて見せる。

それにギルバートくんが「嬉《うれ》しいです」と笑みを浮かべたその時、数羽の夏鳥たちの鳴き声と羽音が林から響いて、思わず二人でそちらに顔を向けた。

鳥たちの姿は見えなかったけれど、木々の葉があちこちで揺れる様子に目を細めたギルバートくんが、パチッとこちらに視線を戻して俺を見上げてきた。

「ねえアル……よかったら朝食の前に林を散歩しませんか？　せっかく早朝で誰《だれ》もいないですから、空中散歩のチャンスではないでしょうか」

くるりと俺の横に並んでそう言った彼が、何も持っていない方の手をスルッと繋《つな》いできた。

ああ確かに、今ならば誰にも見咎《みとが》められることはないだろう。二人で学院の林を散歩するなんて、なかなかできないことだからね。それに……。

何だかそわそわするような、照れくさいような、そんな自分をちょっと落ち着けたかったからさ。

隠れ家に行く前にインターバルを取れるのは正直ありがたいなと。

だからその申し出に、俺は大きく頷《うなず》いたんだ。

急いで隠れ家に戻って朝食の紙袋をテーブルに放り投げたら、そのまま正面の林の小道へ向かった。

誰もいないんだけど、ついつい小走りになるのはもう癖だね。

二人で低木を跳び越えて、数本の木を抜けるように過ぎたら小道に到着。慣れたもんだ。

そこそこ整備された遊歩道は歩きやすく、足を滑らす心配はない。けれど、砂利や木っ端《こっぱ》や腐葉土が混じった地面にはところどころ短い枝が落ちていたりして、俺はギルバートくんがそれを踏まないように気をつけながら歩いていく。

「気持ちいいですね。ここをこんな風にゆっくり楽しんで歩くのは、入学以来初めてかもしれません」

ギルバートくんが大きく息を吸って隣で微笑んだ。

まあ確かに……とつい苦笑が漏れてしまう。この林に近づく時は、隠れ家への出入りの警戒をしている時だからねぇ。

林は学院創設時に造ったという人工林ではあるけれど、今では多くの小動物や鳥が棲《す》み着いている。リスや野鼠、尾の長い小鳥や、やや大型のカラスもどきのようなものもいる。

でも名前は知らない。ああリスだなーとか、小鳥だなーとか、アイツでっかいなーとか、そんな程度だ。鳥の声や姿を見て、彼に名前を教えたりミニ知識を披露できればいいのだろうけど……。ごめんねギルバートくん。

そんな無粋な俺とは逆に、隣を歩く彼は時々俺の手を引っ張ったかと思うと、木の上や地面の鳥や花を指さし、その綺麗《きれい》な笑みを深めて植物や小動物の名を俺に教えてくれる博識ぶり。

「ギルはすごいな。何でも知ってるね。君といたら事典いらずになりそうだ」

屈《かが》み込んで小さな野草を眺める彼にそう言えば、下から俺を見上げた彼が、俺の手をきゅっと握って笑みを深めた。

「ありがとうございます。私がいたら便利でしょう？」

ふふっと小さく笑った彼が身体を起こして、握った手を前後に軽く振った。

綺麗で賢くて、でも時々こうして幼げな様子を見せる君。そんな君とこうして一緒に歩ける俺は、とんでもない幸せ者だよ。

「そうだね。でもその前に……君がいるから楽しいよ、ギル」

幸せを噛《か》みしめて正直にそう告げれば、横を向いた彼が、遊ぶように振っていた手をぎゅうぎゅうと握ってきた。そっちの下に何かあるのかな、って俺も見ようとしたら道の先に手を引かれてしまった。ちょ……急いで行くと危ないよギルバートくん。

林の奥に進むと遊歩道の脇に小さなベンチが見えてきた。

周囲に小さな野花が咲いて、木の上では枝から枝へ、小さな鳥たちが何羽か飛び回っている。うん、あそこがいいな。

「ギル。あそこに座って空中散歩しようか」

彼の手を引いてベンチに向かい、念のため座面を手で払って彼に座ってもらった。景色に馴染《なじ》むように木で作られたベンチは低い背もたれもあって、引っ繰り返る心配はない。よしよし。

手を繋いだまま俺も横に並んで座って「さて、どの鳥にしようか？」って、隣の彼に顔を向ければ……あれ？　ギルバートくんは顎《あご》に片手を置いて何やら考えているようだ。

どうしたのかな？　と思っていたら、彼はおもむろにスックと立ち上がったかと思うと、俺の手を引いてすぐ後ろの木の方へと歩き始めた。

なんだなんだ？　と思いながら手を引かれるままに木の前まで付いていった俺を、彼はえぃとばかりに木の幹に押しつけて、そうして木にもたれて立った状態の俺の腕の中に、彼もまたくるりと背を向けてストンと収まってしまった。

「やはり、普段と違う姿勢は落ち着きません」

そう言った彼が俺の両手を握って腹の前でホールド。

いや……あ、そう？　あー、うん。これ何か前にやった気もするけど。でもね、あのさ……君を抱き締めちゃってる俺は、まだまだ修業が足りない若造なわけでして……。

けれどそんな俺の心中をまったく知る由もないギルバートくんは、いつも通り俺の左肩にもたれて額をスリスリと擦りつけると、ホゥッと息を吐いた。ああ、落ち着いちゃったよギルバートくん。

俺はと言えば、座っている時と違って彼の額は俺の頬骨に、頬には形のいい鼻先が当たって、おまけに彼の吐息が顎先にかかるもんだから、正直さっきから目がウロついてしまっている。

ふわっと香るいつもの彼の香り。しなやかで温かな身体。

これに平常心でいろっていうのは無理な話だ。人には出来ることと出来ないことがある。

けれど、そんな風に腕の中で温《ぬく》もりを抱いていた俺が、十日前のようなパニック状態になることはなかった。それよりも彼が傍《そば》にいることの嬉しさや、腕に抱いていることの安心感が勝って、気づけば俺は自然と彼の肩に顎をのせて手を握り返していた。

「うん……そうだね。これがいい」

少しばかり彼の腰に回した腕に力を込めてそう言えば、顎先にあった彼の唇が動いて、彼が満足そうに笑ったのが分かった。

「目を閉じてギル。空中散歩だ」

幸せな安堵《あんど》感に包まれながら、俺は朝陽に照らされる木々を渡り飛ぶ鳥に宿眼を発動した。

目の前に生い茂る夏の濃緑色の葉。それをかき分けるように飛び立ち、上へ、上へ。

上空から緑の木々の間を通る小道が見えたのも一瞬、みるみる降下して枝の隙間にいた蛾を咥《くわ》えたかと思うと、また勢いよく空へと飛び立つ。

イキのいい虫のアップに、ギルバートくんは虫は大丈夫だろうかと尋ねてみたら、全然平気だそうで「さすがに小動物の解体とかはご免ですけどね」と、彼がクスクスと俺の顎先で笑った。そうだねー、猛禽類《もうきん》はやめておこうか。

そうこうしてるうちに視界は木々の間を抜け、一本の木の高い枝の上へ。ここがこの鳥の巣らしい。雛《ひな》が三羽、口をパカーッと開けて待っていた。

「子育て中のようですね」

笑みを含んだ声でギルバートくんが囁《ささや》いた。

一羽の雛の口にギュムギュムと餌を丸ごと押し込んでまた飛び立ってしまった鳥に「与え方が雑だね」と、つい思ったままを口にしたら、ギルバートくんがフハッと吹き出した。

そうして鳥はまた、餌を求めて飛び続ける。

と、その時、鳥の目に木を登る小動物の姿が映った。リスだ。

「アル、アル。リスです。早く」

グイグイ頬を押して、ぎゅうぎゅうと手を握ってきたギルバートくんに、俺は急いで宿眼を移動させた。そうして無事にシマ柄のリスに眼を移して、木を駆け上る。

あのリスの名はシマリスと言うらしいが、俺が前世で記憶しているシマリスよりも遥《はる》かに尻尾《しっぽ》がデカい。ゲーム世界のデフォルメの結果だろうか。

リスは小さな木の実をもぎって口に入れると、再びすごい勢いで木を下りて草むらを駆けだした。

地面を走り抜ける低い視点での映像はなかなか新鮮だ。雑草や木の葉、小石や土が、目の前でどんどん過ぎ去って行く。俺たちは思わず二人同時に、ほぉ……と感嘆の声を上げてしまった。

そしてリスは地面に掘った巣の中へズボッと入り込む。急に視界が暗くなったことに面食らいつつ、よくよく見れば奥にいたのは小さな子リスたち。どうやらリスも子育て中だったようだ。

「小さいのがいっぱいいますね」

そう言ったギルバートくんの声があんまりにも楽しそうだったので、俺は思わず目を開けて彼の顔をそうっと覗《のぞ》き込んでしまった。

無防備に俺に身体を預けて目を閉じている彼が、長い睫毛《まつげ》を時折震わせながら、まるで良い夢を見ているような表情で笑っている。

「四匹もいますよ。可愛いですね」

そう言って同意を求めるように肩上で頭を揺らした彼に、俺は知らずその耳元に唇を寄せていた。

「ああ。可愛いね。すごく……かわいい」

そう囁いた瞬間、ピクリと身動《みじろ》ぎしたギルバートくん。

それが何だか楽しくて、俺はちょっとだけ回している腕に力を込めると、また目を閉じて彼の額に頬を預けた。口元に笑みを浮かべてしまっているのは頬の動きでバレバレだろうけどね。

仕方ないじゃないか。可愛かったんだから。

ぎゅっと力のこもった彼の手を握り返して、あぁ、ずっとこのままでいたい……なんて思った俺は、相当に頭が煮えちゃってたんだろう。

その後も、リスから鳥へ、そしてまた別の鳥へと宿眼を飛ばして、気づけばずいぶんと時間が過ぎていたようだ。開門の鐘が鳴っていないから六時台なのは確かだけれど、そろそろ隠れ家へ引き上げないとね。なので「そろそろ戻ろうか」と告げると、彼が俺の肩の上で「はい」と小さく頷いた。

そうして、俺が宿眼を解除した時。

「また来ましょうね」と彼が囁いて、顎先に柔らかな感触と小さなリップ音が聞こえた。

――――え？


一瞬硬直した俺の手をギルバートくんが引いた。

「行きましょうアル。お腹が空きました」

それに反射的に「うん」と答えて、来た小道を隠れ家に向かって戻っていく。俺の手を引いて、少しだけ先を歩く彼の表情は見えない。

じわじわと、いや、そわそわと湧き上がってくる実感。

えっと……彼は今、俺にキスした？　俺の勘違いじゃないよな。たまたま口が当たったって音が鳴った？　いやいやそれはないだろう。

……いかん、口元が緩む。

たかが顎先へのキス。子供にだってすることだ。けど、俺はこんなにも舞い上がってしまっている。

ね……ギルバートくん。君も俺に気持ちを向けてくれていると、そう思ってもいいかな。

あまりにも綺麗で優秀な君。今だって朝陽の中で眩《まぶ》しいほどに格好よくて、輝いていて、モブな俺は目を細めて見つめているばかりだ。

俺は臆病《おくびょう》だからさ。勘違いじゃないか、自惚《うぬぼ》れじゃないかって、いつだってそう考えてしまうのだけれど……。


繋いでいる手をクイッと引いて彼の足を止めた。反動で振り向いて見えたのは、少し驚いたように俺を見つめる彼の端正な顔。綺麗で格好いい、ギルバートくん。

だけど、引き寄せた目の前の彼はやっぱり可愛らしくて……。

ああ、かわいいなぁ――――と、少しだけ赤くなった彼の耳を指先でなぞって、それから、
チュ……

と、彼の柔らかな頬にキスをひとつ贈った。

「アル……」

ふわ……と淡紅に染まったその頬から唇を離して、俺は蕩《とろ》けちゃいそうな緑の瞳《ひとみ》で見上げてくる彼に微笑みかける。

「お返しだ」

そう言って耳元の髪を撫《な》で梳《す》けば、僅《わず》かに睫毛を伏せた彼が「はい……」と小さく呟《つぶや》いた。

絡めた指をきゅうっと握ってきた彼に、今度は俺の方から繋《つな》いだ手を前後に揺らしてみせた。

「行こうか」

そうして、今度は二人で並んで、俺たちはまた林の中を、隠れ家へ向けて歩き出した。

◇◇

早朝の散歩でほどよく腹を空《す》かせた俺たちは、隠れ家に戻るとすぐに朝食の準備に入った。まあ準備と言っても、持参した朝食を出してお茶を淹《い》れるくらいなんだけどね。

「そうだギル。お茶を淹れてくれるって言ってたよね」

いつものようにミニキッチンで茶葉の瓶を手にして、ふいに思い出したそれを口にすれば、ソファ前でベーグルサンドを並べていたギルバートくんが、

「朝の最初のお茶は美味《おい》しいものが飲みたいです」

と、キリッと即答してきた。それに思わず笑ってしまって、手元で計った茶葉を溢《こぼ》しそうになる。

いやどんだけ美味しくなかったのギルバートくん。それはそれで楽しみなんだけど。

「はいはい」と笑いながら応《いら》えを返してポットにコポコポと湯を注ぎ、いつも通りにお茶を淹れ終えたら準備万端の彼の元へ。

「お待たせ」

ティーカップとティーポットを置いたテーブルには、持参したベーグルサンドが二つずつ。ひとつがハムとチーズと野菜、もうひとつが果実のコンポートがサンドされた甘いやつだ。ギルバートくん甘いのが好きだからね。

「じゃ、食べようか」

ティーカップにお茶を注いで、俺たちはさっそくベーグルに齧り付き、温かいお茶を飲み始めた。

「二人で朝食を食べるのは初めてかもしれないな」

「朝食をご一緒するのは初めてかもしれませんね」

会話がかぶった。ほぼ同時に同じようなことを考えていたらしい。思わず二人して顔を見合わせて笑ってしまった。

そうなんだよね。四ヶ月ほぼ顔を合わせてはいるけど、だいたいは昼休みから。講義ビッシリの彼は毎日一限から、俺は午前の講義は二限が一つきりだからさ。朝食を一緒に食べることなんて今までなかったんだよ。

そういえば、ギルバートくんは普段の朝食はどうしているのかって聞いたら、学院にいる時はクッキーやチョコレートで済ませているのだそうな。

おいおい、と思いながら彼を見れば「だって面倒くさいし」と顔に書いてある。ダメだぞー。

そう思っていたのが伝わったのか、ギルバートくんがちょっと拗《す》ねたような顔をしてポソリと口を開いた。

「アルが……これからも時々、朝食をご一緒して下さればいいだけです」

手にしたティーカップの中を見つめながらそう言った彼が、その視線を俺に向けて「ね」とばかりに首を傾《かし》げた。なんだろうね、この可愛さは。一瞬クラッとしたぞ。

「もちろん。君の時間が許すなら、いつだってお付き合いするよ」

朝食なんぞいくらでも一緒に食べるのに。そう思いながら、俺は明日も朝食を持ってくることをギルバートくんに約束した。


そうして二人で朝食を食べ終えて、さっそく彼の提出課題のチェックを始める。なかなかの分量だ。ただ、さすが優秀なギルバートくんだけあって、記入漏れや明らかなミスは見当たらなかった。注釈や図表、参考文献に関して、慣れていないぶんだけ荒さが目に付いたので、いくつか指摘やアドバイスを加えていく。

彼が調べ直して書き加えている間に、俺は別の課題をチェックするという流れが出来上がり、あっという間に時間が過ぎていった。

「だいぶ片付いたね。このぶんなら締め切り一日を残して全部提出できるんじゃないかい？」

束になった課題をリストで確認しながら鞄《かばん》にしまっていく彼にそう声をかけると、彼もそう考えていたのかニッコリと微笑んで頷《うなず》いた。

「アルのご招待の前日には、自邸に戻っておきたいですからね」

俺は内心の動揺を悟られないように、手近な資料をトントンとまとめてテーブルに積み上げる。

そうだ…………木曜日だよ。いや準備はできている。王都邸の使用人たちが異様に張り切ってるからな！　俺のこっ、心がまえの問題だ。

も、もちろん、この日に告白する必要はまったくないんだ。様子を見て穏やかにお茶を飲んで話をして、邸内を案内するだけでもいいんだから。

けどそう思いながらも、やっぱりどことなく緊張するし動揺してしまうわけで……。うん、いいんだよ。意気地がないのは自覚済みだから。

「じゃあ、当日はランネイル邸へ我が家から迎えを出すよ。午後一時でいいかな」

けれど、緊張しながらもギルバートくんと予定を擦り合わせてる俺は、そこそこ浮かれてるわけで、もうね、感情が渋滞気味。何なんだろうね。ワケ分からん。

自分の感情に手間取っている俺をよそに、鞄に課題を詰め終えたギルバートくんが、スッとソファの左隣に腰を掛けた。

「一時ですね。お待ちしています」

俺の顔を覗き込むようにしてニコッと笑ったギルバートくん。

「楽しみにしていますから」

そう言ってくれるギルバートくんの笑顔を見ていたら、何だか俺のグルグルしてる感情なんて、どうでもいい馬鹿馬鹿しいことに思えてきた。

うん。俺の告白なんかは二の次でいいのかも。試験を頑張った彼に休日を楽しんでもらえたら、そしてそこに俺が一緒にいられたら、それでいいじゃないかとストンと思えてしまったんだ。

「私もだよ」

思ったことが素直に口から出て、自然と動いた片手で彼の髪を梳き撫でていた。

ちょっと照れているようなギルバートくんの顔。イケメンなのに可愛いとかもう最強なんじゃないかと、真面目にそんなことを考えていた俺の目の前で、ギルバートくんが「あ……」と急に何かを思い出したように口を開いた。

「水中散歩……お約束していたのに、今日はもう時間がなくなってしまいました」

残念そうにそう言った彼が眉《まゆ》を下げた。

時計を見れば確かに散歩をしている時間はなさそうだ。このあと彼は、中央棟の教務課へ行って課題の提出手続きをしなければならない。

「水中散歩は明日しよう。ね、また朝に来るから。ああ、でも明日は開門してから来るよ。早起きの君には敵《かな》わないと分かったからね」

指の間を通るサラサラの髪の感触を楽しみながらそう言うと「私も毎日早起きしているわけじゃないですよ」と、撫でていた手に頭をきゅむっと預けて首を傾げた彼。

確かに、いつもはもっと遅いって言っていたけどね。でも律儀な彼は俺が早く来ると言えば、それよりもっと早く来ちゃうでしょ。

「それに、水中散歩以外にも今日できなかったことがあるだろう？　君が淹れたお茶を私はまだ飲んでいないからね」

忘れてないぞーという気持ちを込めて俺がニッと笑ってみせると、目の前の彼は「こだわりますね」と片眉を上げげた。

「そりゃこだわるでしょ。氷の貴公子が淹れてくれるお茶だ。貴重だよ」

大げさに目を見開いて肩をすくめた俺に、ギルバートくんはフハッと笑って「やめて下さいよ、それ」と俺の膝《ひざ》をペシペシ叩《たた》いた。

まったく誰《だれ》が言い出したんだ、とか氷って失礼じゃないか、とかブツクサ言い始めたギルバートくんに、「それはゲーム製作会社だよ」とは言えない俺は、ただ笑うことしかできなかった。

「ああ、そうでした。アル、これ……」

思い出したように内ポケットを探った彼が、魔法陣の束を取り出した。伝言魔法陣だ。うん、この十日間でたくさん使ってしまったからね。

ギルバートくんが取り出したのは、五センチ四方の小型の魔法陣と十センチ四方の魔法陣。合わせて三十枚くらいかな。なので俺も同じように持参した魔法陣の束を取り出して、二人で交換した。

魔法陣は大きさによって入る伝言の長さが違ってくる。小型のものは短い伝言しか入らないけど安価で、微量な魔力で発動するため一番使う頻度が高い。庶民から貴族まで幅広く使われている便利グッズだ。

録音して飛ばしたら消えて、相手に届く時に現れる。録音は一度きりながら親展の付与もできるし、繰り返し再生ができるのもいい。王宮などには国同士でやり取りする超大型のものがあるそうだけど、見たことはない……っていうか、そんなのがドンと目の前に現れたらイヤだ。

これって転移？　魔法すげーな。人も転移できるのか？　なんて子供の頃《ころ》は思ったけど、この世界の魔法はあくまでエネルギーのような扱い。ビビデバビデブゥはできない世界だった。

この世界の魔法は魔力を魔法陣に流すのが基本。人ひとり転移させる魔法陣に必要な魔力量を考えたら、自力で移動した方が手っ取り早いと知って、ちょっと肩を落とした子供時代の俺。

魔法陣なしでできるのは、せいぜいが小さな風や小さな明かり、冷やす温める火をつけるくらい。それすら個人の魔力量によるから、少ない魔力で発動する魔法陣はこの世界の生活必需品なんだよ。

「気軽に使って下さい。いくらでも差し上げますから」

そう言って、俺宛ての魔法陣をポケットにしまったギルバートくん。

ありがとう。でもやっぱり俺は、こうやって君と直接話す方がいいな。


そうこうしているうちに、そろそろ彼を送り出す時間だ。

今日の受け付け終了までは充分に時間はあるけど、教務課の混雑は分かりきっているからね。早めに行くに越したことはない。

「じゃあ行っておいで。また明日ね」

扉の前でそう声をかけた俺に、小さく頷いて「はい。また明日……」と出て行った彼を見送ったら、時間はもう二時過ぎ。さて、俺も屋敷に帰らないとね。

夏から秋にかけては農業漁業ともに取引の繁忙期で、俺に回ってくる書類もてんこ盛り。

いや先月十八歳になってから増えてねぇか？　おいコラ父上《オヤジ》……なんて、俺は微妙に釈然としない気持ちを抱きつつ、ちまちまとその日の書類を片付ける日々を送っていたりする。

だからこの十日間、俺が屋敷にいて一番喜んだのは執事と会計係だ。

いやまあ、今までは週末がメインだったからね。早く帰れるとそれに喜んだのは会計係のオスカー。うん、使用人たちが賭《か》けで盛り上がってたぞオスカー。もちろん俺も参加しといたからな。三ヶ月以内に奥方が五人目を懐妊する方に銅貨一枚。がんばれ。

そうして俺は学院に迎えに来た馬車に乗り込んで、速やかに屋敷に到着。

門を通過した馬車の窓からエントランスが見えてきた途端、俺は思わず「マジか……」と呟いてしまった。

エントランス前では、俺の帰宅を知らされた使用人たちが整列して出迎えてくれていたんだけど、その人数がいつもより多い上に、その中央にいたのは、

「タイラー、なぜお前がここにいる」

馬車から降りた俺が、開口一番にそう言ってしまったのも仕方がない。だって、ラグワーズ領の本邸にいるはずの我が家の家令、タイラーが使用人たちの先頭に立って微笑みながら出迎えてくれたんだから。

「お帰りなさいませ若様」

キッチリとしたお辞儀をしたタイラーが、ニコニコとした微笑みを浮かべながら俺を見上げていた。

「主様《あるじ》からの指示でございます」

口元に笑みを浮かべてはいるものの、タイラーの目はマジだ。なるほど。

執事のディランが領地に報告をすると言っていたので、下手すりゃ俺からギルバートくんの話を聞

いた水曜のうちには、本邸へ報告を上げていたんだろう。

まあ相手が相手だ。ディラン個人の賛成反対はともかく、事実は事実として執事が本邸に報告しない選択肢はあり得ない。俺は嫡男で、ラグワーズのトップは父上だから。ことはラグワーズとランネイル両家の跡目に関わることだからな。

「そうか。ご苦労だった。着替えてから執務室に行く。茶を支度してくれ。久々にお前が淹《い》れた茶が飲みたい」

俺はそれだけ言うと屋敷の中へと足を進めた。きっと俺に伝えたいことがあるんだろうしな。顔に書いてあるぞタイラー。

「はい」とまた一礼して応《こた》えたタイラーの後ろから、控えていたディランが歩み出て俺の後ろに付いた。着替えの世話のため……というか、お前も色々と話したそうだねぇ。うんうん。部屋で聞くよ。

家令のタイラーは分家筋の次男だ。

濃いブラウンの髪で白髪が目立つので老けて見えるけど、実はまだ五十代半ばだったりする。先代の家令の従兄弟《いとこ》なので、王都邸執事のディランとは親戚《しんせき》っちゃ親戚。でも家令のタイラーと執事のディランでは、その立場には雲泥の差がある。

普段は非常に温厚で優秀な家令のタイラー。当主大事が行きすぎて、後で大変になるのが分かっていながら父上の言うことをすべて容認するもんだから、ディランに怒られることもしばしば。

けれど、いざって時の発言権や采配《さいはい》は当然ながら家令が全使用人のトップ。家令であるタイラーが何かしら父上の意を受けて王都邸にやって来たのなら、王都邸執事のディランに出る幕はない。

それゆえディランもその前に何か言いたいことがあるんだろう。まあ俺もあらかじめディランが父上にどう報告したのか知りたいしね。

タイラーの様子を見るに、父上は分からないけどタイラー自身はあんまりいい感じじゃないねぇ。こりゃお小言の一つや二つあるかなー。

そんな風に考えながら、俺はディランとともに二階の自室へと上がっていった。


「で、タイラーは何だって？　何か言われたんだろう？」

脱いだ制服を手渡しながら俺がそうディランに話を向けると、ディランはひとつ頷いて口を開いた。

「はい。開口一番、どういうことだと。若様が男色家であるとは聞いていないと仰《おっしゃ》られまして、そこは強く否定しておきました」

そうだねー、そこんとこはキッチリしておきたいよね。俺は別に女性がダメなわけじゃなくて、ギルバートくんがいいってだけなんだから。

「ずいぶんとタイミングがいいな。木曜日に彼が来ることも報告したのか」

背後で広げられたカジュアルなドレスシャツに腕を通しながら聞くと「いいえ」と返事があった。

「タイミング的には今週末のランネイル邸での誕生パーティーに合わせたのでしょう。その前に若様が早々にお茶会に招いたと知って驚いていらっしゃいました」

ふうん、まあそりゃそうだよね。

でもまあ、呼んじゃったのを止めろとは言わないだろうけど。相手は宰相の息子で侯爵家子息よ。

「さてさて、何を言われるんだろうねぇ」

俺がクスッと笑ってそう言えば「若様……」とディランが眉を下げた。笑いごとじゃないってか？　でもまあ肝心なのは父上の考えだからね。俺から直接報告してもよかったんだけど、まだギルバートくんに気持ちを伝えてもいないのに、嫡子から当主へ報告するのはちょっと重すぎるよね。貴族って面倒なんだよ。

「若様。我が王都邸の使用人は何があろうと若様の味方です。若様のお心のままに、思うようになさいませ。どのような手を使ってでも若様のご希望を叶《かな》えるべく動きますゆえ」

そう言って着替え終えた俺に頭を下げたディラン。

うん。ありがと。でもお前それって、父上に対するタイラーの態度と一緒だよー。新旧の側近の対立とかご免だからな？　俺は平和に生きていきたいんだよ。

でも、まずはタイラーと話してみなきゃ何も始まらないよね。

「じゃ、執務室に行こうか」

そう言って俺はディランと一緒に自室の扉を出て、家令タイラーが待つ執務室へと足を向けた。

15　家令タイラー

屋敷の一階奥にある執務室の重厚な扉を、先に立ったディランが開いた。

中に入っていくと、すっかりお茶の支度を整えたタイラーがソファ脇で起立して待っていてくれて、向かいのソファの後ろで控えていた会計係のオスカーと一緒に、姿勢よく頭を下げてくる。

「待たせたね」

そう言って俺は正面にある執務デスクへと向かうと、肘掛《ひじか》け椅子に腰を下ろした。

俺のデスクの脇には、すっかり執事の顔になったディランが控えて、温めたティーカップを返し始めたタイラーへと視線を向けている。

「お待たせいたしました」

音もなくデスクに置かれたお茶は、さすが家令とでも言うべきか、色も香りも素晴らしく、手に持ったソーサーもほのかに温かい。鼻先で豊かな香りを楽しんでからお茶をひと口。うん、美味《うま》い。

「相変わらず美味《おい》しいね、お前のお茶は。ディランのお茶も美味しいけれど、同じ茶葉なのに微妙に風味が違うのは個性だね」

微笑みながらお茶の腕前を褒めれば、「ありがとうございます」と口角を上げて頭を下げたタイラー。けれどその頭が上がった瞬間、タイラーの目がキラリと光ったような気がした。

あー、こりゃ来るな。

「ところで若様……」

ほらね。

「ディランからの報告によりますと、お心を寄せられるお方ができたとのこと。大変おめでたいことでございます」

ここで「うん、ありがとー」なんて言ってはいけない。この先がこいつの本題だ。

「しかしながら、お相手は侯爵家のご子息とか。宰相閣下の一人息子で侯爵家の嗣子たるご子息……ご子息。間違いないことでございましょうか」

笑顔のまま俺を真っ直ぐ見据えてくる家令。

俺は飲んでいたティーカップをソーサーに戻すと、その目をしっかりと見返しながら口を開いた。

「間違いないよ。宰相閣下《かしか》のご嫡男、ギルバート・ランネイル侯爵子息だ」

ニコリと笑って首を傾げた俺に、家令タイラーの口元が笑みのまま固まった。

「若様は、決して男色家ではないとディランが申しておりましたが、それが確かならば、一時的な勘違いや思い込みということもあり得ます。木曜日に当家へお招きしたのは何かお考えあってのことでしょうか。お相手のご迷惑にもなり得ますので、よくよくお考えなお……お考え下さい」

今、考え直せって言いかけた?

うーん、でもまあ予想通りかな。こいつならこんな感じのこと言うと思った。

すでに今年に入ってから、タイラーが卒業後の見合いの算段していたのは知っているし、めぼしい令嬢方の身上調査の指揮をしていることも知っているからね。

「それは父上の考えかい？　お茶会のことも報告してるんだろう。父上は何て言っていた？」

椅子の肘《ひじ》置きにのせた片手で頬杖《ほおづえ》をつき、薄らと笑みを浮かべて目の前のタイラーを見上げれば、彼は僅《わず》かに眉《まゆ》を寄せる。

「主様《あるじ》は、見たままを報告せよと……」

ふむ、領地の父上自身は頭ごなしに反対というわけではないようだ。さすがは父上。肝が据わっているというか柔軟というか……いや、まだ様子見というのが実のところだろうな。

「そうか。では先ほどのお前の言葉は、お前個人の考えというわけだな」

俺がそう言えば、タイラーは小さく首を振った。おや、そうなの？　じゃあ母上？

「ラグワーズ伯爵家の将来の憂いとなり得る事態に対処するのも家令の務め。主様とていずれお口にされることでございましょう」

なんだ。結局はお前の意見じゃん。要は「お家のことを思って」ってやつね。

うんわかる。わかるよー。

でも、聞き入れることはできない。だって、そんなことさんざん俺自身が考えたんだから。

「そうかい。じゃあとりあえずは黙って見ておいで」

それだけを言って、俺が話を切り上げるべく「ディラン、書類を」と、脇に立ったディランへと視線を移し、それにディランがひとつ頭を下げた時だ。

「貴族としての義務をお考え下さい」

一歩前に進み出たタイラーがさらに食い下がった。しつこいね、お前も。

「貴族は国に守られ、領民を守る。そして領民に支えられ、国を支える。領地を愛し、領民を愛し、国を愛する。それが貴族の義務だということは承知しているよ。それがどうかしたかい？　何かこの話に関係あるかな」

ひとつ首を傾げてみせて頬杖をついた手で顎《あご》先を撫《な》でながらタイラーを見据えれば、彼が一瞬グッと口を引き結んだ。その機を逃さず、俺は言葉を重ねる。

「あれかい？　私の後の跡継ぎのことかな。妻《めと》を娶らず子を生《な》さなければ、家に対する貴族の義務を果たせないと。お前はそう言いたいんだろう？」

知らず知らず口角が上がっていく。楽しくて笑ってるわけじゃない。タイラーの言葉が予想通り過ぎて、そして彼が俺を通して何を見ているのかが明白《あからさま》すぎてさ。まったく、困ったものだよね。

「国を支える次世代を育成することも貴族の義務ではあるよね。けれどそれは私の子である必要はないし、然《しか》るべく教育を施した者を据えればよいだけだ。だって国や領民にとっては、その跡継ぎが誰《だれ》の子かなんてことより、自分たちを守り支える義務を果たすか否《いな》かが重要なんだから。貴族のお家事情なんぞは二の次だよ」

しれっとそう言ってみせた俺に、お家大事のタイラーがついには縦皺《たてじわ》が寄るほどに眉を寄せ始めた。おいおい、素が出始めてるぞー。

「で、では、せめて一度くらいは女性とお付き合いされてから結論を出されては。若様は女性とお付き合いされたことはございませんよね。後になって勘違いだと気づいたり、考えがお変わりにならないためにも……」

うん？　こいつは何を言い出してるんだ。上がっていた口角が下がって、うっかり真顔になっちゃうじゃないか。

「ねえタイラー……」

自分でも驚くほど低い声が出た。

「もし私が好きになった相手が女性でも、お前は同じことを言うのかい？　勘違いかもしれないから違う女性とも付き合ってみろと。ああ、あるいは女だけじゃなく男とも付き合えと言うのかな？　父上が母上を選んだ時に、お前はそう言ったのかい？」

タイラーが奥歯を噛《か》んで黙りこくった。

彼への気持ちが勘違いだって？　そんなこたぁとっくに自分で考えてたよ。何なら無理やりそれで自分を納得させようとしてたわ！　それが不可能だって分かったから今こうなってるんだから。

ひとつ息を吐いて、俺は見据えていたタイラーから視線を外した。

はい、じゃこの話はおしま……

「ランネイル家はっ！　お相手の家はどうでしょうかっ！　高位貴族家のたった一人のご嫡男です。どうやっても同性同士で将来の行く末など……！」

まだ言うか！

俺は椅子の上でついていた頬杖を外し、両手を腹の前で組んだ。そうして目の前で言いつのる家令に対し、伯爵家嫡男、アルフレッド・ラグワーズとして声を張った。

「嫡男同士であることは確かに面倒ごとばかりだ。だが、それにどう折り合いをつけるかは私と彼が考えることだし、ランネイル家のことは、宰相閣下はじめランネイル家が判断することだ。いずれにせよお前が口を出すことではない」

そう言った俺に家令が顎を引いたのが見えた。

そうして俺は言葉を続ける。とりあえず、これだけはしっかりと釘《くぎ》を刺しておかなければならない。

「お前の不満は分かる。だが……」

しっかりと目の前の家令に視線を固定し、目を眇《すが》めて睨《にら》み付けた。

「我が家に来た彼に不愉快な思いをさせたら、いくらお前でも許さないよ」

王家に近い侯爵家、しかも父が宰相という立場を、ギルバートくんはよく理解している。だからこそ学院ではあんなに気を張って必死で学んで、痛々しいほど懸命に取り組んでいるんだ。

そんな彼に僅かでも懸念を与える可能性があれば、すべて俺が全力で遮断させてもらうよタイラー。

だけどね、一方でこのラグワーズ家を一心に思う忠臣には感謝をしているんだ。

幼い時分、この世界に警戒し過剰なまでに気を張って疲れてしまっていた俺に、常にさりげなく気を配ってくれていたのは彼だ。彼が常に領地で両親や本邸を守っていてくれるからこそ、俺は嫡男としての役割を全うすることができている。だからこそ……。

「若様………っ」

家令の絞り出すような声に、俺はそっと目を瞑《つぶ》った。

分かっている。分かってるから……タイラー。

息を吸って、また開いた目で俺は初老の忠臣を見つめた。

「お願いだよタイラー、私を不誠実なずるい男に……しないでおくれ」

知らず肩に入っていた力を抜いて、彼に語りかけた。

ねえ、どうか聞いてくれ。

「お前の不満も心配も分かる。私だって同性ということで悩んだし戸惑ったんだよ？　けれどね、この心ばかりはどうにもならない。ねえタイラー、どうかお前のその目で、ちゃんと彼を見てくれないか。そしてその上で、見たままを父上に報告してくれればいいから」

できるだけ穏やかに正直に、この優秀で真っ直ぐな目の前の男に言葉を重ねる。今の段階の俺にはもうそれしかできないのだから。

「それにね、私はまだ彼に気持ちすらちゃんと伝えていないのだよ。今度の木曜日だって、ただのお茶会になるかもしれないしね。だって彼はまだ十六歳だ。まだまだ彼には学ぶことも、経験することもたくさんある。私にとって最優先なのは、いかに彼に負担を負わせないか、それだけなんだよ」

ゆっくりとそう言い終えた俺に、タイラーはもう何も言っては来なかった。いつの間にか眉間《みけん》の皺が解けたその表情からは、すでに怒りや焦燥といったものは見受けられない。

そうして、しばらく黙りこくった彼はゆっくりと頭を下げてきた。

「分《わきま》も弁えず差し出た口を……。お許し下さい、若様」

それから一歩、二歩と後ろに下がったタイラー。

まあたぶん諦《あきら》めちゃいないんだろうけど、とりあえず父上の言う通り静観することにしたのかな。

今はこれでいい。彼に気持ちを伝える前から揉《も》めるなんて、不毛なことは避けたいからね。

「タイラー、新しいお茶を淹《い》れてくれ。せっかくのお前のお茶が冷めてしまったよ」

ソファ脇に下がったタイラーにそう声をかければ、家令としての表情を取り戻した彼はひとつ応《いら》えを返し、素早く歩み寄って目の前のティーカップを下げる。

さ、これでこの話はおしまい。

俺はひとつ小さな深呼吸をすると、ぐるりと部屋の中の使用人たちを見回して笑みを作った。

「さて、じゃあ書類をやっつけてしまおうか、ディラン、オスカー。あとせっかくタイラーもいるのだから、たくさん手伝ってくれよ？」

ペンを手にしながら彼らにそう言えば、「はい」と三人から気持ちのいい返事が返ってきた。

うんうん、こうでなくっちゃ。と思いながら、動き出したディランたちに笑みを向ければ……その手に抱えた書類の量に、笑んだばかりの俺の口元が引きつった。

ねえ、だからそれって多くない？

16　お茶会と極秘情報

火曜日の朝、隠れ家のソファに座るギルバートくんの顔はとても真剣だった。

それはもう、もんのすごく真剣だった。

「ギル…………」

「しっ！　静かにアル。もう少しです」

あ……はい。

僅かに眉を寄せて、テーブルに置いた自分の懐中時計を見つめる彼の目は真剣かつ非常に厳しい。

氷の貴公子の面目躍如と言っても差し支えないかもしれない。それほどに彼の真剣さが伝わってくる。

ここで彼に「いや、そんなに真剣にしなくても……」などと言ってはいけない。

彼は俺のために今こうなっているのだから。

「……三……二……一……今です」

その言葉とともに、手元の時計を見ていたギルバートくんがテーブルのティーポットを片手で素早く持ち上げ、もう片手にはストレーナーをビシッと構え、お茶をカップへ注ぎ始めた。

そう。俺は現在、絶賛ギルバートくんにお茶を淹れてもらっている最中だ。

まるで化学実験をする研究者のような表情をしたギルバートくんは、真剣に美味《うま》いお茶を淹れようと頑張ってくれている。今だって、ティーカップの中で容量を増していくお茶の様子にギルバートくんの視線は釘付《くぎづ》け。切れ長の目を開いてエメラルドのように輝く瞳《ひとみ》は一点集中である。

ああ、俺が昨日「君が淹れたお茶を私はまだ飲んでいないからね」なんて軽口を叩《たた》いたばかりに……。

今朝、隠れ家に入った俺に向かって彼が「おはようございます」の次に発したのが「今朝のお茶は私が淹れましょう」の言葉だった。

いやまあ、確かに彼のお茶は飲みたかったんだけどね。まさかキッチンでティーセットを前にした瞬間から研究者になるとは思わないじゃん。

それが全部、俺に美味《おい》しいお茶を飲ませたいがゆえの行動だと思ったらもうね。嬉《うれ》しいやら申し訳ないやら、可愛いやら可愛いやら可愛いやら………。

あの場で「グゥ」って倒れ込まなかった自分を褒めてやりたいね。

お、どうやら目の前の彼は、無事に二客のカップへお茶を注ぎ終えたようだ。うん。ありがとう。

「どうぞ」

ズイッと目の前に差し出されたティーカップには、香り立つ綺麗《きれい》な緋色《ひいろ》のお茶。

あまりに真剣な顔で出されたお茶に、思わずこちらの背筋も伸びる。

「いただきます」

そう言って、俺はいつものマグカップではなくティーカップのハンドルをうやうやしく摘《つま》むと、それを自分の口元へと運んだ。ギルバートくん、そんなに見ないで……照れるから。

そうしてコクリとひと口飲んだそのお茶は……お、美味《うま》いんじゃないの？　ちょっと濃い気もするけどそれは好みだし、普通に香りも良いし、いいんじゃないかな。っていうか上出来の部類だと思う。

いやーよかった。ここまでされて不味《まず》かったらどうフォローしようかと……。

いや不味くても「美味しい」って言える自信はあったし、もちろん飲み干すつもりだったけどね？

「うん、すごく美味しいよ」

目の前でこっちをガン見してくるギルバートくんに笑顔でそう伝えると、彼がようやく表情を緩めた。まったく、ギルバートくんらしいと言うか何というか……。

きっと彼はこの一杯のお茶を淹れるために、何冊も文献を読んだり家令に聞いたり、下手すりゃ練習すらしてたかもしれない。それが俺のためだって言うんだからクラクラしちゃうね。

「ギルも飲んでごらん」

そう勧めると、彼もようやくカップを持ち上げてコクリとひと口。そして安心したように口元を引き上げて微笑んだ。ね、すごく美味しいでしょ？

「よかった。この間よりずっと上手に淹れられました。アルがずっと見ていてくれたおかげです」

ニッコリ笑ってそう言ってくれたギルバートくん。

いやいや、見ていたと言ったって、本当に見ていただけだ。しかも手際を見ていたと言うより、紅茶を淹れるギルバートくんを見ていた、という方が正しい。なんせものすごく可愛かったからな。

「君が淹れてくれたお茶が飲める幸運に感謝しないとね」

心底そう思ったことを口にすれば、ギルバートくんが「大げさです」なんて言ってきたけど、本当だよ。彼がこうして俺のために心を砕いて行動してくれること自体が奇跡みたいなもんだ。そもそも侯爵子息は自分でお茶なんか淹れないからな？

そうして、ギルバートくんが淹れてくれた貴重なお茶を飲みながら、二人で朝食を食べ始めた。

ふんわりとした薄切りパンに挟まれたサンドイッチの具材は、野菜に、チーズに、ローストビーフに……おぅ、今日もうちの料理人張り切ったな。

「美味しいですね」

小さめにカットされたサンドイッチを手にして微笑む彼に、俺も笑みを返す。

手づかみで食べるサンドイッチ。実はギルバートくんは学院に入学するまで口にしたことがなかったそうだ。存在は知っていたらしいけどね。うーむ、さすがは侯爵家。

彼があさって我が家に来ることになって、王都邸の使用人たちは張り切りつつも緊張している。

もちろん、俺の思い人ってのもあるんだけど、格上の侯爵家子息、しかも現職の宰相閣下のご子息という身分に、粗相があっちゃいけないというのが先に立ってる気がする。

彼とのことをあまり良く思っていなさそうな家令のタイラーも、格上の客人を迎える家としての面《メン》子《ツ》がかかっているとあって、細かいところまで先頭を切って準備してくれているあたりは、さすがだ。

「アルとこうして食事を続けていたら、美味しくて太ってしまうかもしれませんね」

たんまりとローストビーフの挟まったサンドイッチを食べて、お茶を飲んだ彼がクスリと笑った。

なに言ってんのさ。ギルバートくんは育ち盛りなんだから、ちゃんと食べないとダメなんだぞー。

そもそもそんなこと気にする必要がないくらい、彼の腰が引き締まっていることは……なぜか俺がよく知っている。

「ギルはもう少し太ったっていいんじゃない？　細いくらいだよ。どんどんお食べ」

そう言ってまだ残っているサンドイッチを彼に勧めながら、俺はお茶を飲んだ。

正直、いま俺はサンドイッチより彼が淹れてくれたお茶を堪能《たんのう》する方に忙しい。

「まったく。そんなに痩《や》せていませんよ。一応鍛えているんです。よかったらお見せしましょうか？」

…………

……あぶねぇ。噴くかと思った。

ティーカップを片手に、思わず笑顔のまま固まった俺に、彼もまた自分の発言に気がついたようだ。

「あ、いえ」とか「そういうのではなく」とか色々言っている。あーうん分かってる。ははっ……。

ちょっと頬を赤らめた彼を見ていたら、なんかこっちまで気恥ずかしくなってきた。

「うん、いずれね」

……って何言ってんだ俺はぁぁ――――!!!

違う！　そんな必要ないよ的なことを言いたかっただけだ！

自分で言ってしまった発言に頭を抱えそうになる。いや落ち着け俺、そして止まれ妄想。

グギギギッと無理やり手を動かして、俺はカチャリとカップをソーサーに戻した。

「……鍛えてるんだ。すごいな。剣術かい？」

よし。別の取っかかりから話題を方向転換だ。

さあギルバートくん、話の流れに乗ってくれたまえ。ぜひ！

……って、固まってる——!!　視点が定まってないよギルバートくん！

けれど幸いにしてそれは一瞬のことで、彼はすぐに再起動してくれたようだ。さすが優秀！

「あ……はい。け、剣術と体術を少々。学院では部屋で素振りと型しかできませんが……。アルは？」

はい繋《つな》がった。話が繋がったよ。会話術大事。貴族のたしなみ万歳。

「私は屋敷にいる時は毎朝。うちの領は身体を動かすのが好きな連中ばかりでね。私も使用人たちに混じって鍛錬するんだよ。庭師も御者も馬丁も、あとメイドや料理人もいるな。そのせいで学院にいる間にサボってるのがバレちゃうんだよ」

ちょっと肩をすくめてそう言えば、ギルバートくんが少し驚いたような顔をする。

「庭師や料理人、女性のメイドもですか。すごいですね」

そうなんだよねー。うちの使用人って、分家筋で貴族階級の責任者を除けば全員がラグワーズ領出身の平民なんだけどさ、元の職業が漁師とか猟師とか、まあここまではうちの領内なら頷《うなず》けるんだけど、元軍人とか元騎士団とか元傭兵《ようへい》とかも普通にいたりする。いつの間にかそんな感じになっていた。

もしかして俺の知らない採用条件とかあるのだろうか……コワイ。

で、そんな使用人の皆さんは基本的に喧嘩《けんか》大好き、荒事大歓迎、みたいな雰囲気あるからさ、毎朝それを発散させるために鍛錬の時間を設けたのよ。ガス抜きってやつ？

それに俺も参加させられちゃってるの。俺、基本は脳内文系だし、平和大好きなモブなんだけどね。

「ますますラグワーズ邸を訪問するのが楽しみになりました」

ニッコリと笑ったギルバートくん。

ありがとうね。伯爵家のくせに上下関係アバウトで荒っぽい我が家にドン引かないでくれた彼に、感謝しながら俺は笑顔を返した。

「嬉しいな。うちの料理人に君のスイーツ好きを伝えたら張り切っていたよ。期待していいからね」

指を一本立ててそう言えば、ちょっと目を丸くした彼が「それはお腹を空《す》かせていかなければ」と声を立てて笑った。


そんな感じで和やか……和やかだったよな？　うん、おおよそ和やかに朝食を終えて、ギルバートくんの課題チェックに入るべく、俺はテーブル上の片付けを彼に任せて、キッチンで手早くティーカップを洗い始めた。

ギルバートくんは「私が洗いましょうか」なんて言ってくれたけど、洗い物はできるだけ俺がしたい。いや、彼がカップを割るんじゃないか、なんて心配をしているわけじゃないよ？　彼の手が荒れたらいけないでしょ。

「お待たせ。じゃ、課題をチェック始めようか」

キッチンから戻ると、テーブルの上はすっかり学習モードになっていた。

ソファで待っていてくれたギルバートくんの隣に腰掛けると、目の前のテーブルには提出予定の課題が講義別に綺麗に積まれている。そしてその横には、提出する課題のリストや内容に関する数枚のメモがペーパーウェイトで押さえられていた。

そう。俺が贈った……その、例の薔薇《ばら》のアレだ。

「使ってくれてるんだね、嬉しいよ」

それを見ると照れてしまうのだけれど、俺の視線を追ってペーパーウェイトに目を留めたギルバートくんがニコリと笑ったので、そう言葉をかけざるを得なかった。

「はい。とても気に入ってしまって、毎日持ち帰っているんですよ」

そう言ってクリスタルのペーパーウェイトを指先で撫《な》でる彼。

細かいカットが施されたクリスタルの中には大小の天然ルビーで作られた薔薇が収められていて、その力強い輝きを放つ深紅の薔薇が、彼にピッタリだと思ったんだ。

さすがに自分の誕生石を贈るなんて、ちょっと露骨すぎやしないかとも考えたんだけど、でも、薔薇と言えばその、赤だろう？

妙な気恥ずかしさに、俺はついつい傍らの課題の山へと視線を逸らせてしまう。

そ……そろそろ課題チェックをしようか。ね、ねっ、ギルバートくん。


そわそわするような気持ちを振り払って、俺が目の前の課題の山に手を伸ばそうとした時だ。

「そうでした。アルにお伝えしたいことがあったんです」

ふっと俺に顔を向けたギルバートくんが口を開いた。俺はそれに手を止めて「ん？」と首を傾《かし》げる。

「第一王子殿下ですが、どうも王位継承が危ぶまれているようですよ」

その言葉に思わずピクリと眉《まゆ》が上がってしまった。

それは、あの自由奔放で男爵令嬢への恋心を隠さなかった殿下ご自身に対する懸念などではない。

その言葉の裏が指し示す、今後推測し得る事象に対しての懸念だ。

「弟君であられる第二王子殿下は、現在中等部の二年生だったかな」

ええ、と答えたギルバートくんの顔もまた、噂話をする同級生などといった暢気《のんき》なものではなく、王国貴族の一員としての表情だ。

「貴族の勢力図が変わる可能性がある、ということだね」

第一王子殿下の支持者は保守派で占められている。伝統や風習や制度の変化を望まない現状維持派とでも言おうか。そして、対する第二王子殿下の支持者はどちらかと言えばリベラル。ガチガチの先例主義で割を食っている若手の貴族家当主たちが多いと聞く。

俺の言葉にギルバートくんが頷いた。

「どうやら国王陛下が第一王子殿下をお呼びになって、王族としての自覚を叱責《しっせき》なさった上で、王たる資質に疑問がある、といった発言をされたようです。それも重臣らの前で。今は箝口令《かんこうれい》が敷かれているようですが、数ヶ月以内には諸侯らに動きが出るでしょう」

ほー、発破をかけるにしては、これまたずいぶんとキツいんでないの？

陛下ってば、その影響力を分かってるのかな。いや、分かってやってるんだろうな。いったい何が目的なんだろうねぇ。

「それはお父上から聞いたのかい？」と聞いた俺に、ギルバートくんが「まさか！」と小さく笑った。

あ、そうなの？

「宰相である父は口を割りませんからね。でも我が家は情報の断片には事欠かないものですから……」

つまりギルバートくんは、情報の断片を集めて分析して、調査して裏取りまでしちゃったと。それを試験勉強の合間にしてのけたってわけか。

おいおい、すごいなギルバートくん……なんて思ってたら、

「この情報はラグワーズ家のお茶会への手土産代わりです。どうかご当主殿によろしくお伝え下さい」

そう言って、小さく首を傾げた彼が、俺の隣で微笑を浮かべた。

え、ちょ、ちょっと待って。

「ねえギル、まさかそのためにわざわざ調べたってことなのかな？」

思わず真顔で聞いてしまった俺に、彼がコクリと頷いた。マジか。

つい眉を寄せてしまった俺に、ギルバートくんが訝《いぶか》しげな表情で首を傾げる。

「アル……？」

うん、俺の反応が予想外だったんだろう。いやでもね、これはちょっと俺的には由々しき話だよ？

彼がたまたま情報を得てしまったとか、興味を持ったから調べたと言うなら仕方がない。けれど俺の家の利のために、わざわざそれをしたと、させてしまったと言うなら話は別だ。

俺はこちらを窺《うかが》っているギルバートくんに身体ごと向き直ると、彼の顔をしっかりと見据え、ゆっくりと口を開いた。

「ギル、よく聞いて。我が家への気遣いは嬉《うれ》しい。けれど、わざわざそんなことのために君がリスクや負担を増やす必要はない。情報集めも、その調査も、途中で露見する可能性はゼロじゃないだろう？　宰相閣下や箝口令を敷いた王家に知られたらどうするんだい」

そう告げた私の言葉に、ギルバートくんが眉を下げた。

ごめんね、ギルバートくん。でもこれだけは言わせて？

「情報はありがたいし、貴重なものだ。でもね、たとえ僅《わず》かでも君に危険が及ぶ可能性を考えたら、私は気が気じゃないんだ。しかもそれが私に関わることなら尚更《なおさら》だよ。だからね……」

その時、グイッとこちらに身を乗り出したギルバートくんが、俺の膝《ひざ》を掴《つか》んだ。

「っ……示したかったんです！」

ギルバートくんが声を張った。それに俺は、続けようとしていた言葉を飲み込む。

思わず見開いた目で彼を見つめれば、目の前の彼は、まるで大きな声を出したことを恥じるように視線を下げ、そしてポツリと呟《つぶや》くように言葉を続けた。

「私の存在があなたにとって有用だと、ただの子供ではないと、示したかったんです…………」

あなたの……ラグワーズ家に――――。

そう言って、きゅっと膝に置いた手に力を込めたギルバートくん。はにかむように、拗《す》ねるように、俯《うつむ》いた彼の目元が仄《ほの》かに赤らんでいる。……え？

えーと、ちょっと待って。俺の傍《そば》にいる君が、有用で価値があると、あー、うちの父上……いやラグワーズ当主に示したかったと。えっと、それはつまり……。

あ、だめだ。鼓動が速まっていくのが分かる。ヤバい、俺の顔も赤くなる。

貴族にとって人脈と情報は宝。彼がしようとしていることは、俺の家への強烈な牽制《けんせい》アピール。それは今後、安易に排除されないための布石に他ならない。

よ、要するに、俺たちの今後の関係のために手を打ちましたと……。

行き着いた結論に俺は言葉をなくして、ただ彼を見つめることしかできなかった。

どうしよう。ものすごく嬉しいのに身体が硬直してしまった。

「だめでしたか？」

そう言って眉を下げるギルバートくん。

いいえ、まったくダメじゃありません。あまりのことに驚いただけです。なんて言えるわけもなく、

「いや……嬉しいよ」

俺にはそう返すのが精一杯。ホッとしたように微笑んだ彼に、俺もどうにか笑みを返した。

「でも、もうこれ以上はしなくていいからね？　君はただでさえ忙しいんだから、他のことは私が何とでもするから。ね」

けれど一応これだけは、と念を押せば彼は素直にコクリと頷いてくれた。うん、よかっ……

「はい。忙しくない時にしますね」

そうじゃないよギルバートくん！　と俺は思わず遠い目になってしまった。

「ええと、とりあえず殿下の件はありがたく当主に伝えさせてもらうよ。君からの内聞の情報だとちゃんと添えてね」

うん。聞いてしまったからには本邸へ知らせないわけには行かないよね。

目の前で「はい」なんてニッコリしてるギルバートくんに、何だかすっかり気勢が削《そ》がれちゃってこれ以上何か言える雰囲気じゃなくなってしまった。何か俺、丸め込まれたかかな。

どうにも釈然としない思いを僅かに抱きながらも、彼が示してくれた思いに心が浮き立っていくのが止められない。鼓動だってまだ速いままだ。

参ったね、ギルバートくん。君にはやられてばっかりだよ。

浮かれてしまいそうな気持ちをギュッと抑え込んで、俺はひとまずテーブルの上の課題に手を伸ばした。

えっと……ギルバートくん？　膝に置いたその手は、そのまま固定なんだろうか…………。

17　その言葉

提出課題のチェック作業は、思ったよりも早く終えることができた。

二日目に入って慣れてきたこともあるけど、難題がほぼ昨日に集中していたことも大きい。数は多いものの単純な問題集や翻訳、講義内容のまとめ的なものに占められていて、チェックも容易だったのでサクサク進めることができた。

まあ、だからといってこれだけの課題をこなすのは、日頃《ひごろ》から真面目に講義を受け、かつ周到な事前準備をしていないと無理なことは言うまでもない。

「お疲れさま。頑張ったね」

隣に座るギルバートくんに労《ねぎら》いの言葉をかければ、彼はホッとしたような微笑みを見せてくれた。

「アルのおかげで胸を張って課題を提出できます。ありがとうございます」

いやいや俺なんか、ギルバートくんの実力の高さに舌を巻いていただけよ？　まったく、三日ある提出期間を一日前倒しで終わらせてみせるんだから大したもんだよ。

しかも今はまだ昼を少し過ぎたばかりの時間。三日目の十六時過ぎの中央棟なんか、青ざめた学生が狂ったように駆けずり回ったり、教授に直談判しに行く奴まで出没するからな。

俺は謙虚な彼の頭をひと撫ですると、さてお茶でも淹《い》れるかと、ソファから立ち上がった。そして鞄《かばん》を取り出し課題を詰め始めた彼から離れてキッチンへ向かう途中で、ふと水槽に目が留まった。

おっと、こいつらにも餌をやらないとね。

しばし魚の動きを見物してから、俺は水槽の脇に置いた小さなボトルを取り上げて餌をひとつまみ。

『パラパラパラ〜』と、心の中で密《ひそ》かに擬音をつけながら水槽の中に餌を撒《ま》いていく。

にわかに動きの激しくなった魚たちをガラス越しに眺めて、「おぅ食ってる食ってる」と内心で子供のように喜んでいたら、パフッと背中に温かな感触が……。

「おや、もう鞄に詰め終わったのかい」

俺の肩越しに水槽を覗《のぞ》き込んできたギルバートくんに声をかけると、腹に回った腕でぎゅっとされてしまった。ぐえ。

「私が後であげようと思っていました」

ほんのちょびっとだけ、プンとした顔をしたギルバートくん。え、そうだったの？

「えっと、なんかごめんね？」

「いいえ、いいんですけど……」と言いつつ、俺の左肩にむんっと顔を押しつけながら餌を食べる魚の様子を覗き込んでいる彼に、つい笑ってしまいそうになるのを堪《こら》える。

うーむ、どうやら試験期間中の十日間で彼は魚の餌やりに目覚めてしまったようだ。

「じゃあ、これから餌はギルに頼もうかな。来年からはギルがここの使用者になるんだし」

腹に回った彼の手をポンポンと叩《たた》きながらそう言って、ヒョイと見えた肩口の彼の顔は……おや、眉間《みけん》に皺《しわ》が寄りそうだ。

ぎゅううぅと、さらに腹に回った腕に力が込められた。ぐふっ。

「水中散歩……しましょう。約束です」

少しだけ眉を顰《ひそ》めたギルバートくんが俺の身体を後方へ引くようにしてきたので、水槽の前から離れてラグの床へ。そうして床に座った俺の前にギルバートくんが腰を下ろした。

「水槽は私が引き継ぎたいと思っています。けれどアルの水槽ですから、私が引き継いで卒業後も見に来て頂く形が望ましいなと考えているのですが……」

俺の左肩に頭をのせた彼が静かにそう告げた言葉に、俺はしばし返す言葉を探して……。そして、そっと彼の右手を掬《すく》うように握った。

「学院のセキュリティは高いからね。卒業生と言えど気軽に出入りすることは、たぶんできないな。残念……だけどね」

ゆっくりとそれだけを口にする。探して見つけた言葉がそれだけだったから。

僅かな間を置いて、ええそうでしたね……と、ひっそりと呟いた彼の声が耳元を過ぎていった。

「ごめんね」

回した左腕で彼の身体を引き寄せた。そして肩と胸にかかる彼の重みと温《ぬく》もりに、俺はそっとその身体を抱き締める。

ごめんね、ギルバートくん。どうしたら君といられるのか、俺は毎日だって考えているんだ。

君の立場、君の未来、君の可能性、それを守り抜きながら、君の隣にいたいと願う。

けれどまだ最善が見つからない。その道を君に示してあげることが、できないでいる。

抱き締める俺の腕の中で、彼がいつものようにスリ……と肌をすり寄せてきた。

「アルは、謝ってばかりです」

顎先《あごさき》に触れる彼の唇が動く。ぎゅっと俺の右手を掴んできた強さとは裏腹に、吐息のように溢《こぼ》したその声が何だかとても頼りなげで、思わず俺はまた、

「ごめ――――」

ごめんね、と俺が口にする前に、チュッ……と、顎先にあった唇が小さな音を立てた。

目を見開いて言葉を飲み込んだ俺に、彼はまたチュ……と、今度は頬に唇を落とす。

抱き締めていた腕を緩めて彼の顔を覗き込めば、形のいい唇をムッと上げたギルバートくんがじっと俺を見つめてきた。

「私が聞きたいのは、その言葉ではありません。私は卒業しても、アルと一緒にいたいと、そう言っているのです。そしてそれを、二人で考えたいと望んでいます」

強い眼差《まなざ》しで俺を見据えた彼が、腕の中でキッパリと言い切った。

『二人で考えたい』

その言葉に、胸の真ん中をトンと突かれたような気がした。

賢くて聡《さと》い彼は気づいていたのだろう。彼に負担をかけまいと思うあまりに、俺が道行きに躊躇《ちゅうちょ》していることを。

――ただの子供ではないと、示したかったんです。

あれは俺に向けて言った言葉でもあったのか。何もかもひとりで捌《さば》いて道を探そうなんて気負って

いた俺に、そうじゃないと、そんなに弱くはないと、彼らしい意思表示。

そうだね。そうだった。……将来有望で才色兼備な、俺が恋した年下の侯爵子息が……、ただ守られて黙っているような子供のはずがないよね。

精一杯、今出来ることを探して、真っ直ぐに躊躇なく、定めた目標のために手を打てる彼は、迷って立ち止まってばかりの俺とは大違いだ。

ほら今だって、俺が戸惑ってしまうほど真っ直ぐに、そして大胆に、俺への好意を示してくる。

チュ……と、また彼が俺の頬に唇を落とした。

その柔らかな感触に、俺の胸の奥にあった火がパチリと弾《はじ》ける。

じわりと広がる胸の熱に、彼からの思いが混ざって溶けて、みるみる度数を上げていく。

「…………いいの？」

何が、とも告げずに、ただそれだけを聞いた俺は、きっと情けなく自信なさげな顔をしていることだろう。けれどそんな俺を見つめていた彼は、コクリとひとつ頷《うなず》いてくれた。

そんな彼のその顔がもっと見たくてグイと身を乗り出すと、彼がスルリと俺の左腕の中に頭を落とした。そうして俺の腕の中にすっぽりと身を沈めてしまった彼を、俺は遠慮なく上から見下ろした。

彼の端正な顔を水槽からの明かりが淡く照らし、その瞳《ひとみ》を濡《ぬ》れ色に煌《きら》めかせている。

俺は腕の中の綺麗《きれい》な彼から目を逸《そ》らすことなく、けれどそれでも、臆病《おくびょう》な俺は確かめるような言葉を重ねてしまう。

「君の言葉を私は……都合のいいように考えてしまうよ？　本当に？」

すでに腕の中に閉じ込めてしまった彼にそう聞きながら、俺は彼の頬へと鼻先を擦りつける。そうして、握ったままの右手の親指で彼の手の甲を撫《な》でれば、彼の指先がクッと俺の指を握りこんだ。

「ずっと、ずっと一緒にいたいんです。アル」

彼の言葉が、俺の箍《たが》をカチリ、カチリ、と外していく。

「そばにいて下さい。ずっといて下さい」

揺れる瞳で俺を見上げ、言葉を紡ぎながら頬を桜色に染めあげていく彼。

その艶《つや》やかな頬に引き寄せられるように、俺は唇を這《は》わした。

「ギル……」

その名を呼んで、柔らかな肌に小さな音を立てると、腕の中の彼が小さく肩を震わせた。

「ギルバート……」

もう一度名を呼んで、今度は切れ長の目元にひとつ。そしてそのまま、ゆるりと目を閉じた彼の長い睫毛《まつげ》にも唇を落とせば、彼の吐息が俺の耳奥をくすぐっては、消えていった。


ああまったく、俺はどうしようもないな――――。

と、止まらぬ自分に呆《あき》れながらも、逆らえぬこの熱に、諦《あきら》めに似た笑みが浮かんでしまう。

「本当は、お茶会の時にと……思ったんだけどね」

チュッ……と彼の柔らかな頬にもう一度口づけを落として、俺はふわりと目を開けた彼の、翡翠《ひすい》色

の瞳に目を合わせた。

「君が、あんまり可愛らしすぎて……私はどうかしてしまったようだ」

綺麗で可愛い彼の、形のいい鼻に自分の鼻先を擦りつけると、目の前でトロリと蕩《とろ》けそうな瞳が、煌めきながら揺れ動いた。

――――ああ、もうだめだな。

いつ告げるのかすら決めかねていたそれが、もう止めようもなく胸の奥底からせり上がってくる。

焼け付くような思いが、ほかの何もかもを押しのけて、ただひたすら目の前の彼に向かっていく。

止まらない。止められない。

……ならばもう、出来ることはひとつだけ。

目の前の愛《いと》しい彼に、ありったけの思いをのせた言葉を……。

そう、思いっきり、甘く、優しく、蕩けるように。


「愛しているよ」


彼の瞳が大きく見開かれ、腕に抱いたその身体から力が抜けていく。

「あ…………」

小さな声にならぬ吐息を溢した彼が、受け止めた言葉を咀嚼《そしゃく》するかのように、ゆっくりと瞼《まぶた》を閉じていった。そうしてまたそれがゆるりと開かれると、いっそう甘やかに煌めく瞳が姿を現した。

そんな彼のわずかに開いた柔らかげな唇に、俺はぎりぎりつかぬほどに唇を寄せる。

「愛しているよ。ギルバート」

ひたりと彼の瞳を捉《とら》え、さらにゆっくりと、寄せた唇で言葉を重ねた。

目に映るのは、濡ればむ翡翠。

かすかに開いたその唇までほんのわずか。それでも俺は、待ち続ける。

「わ……わたしも……」

彼の吐息が唇にかかる。

撫でるように唇を包む温かな吐息に目を細めながらも、俺は彼の言葉の続きを待つ。

「あなたを……愛しています……」

アルフレッド――と、彼の唇が俺の名を呼んだ刹那《せつな》。

その言葉ごと、重ねた唇でその吐息を飲み込んだ。

◇◇

キス、口づけ、接吻《せっぷん》、ベーゼ…………。

さまざま言い方はあるけれど、今世の俺は、その類いの経験はまったくない。

正真正銘のファーストキス。けれど、なぜだか俺は唇の味わい方をよく知っていた。薄まったと思っていた前世の記憶の名残だろうか。

ふっくらと弾力のある彼の唇を、一度、二度、食《は》むように軽く吸って、わずかに開いた合わせ目をチュッと吸い上げる。

ギルバートくんが、上げた左手で俺の右腕の肩口をギュッと掴《つか》むのすら愛しくて、きゅうと握りしめてくる右手をそっと握り返した。そしてさらに上下の唇を順番に軽く吸い上げては角度を変えて、俺はその柔らかさを堪能《たんのう》していく。

しっとりと甘いその唇が、まるで「もっと」とねだるように、ぎこちなくも可愛らしく応《こた》えてくれるものだから、もう二度、三度と、重ねた唇を擦り合わせ、吸い上げては小さな音を立てて存分にその感触を楽しんだ。

綻《ほころ》ぶように開いた隙間に入り込んで、とことん味わい尽くしたい衝動が湧き上がったけど、それはグッと抑え込んで、それでも充分に魅惑的な弾力を堪能し続けた。

「ん……」

小さく鳴った彼の喉奥《のどおく》の音に、ようやく名残惜しく唇から離れる。

そうして間近に見えたのは、白磁のような頬を上気させて、翡翠の瞳を潤ませ俺を見上げてくる彼の顔。これは……いけない。なんて表情をするの、ギルバートくん。

「アル…………」

ポツリと呟《つぶや》いた彼の声。これも……、駄目だ。

ふっくりと赤らんで濡れ光る唇から溢《あふ》れる声が、あまりに艶っぽくて思わず喉が鳴りそうになる。

ついフラフラと、もう一度キスしてしまおうかと顔を近づけた時、ガシッとギルバートくんが俺の右肩を掴《つか》み直した。うん？

「私は……初めてのキスでした。アルは違いましたか？　正直に仰《おっしゃ》って下さい」

………………はい？

頬を桜色に染め、潤んだ瞳もそのままに、きゅっと唇を引き結び俺を見上げてくるギルバートくん。

「い、いや、私も初めてだったけれども……」

ちょっ、本当だよ！　なんでそんな目で見るの？

確かに前世じゃたぶんキスもそれ以上も経験してただろうけど、今世ではマッサラ！

「それにしては、あまりにも………………」

ふわぁぁっと彼の頬がさらに赤みを増した。

そんな可愛い顔を間近で見ちゃった俺はそりゃあもう、両手が塞《ふさ》がってなかったら胸を押さえて倒れ込んでいたに違いない。

「本当だよ。君とのキスがファーストキスだ。こんなに気持ちのいいものとは知らなかったよ」

そう囁《ささや》いて、チュッと薔薇《ばら》色に染まった彼の頬に口づければ、僅かに眉《まゆ》を下げたギルバートくんが、「本当に？」とちょっと唇を尖《とが》らせながら聞いてきた。だから、その唇の先にもチュッとして、「本当に」と答える。

俺を見つめていた彼の目が和らいで、口角が上がっていくのを見てホッと内心で息をつく。

前世のせいで謂《いわ》れのない疑いをかけられるところだった……。

「思いがけず、その……君に思いを告げてしまって、本当はもっとちゃんとしてからと思っていたのだけれど……」

以前の失敗に懲りもせず、またも流されるままに後先考えずやっちまった自分に溜息《ためいき》をつきたくなる気持ちを抱え、俺は話を切り出した。

腕の中の彼は俺をじっと見上げ、黙って続きを聞いてくれている。

「私たちは同性同士で嫡男同士。面倒ごとも柵《しがらみ》も多い。そして来年、私は君を置いて卒業しなければならない。ギル……こんな中途半端な状態で君に思いだけを告げてしまった私を、許してくれるかい？」

そう言った俺の頬を、ギルバートくんの左手がスルリと撫でた。

「とても嬉《うれ》しかったです、アル。私もあなたと同じ気持ちでしたから。我慢できずに私から、と思っていたのですよ」

彼がふんわりと柔らかな、少し照れたような顔で微笑む。

その笑みに、思わず繋《つな》いだ彼の手をきゅっと握った。

「ここは、あなたと初めて出会った場所です。この水槽の前。これほど嬉しいことはありません。この先のことは……考えましょう、二人で。アルの卒業までまだ半年あります。私もたくさん考えます」

ね、と小さく首を傾《かし》げてそう言った彼は、頬を撫でていた手を俺の首に回すと、スイッと近づけた唇でチュッと可愛らしく俺の唇に小さなキスを落とした。

「愛していますアルフレッド。もう逃げられませんよ。逃がしてあげません」

そう言って綺麗に笑った彼に「おや、怖いね」と苦笑を溢《こぼ》しながら、繋いだままの右手の甲にも忘れずチュッと口づけを落とす。

「嬉しいよ」と彼を見つめてそう告げれば、目の前の愛《いと》しい彼の頬がまた僅かに桜色に染まった。


ふと隠れ家の時計を見れば、時間は午後の一時過ぎ。課題提出の締め切り時間まではまだ間がある。

「このまま水中散歩、する？」

彼の顔を覗《のぞ》き込んでそう聞いた俺に「はい、約束ですから」と腕の中から答えたギルバートくん。

ほぼ俺の腕の中で寝そべる形になっている彼を起こそうとすると「このままで」と拒否られてしまった。いや、まあいいんだけどね。

「じゃあ、目を閉じて」

そう言って目の前の水槽に視線を向け、小魚に宿眼を発動……しようと思ったら、スルッとギルバートくんの指先が、俺の顎《あご》から喉を撫で下ろした。

うん？　と思って彼を見下ろせば、ニコッと笑う彼。うん、イケメンだね。文句なしにイケメンで綺麗な彼が微笑みながら俺を見上げている。

「どうしたの？」と聞けば、「いいえ」と答えるギルバートくんに、そうか、それじゃあ。とまた視線を戻して宿眼を発……

スルッと、今度は唇から顎を指先で撫でられた。

……ギルバートくんやめて。気が散って宿眼が発動できないです。

こら、という気持ちを込めて片眉を上げて彼を見やれば、悪戯《いたずら》な左手を顎に当てたイケメンが、それはもう上機嫌に俺の腕の中で笑っていらっしゃる。

「すみません、あまりに嬉しくって。私のアルフレッド……」

ドスゥ――――ッ！　と、心臓ど真ん中。

さすがは元・攻略対象メインキャラ。攻撃力が違う。

どうしよう。ギルバートくんの威力が倍増している。いかん、うかうかしてたら俺のHP《ライフ》はあっという間にレッドゾーンまっしぐらだ。

なので、彼に「めっ」と言うようにひとつ眉を寄せてから、ササッと素早く水槽に目線を流し、どうにか宿眼を発動。

「宿眼が発動したよ。さぁ、目を閉じてギル」

その言葉にギルバートくんは微笑みながら目を閉じてくれた。

それを見届けて、俺も目を閉じる。

水槽の中をスイスイ進む小魚の眼が、水中の様子を映し出した。透明な水の中で、ゆらゆらと揺れる緑の水草、湧き上がる細かい泡、目の前を過ぎる他の魚たち。

彼と水中散歩をするのは確かに久しぶりだ。前回は試験期間の前。あの時は彼に告白できるかすらあやふやで、拷問のような水中散歩でテンパった挙げ句に、彼を屋敷に招待したんだっけ。

「アル、次はあのヒラヒラです」というギルバートくんの言葉に、俺は返事の代わりに手を握り返して宿眼を移動する。ゆったりとした速度に変わった散歩コースに、腕の中の彼がかすかに声を上げて笑った。

先の見通しのないまま押し流されるようにしてしまった告白。

けれどそれを受け入れて、二人で考えようと、たくさん考えると言ってくれた彼には、もう愛《いと》しさとともに感謝しかない。

大切にしたい……。心からそう思う。そのためには俺もたくさん考えなければ。もちろんハイスペックなギルバートくんには及びもつかないだろうけど。

魚がゆるっと旋回した視界につられて、腕の中のギルバートくんが頭をゆるりと動かしたようだ。

そっと目を開けて彼を見ると、穏やかな微笑みを浮かべて目を閉じている。

その美貌《びぼう》は決して女性的ではなく、確かに男性としての美しさだ。

やや線は細いもののすでに少年の域を脱しつつある彼の姿形は、どこからどう見ても男性。凛々《りり》しくも美しい貴公子そのものだ。

なのに、なんでこうも可愛いかな……なんて、そう思ったらつい。本当についね、彼の唇にまた唇を重ねていた。

パチリと彼の目が開いたけど、俺はそのまま、やわやわと唇を擦り合わせて、唇の先で少しずつ啄《ついば》むように、しっとりと柔らかなそれを食んでいった。

「目を閉じてて……ギル……散歩中……だから」

キスの合間にそう言って、俺も目を閉じる。

水中を緩やかに進む魚の旋回に合わせるように、唇の角度を変えて……、空気の泡を食べるように、ゆっくりと動かした唇で軽く吸い上げる。

まるで水中で口づけをしているような、なんとも不思議な感覚。これはどうにも癖になってしまいそうだ。水中が……ではなく、彼の唇が……ね。

唇の角度を変えた間を縫って、「ハ……」と彼が小さく息継ぎをした。

おっと、夢中になってしまっていたようだ。最後にチュッと音を立てて、そっと彼の唇を解放する。

宿眼を解除して、間近にある彼の顔を見つめると、ふわりと開いた瞼《まぶた》の向こうに、俺の大好きな翡《ひ》翠《すい》の瞳《ひとみ》が姿を現した。それが嬉しくて、ニッコリとその瞳に微笑みかける。

「水中散歩、楽しかった？」

目を開けたばかりでまだフワフワしてるような彼に話しかければ、彼が小さく「はい……」と呟いた。彼の身体を今度こそ起こして、少し乱れてしまった髪を手で梳《す》き撫《な》でて直す。

「さて、お茶でも淹《い》れようね」

撫でていた左手で彼の肩をポンポンとして、よいせっと立ち上がろうとしたら、クッと俺の身体が引き留められた。見れば、ギルバートくんが俺の制服の襟をきゅっと掴んでいる。

うん？　と首を傾げて彼の顔を覗き込んだ。

「本当に、私が初めてのキス……なんですよね？」

……え？


本当に本当だよと、家名に誓ってと、なぜか疑いの目を向けてくるギルバートくんに弁明をしながらソファへ移動。

「天賦《てんぷ》の才でしょうか……」と何だか恐ろしげな結論を呟いたギルバートくんに、俺はあえて何も言わなかった。うん、そういうことにしておいて。

彼にはソファに座ってもらって、俺はお茶を淹れるべくキッチンへ。彼には美味《おい》しいお茶をご馳走《ちそう》になったから、俺も心を込めてお茶を淹れないとね。

お茶の支度をしてソファに戻れば、彼はテーブルの上にそのままになっていたテキストやノート類をまとめて片付けておいてくれた。

そこにティーセットを置いて、いつものように彼の正面に椅子を引っ張ってきて座る。

今回はストロベリーのフレーバーティーにしてみた。目の前に置かれた二つのカップにお茶を注ぐと、ふわりと広がる甘いベリーの香り。

「はいどうぞ」

そうして差し向かいでお茶を飲み始めたものの……なんか照れちゃうね。

二人でしばし目線を合わせたり外したりしながら、何とも言えないくすぐったいような空気が流れる。な、なんか喋《しゃべ》った方がいいんだろうか。

「あさってですが……」

お、ギルバートくんが口を開いた。俺はカップをソーサーに戻して、正面の彼に「ん？」と目を向けて話を促した。

「一時にお迎えの馬車を寄越して頂けるというお話でしたが、我が家の馬車でお伺いする形に変更しても構いませんか？」

えっと、自分ちの馬車で来たいってことね。そりゃ構わないけど。

あれかな、前にルクレイプ家の迎えの馬車に乗って酷《ひで》ぇ目に遭ったから、周囲に止められたのかな。

「もちろん。君のいいように。何かあった？」

そう答えた俺に、ギルバートくんがそりゃあもうニッコリと綺麗《きれい》な笑みを見せてくれた。

けれどその笑みは、なんかこう……どことなく含みがあるような？

「いいえ。ただ、こうなったからには、お茶会にはランネイル侯爵家子息という立場を前面に出すのが良策かと思ったまでです。では一時半に到着できるよう手配しますね」

何やら、彼の後ろに青白い闘志の炎の幻覚を見た気がしたけど、ついでに「こうなった」ってどうなった？　とかツッコミたい気もするけど、気にしたら負けだ。

「そ、そう。じゃあうちの者に伝えておくよ」

まあ彼のすることには間違いはないし、彼のしたいようにするのが一番だ。

そうしてお茶を飲み終えて時間を見れば、彼はそろそろ教務課へ向かう時間。

彼が支度をしている間に、俺はティーセットをキッチンへお片付け。でもシンクの中にそれらを置くだけで、すぐに彼の元へと戻った。

洗うのは彼が出かけてからね。ギルバートくんのお見送りが優先でしょ。

「じゃあ行っておいで。あさって、待っているからね」

ドアの前に立った彼にそう言うと、片手に重そうな鞄《かばん》を提げた彼がじっとこちらを見返してきた。

どうしたのかな。何か言い忘れたことがあったのだろうか。

そう思っているうちに、彼がその鞄をトンと床に置いた。少し迷うように両の手を軽く握っては開いて、そしてちょっとだけ眉《まゆ》を下げて俺に視線を向けてくる。ああ……そうか……。

「おいで？」

そう言って腕を開けば、一歩、二歩と、前に進んだ彼が腕の中に飛び込んできた。ぎゅっと俺の背を抱き締めてくる彼を抱き締め返して、俺は彼の耳元に唇を寄せた。

「これからは、いつもこうしようね」

そう囁《ささや》いた俺に「はい」と首元で答えた彼の声が、合わせた互いの胸から、小さく震えるように伝わってくる。

俺はもう一度ギュッと彼を抱き締めてから腕を緩めると、そして目の前の柔らかな唇にチュッと小さなキスを落とした。

「これも……ね」

そう言った俺に、ほんのり目元を赤らめたギルバートくんは、やっぱり「はい」と小さく答えてくれた。ぐぅ。可愛い。ダメだ。このままじゃ、いつまでも彼を引き留めてしまいそうだ。

俺は、んぐぐぐっと両腕を総動員した理性で引き剥《は》がすと、その手で彼の髪をひと撫で。

そう、ひと撫で。それ以上はしない。だって彼の頭を引き寄せてまたキスしちゃいそうだからね。

意志が弱いって？　おぅ、とっくに自覚済みよ。

「じゃあ、行ってきます。またあさってに」

鞄を持ち直した彼がそう言って微笑みながら扉を開けた。俺はそれに軽く手を振って応《こた》え、教務課へ課題を提出しに行く彼を見送った。

パタン——と、目の前で扉が閉じられる。

その瞬間、俺は無性に、ものすごく、うあああぁ——っ！　って顔を覆って叫びたい気分になった。もう何だか堪《たま》らなく嬉《うれ》しくて、恥ずかしくて、こそばゆくて……何だこれ、何だコレ!!

俺は今、史上最大に浮かれている。

頭のてっぺんから何かが噴火して、今すぐ倒れ込みそうだ。

いやいやいやいや、浮かれまくってる暇はないぞ俺！　あさっては彼とのお茶会、そして週末は彼の家でのパーティーが控えている。それに向けて、できる限り準備しなければ。

パンパン！　と自分の両頬を手で叩《たた》いて気合いを入れる。

隠れ家でひとりアタフタとした後に、「よし」とひとり呟《つぶや》いた俺の姿は、きっと誰《だれ》かが見てたら相当に挙動不審だったろう。いいんだよ。ひとりなんだから。

そうして俺は、ひとまず心を落ち着けるべく、ティーセットを洗いにキッチンへと足を向けた。

18　これからのこと

学院から屋敷へ戻って、俺は家令のタイラーと執事のディランを執務室に呼んだ。

ギルバートくんから聞いた話を本邸《じっか》の父上に伝えるついでに、彼らにも情報共有してもらうためだ。

「陛下が第一王子殿下に、そのようなお言葉を……」

感情を見せぬ表情で、タイラーが俺の言葉を反芻《はんすう》した。その少し後ろで黙って立っているディランは、恐らくそれによる数々の影響の予測を頭の中で立てているのだろう。

「ポイントは、それを重臣たちの前で仰《おっしゃ》ったということだよ。陛下は何をなさりたいのだろうね」

王族の、特に君主たる国王陛下のお言葉は重い。

陛下には幾度か父とともにお目通りを許されているが、非常に慎重で堅実、周囲に斟酌《しんしゃく》をして行動なさる方のようにお見受けした。だから、波風立つのが分かりきってる言葉を軽々に発したってのが、どうにもシックリ来ないんだよね。

もしかして、何か目的があるんじゃないの？　って思っちゃうのは仕方ないでしょ。

「我が家は代々、どの派閥にも属さず中立を貫いている。けれど、だからこそ勢力図が変わる節目には、うちみたいな中立の家はどちらの派閥からもちょっかいをかけられるだろうね。というわけで、各所とも今まで以上に気をつけてくれ」

二人にそう言えば、「はい。心して」と揃って頭を下げてくれた。うんうん、よろしくね。

「して若様、その情報はどちらから？」

頭を上げたタイラーが、キラン！　と情報ソースを聞いてきた。あ、やっぱそれ聞く？　だよねー。

俺はタイラーを見上げると、ゆっくりと口角を上げて目で微笑んでみせた。

「私の愛《いと》しい翡翠が教えてくれたんだよ。お茶会の手土産だそうだ。気が利くだろう？　彼は可愛いだけじゃなくて、優秀で有能でタフで可愛いんだ」

「若様、可愛いを二回仰っています」

ディランが素早くツッコミを入れてきた。あ、そう？

「そうかい。じゃあ可愛らしい、で」

「同じことです」とボソッと溢《こぼ》したディランの隣で、タイラーの口元がすでに引きつっている。

「宰相閣下のご子息の情報、ですか。それは確かなのでしょうね」

おや失礼だな。ギルバートくんのことだ。きっとむちゃくちゃ裏取りしてるぞ。

「ああ、彼からの情報だから間違いはない。けれど心配なら独自に裏を取るといいよ。そうだ、ついでに他の貴族の動きも踏まえてね。耳の早い貴族なら早々に何かしらの動きを始めるだろう。そのことも一緒に父上にお伝えするよ。そっちの結果が出たらまた教えてくれ」

言っちゃ何だが、今日の俺はそりゃあもう上機嫌だ。ちょっとくらい失礼な発言でも許しちゃうよ。

うん、でもこれだけはちゃんと言っておくか。

「でもね、私は今後ラグワーズのために彼を利用する気はサラサラないから。そこのところ、よろしくね」

タイラーとディランに順に目線を流して、俺はニッコリと微笑んでみせた。

自分の高い能力を示して、俺との関係の糸を切らせまいと手を打ったギルバートくんの気持ちは非常に、ひっじょーに嬉しかったんだけどね。そりゃあもう健気《けなげ》が過ぎてどうしてくれようか！　って叫びたいくらいなんだけどね。でもそれは今回一回きりで充分。

彼の気持ちを汲《く》んで、今回だけはこうしてやんわりと釘《くぎ》を刺すに留《とど》めるけどさ、今後、彼をラグワーズの情報屋代わりに使おうなんて微塵《みじん》でも考える奴《やつ》が出てきたら、俺が全力でぶっ潰《つぶ》す。

「大したご子息ですね。ランネイル様は」

恐らくはギルバートくんがしたことを正確に推測しているだろうディランが静かに発した言葉に、タイラーは何も言わなかった。

「だろう？　すごく可愛いんだ」

若様、会話が噛《か》み合っていません……というディランの言葉をスルーして、俺は機嫌よく執務机から当主宛ての伝言魔法陣を取り出した。

そうしてから、まだ言うべきことがあったなと目の前のタイラーに再び視線を向けた。

「ああタイラー、分かってると思うけど、卒業後に段取りしていた見合いは全部白紙に戻してくれよ。無理に設定しても私は出ないからね。当日見合いをすっぽかされたと、相手の令嬢や家に恨まれたくはないだろう？」

ニッコリと笑ってそう告げれば、タイラーの眉間《みけん》に僅《わず》かな皺《しわ》が入った。

「若様、そのご判断は時期尚早では」

なんてことを言い出したタイラーに、俺はやれやれと首を振った。

「そうでもないよ。それにタイミングは悪くない、というより丁度いいんじゃないかな」

頬杖《ほおづえ》をついた手の指を一本ピンと立てて見せれば、ピクリとタイラーの片眉が反応した。

「今後、他の貴族家がどのような動きをするか分からない今、迂闊《うかつ》に他家と、見合いとはいえ縁を繋《つな》ぐのはラグワーズにとって望ましくない。第一王子派、第二王子派は元より、中立を謳《うた》う家ですら今後どこにどう飲み込まれるか分かったものじゃないだろう？　陛下のお考えがどこにあるのか分からないし、下手なとばっちりも腹の探り合いもご免だ。そう思わないかい？」

むぅぅぅと今にも唸《うな》り出しそうなタイラー。

ね、タイミングバッチリでしょ。今なら「ラグワーズは中立だよー、しかもガッチリ情報掴《つか》んで動いたんだぞぅ」ってアピールできるじゃん？

ぶっちゃけ、今回の情報に都合よく乗っかっただけなんだけどさ。俺がただ「見合いしねーよ」って言うより説得力があるかなって。

ギルバートくんが試験勉強の労力を割いて調べてくれた情報だからね。報いるためにも最大限、効果的に使っちゃうよ。

ま、ギルバートくんの情報がなくても、お見合いはブッチするつもりだったけどさ。だって、ギルバートくん以上に可愛い子なんてどこにもいないでしょ。

うん分かってる。俺の頭ん中は今や春だ。お花満開状態。しょうがないじゃないか。初めての恋に浮かれるなって方が無理だ。

「じゃ、そういうことで。父上にも伝えておくから」と返事のないタイラーに再びニッコリと微笑んで、俺は机に置いた父上専用の二十センチ四方の魔法陣を取り上げ吹き込みを始めた。

情報の内容と、宰相子息独自のルートからの情報であること、念のため裏取りと各貴族の動きを調べること、見合いの段取りをすべて白紙にすること、今後も見合いをする気は一切ないこと。

そうして吹き込んだら、魔法陣の紙の黒い一角にまた魔力を通せば、魔法陣は手の中でゆらりと揺れてふっと消えていった。

はい完了。タイラーの後方にいるディランが、うんうんと何やら満足げな顔をしている。

ぶすっとしたタイラーとの対比が面白い。

「さて、仕事を片付けてしまおうか。……っと、その前にあさってのお茶会、お客様は侯爵家の馬車でいらっしゃることになったから。時間は一時半。大丈夫とは思うけど、万全でよろしくね」

それだけ言い添えて、俺はいつも通り書類の山を捌《さば》くべく、ペンを手に取った。

家令と執事二人が揃って「はい」と頭を下げるのにひとつ頷《うなず》いて、とっくに机の端に積まれていた報告書に目を通していく。もう暫《しばら》くしたら会計係も書類の束を手にいそいそと現れるんだろう。

まったく、最近の父上《オヤジ》ときたら、どんどんこっちに回す書類増やしてないか？

ブチブチと心の中で溢しながら、俺は淡々と書類を片付けていった。

仕事をあらかた片付けたら、陽はとっくに沈んでいて夕餉《ゆうげ》の時間まであと少し。

んー、じゃそれまで邸内でも回りましょうかね。来客準備も進んでいるようだし。

廊下を進んで玄関ホールからまた別の廊下へ。うん、どこもかしこもピッカピカだ。気合い入ってるぅ！　なんて感心しながら、時折すれ違う使用人たちが頭を下げてくるのを横目に先へ進んでいく。

本邸の使用人が幾人かタイラーについて王都に来たので、あまり見かけないメイドや従僕がチラホラ。たぶん本邸で雇われた者たちだな。タイラーが次期領主の顔を覚えとけとか何とか言って、連れてきたんだろう。

玄関ホールから入った廊下はサロンへと続くギャラリー。来客に合わせて体裁を変更するから、どんな感じにしたのか一応見とこうかと……おぉ、なるほど。絵画や美術品がところどころ入れ替わっている。

お客人が若い高位貴族で昼間のお茶会ってことで、上品で明るめの絵画が増やされて、そこかしこに置かれた高卓の上には花瓶がセットされている。きっと当日飾る生花に合わせてチョイスされたんだろう。こういう細かいところに家令や執事のこだわりを感じちゃうね。

「もっと時間があれば、本邸から美術品を取り寄せましたのにと、タイラー殿が悔しがっておられましたよ」

いや充分でしょ。そこまで侯爵家に張り合わなくても……。

思わず苦笑を漏らしながら、ざっと確認を済ませたらUターンして元来た廊下を戻る。この先のサロンの体裁が整うのは明日だろうから、今日は省略。いったん自室へ戻るべく、玄関ホールの階段へと足を向けた。

階段に足を掛けようかという時、階段脇にいたメイドからディランに声がかかった。

「若様、お先にお部屋へ。すぐに参りますゆえ」

ディランの声に小さく頷き返して、俺はそのまま階段を上がっていく。

王都邸に慣れていない使用人たちを細かく見るのは、実質ディランの役目だ。人手が増えて邸内の仕事が楽になるかと思いきや、そうでもないらしい。

そんなディランに、俺は心の中でガンバレーとエールを送りながら、階段を上がっていった。


自室に入って真っ直ぐに向かったのは、部屋の隅にあるデスク。俺はその上に置かれたガラスの小箱を覗《のぞ》き込んだ。

中にはギルバートくんから贈られた、一輪の真っ白な小花が閉じ込めてある。底面に魔法陣が彫られた保管箱の中でふわりと浮いている花を目にすれば、ついつい口元が緩む。ここ最近は、部屋に戻るとこうするのが習慣になってしまった。

ああ、まずいな。今日会ったばかりなのに、もう彼に会いたくなっている。まったく、どうにも困ったものだ。

手を伸ばしてそっと小箱を撫《な》でると、ガラス製の表面はつるりとして、僅かにひんやりと冷たい。

ひやりと硬質なそれに触れながら、けれども思い出したのは今日初めて触れた、温かで柔らかなあの感触。幾度でも味わいたくなるような、あまりにも魅惑的な彼の唇。

あさって彼が我が家に到着した途端にキスしてしまわないように気をつけないと。なんせ彼は、俺の理性を木っ端微塵にする天才だからね。まあ、彼の攻撃力の前では、いつだって俺になすすべはないのだけれど……。

「あさって、待っているからね、ギル」

小箱に向けてそんな風に話しかけた自分に、こりゃ相当俺も頭煮えちゃってるな……なんてひとりで苦笑してたら、部屋の扉がノックされた。

くるりと振り返れば、そこには執事のディラン。

………。

そっと視線を外した俺は、咳払《せきばら》いをひとつ。

ノックは入る前にするもんじゃないかな？　その生ぬるい目を今すぐやめろ。

「早かったね。用事は済んだのかい？」

そそくさと机から離れて部屋のソファに座った俺に、薄ら笑いのディランが歩み寄ってきた。

「はい。大した指示でもなかったので」

そう答えるなり、ナチュラルにソファ脇のスツールに腰掛けたディラン。いやな予感がするー。

「で、何があったのです？　若様」

ほらね。もうやだコイツ。勘が鋭すぎてコワイ。

誰《だれ》かこいつにスルーするというスキルを教えてやってくれ……なんて思いつつも結局、俺は夕餉の時間までの間、ディランに今日あったことを吐かされる羽目になってしまった。

いや、でも内容的には気持ちを打ち明けて受け取ってもらえたとか、そんな感じ。彼とのその……細かいやり取りまでは、大切に胸にしまっておきたいからさ。

「なるほど。おめでとうございます」

そう言って頭を下げたディラン。

「これでますますお迎えをする準備に力が入るというもの。これからでございますね。若様」

その言葉に、俺はひとつ大きく頷いた。

そうだ。これからだ。

俺の……いや俺たちの行く先には、これからすべきことや考えることが山と積まれている。

けれどどうか……、どうか、彼と行く道ができる限り穏やかであるようにと願ってしまう。そんなはずはないと分かってはいても、そう願わずにはいられない。

『それなりに豊かな領地を引き継いで……卒業後は適当に……結婚して――』

数ヶ月前まで思い描いていた未来。うん、そのはずだった。

『山もなく谷もなく平坦《へいたん》で平和な人生を――』

気づけば山だらけで谷だらけの道を選んじまった俺。なんてこった……今後は下山か登山か知らないけれど、今までみたいに安穏と七合目に滞在するのは難しそうだ。

それでもきっと……

彼と一緒なら、穏やかでない道もきっと楽しいんだろう。

「若様ならば、何事も大丈夫でございますよ」

いつの間にかスツールから立ち上がっていたディランが口元に笑みを浮かべていた。

うん、大丈夫かどうかは分からないけどさ、でも、もう決めちゃったから。賢くて可愛いギルバートくんがいれば、なんか頑張れちゃいそうな気がするし。

そんなことを考えてたら、ほらまたギルバートくんに会いたくなってきた。

だから、ついついデスクの上の白い小花に目を向けてしまったのは、仕方がないんじゃないかな。

「小箱、お取りしましょうか？　また話しかけます？」

シレッとそう宣《のたま》ったディランにクッションを投げつけなかった俺は、偉かったと思うんだよね！

【Christmas dream】

私が睡眠中に夢を見ることは滅多にない。

だからなのか、これが夢だということはすぐに分かった。

私の目に今、映っているのは見たことのない場所、見たことのない街並み。ここにいつ、どうやって来たのかの記憶がまったくない。

明らかに夢ですね。しかし、それにしても興味深い。

周囲を見渡せば、天に届くほどの高さの建造物が視界いっぱいにびっしりと建ち並んでいる。

それらを区分けするように作られた道の片隅に立っていると、まるで大きな積み木の世界に放り込まれたように感じてしまう。

上空を見上げると赤と黄が混ざったような空の色。建造物群の隙間から、沈みかけの陽がどうにか確認できる。なるほど、時間は夕刻といったところでしょうか。

私は、自分自身が見せる夢の「設定」を順番に確認してくことにした。

ええ、なかなかない機会ですから、楽しみましょうか。

足元に目を向ければ、きちんと舗装された道。だが、この大きな石を平たく切り出して並べたような作りは初めて見るものだ。ところどころ継ぎはぎのように色が変わっているのは、たぶん補修のあとですね。

その靴裏の感触は夢とは思えないほどにリアルで、歩き心地は決して悪くない。快適でさえある。

この道の脇にはもう一本、沿うように別の道が設置されている。いや、別の道と言うより一つの道をエリア分けしているのだろう。

石畳でもなくレンガでもない、細かい石をピタリと貼り合わせたような舗装面には、白い線が引かれて場所によって模様のようなものも描かれていた。

道の脇には太い黒色の車輪がついた、金属とガラスでできた人工物が並んでいるが、どうやら乗り物のようだ。同じような形の人工物が人を乗せて通り過ぎていく。その驚くほどに滑らかで速い動きを目《ま》の当たりにして思わず目を見張った。

馬なしで素早く動く金属製の馬車、ですか。自分がこれほどに想像力が豊かだとは知りませんでした。けれど馬車と人が通行するエリアを分けるというのは良いアイデアです。夢でこのように思いがけぬ発想を得られるとは……。まあ夢というものは、得てしてこのように摩訶不思議《まかふしぎ》で突飛なものなのでしょうけれど。

こうなったら目が覚めるまで散策して回りましょうか。彼と一緒だったらもっと楽しめたかもしれませんが……。私の夢の中ですからどうにもなりませんね。

周囲を行き交う人の数はかなり多く、建造物の数からしても相当な大都市。

人々の髪色はブロンドや赤毛、ブルネットなど、見慣れた色が多いものの、目を惹《ひ》かれるのは多様な肌の色。私と同じ肌の者が多いが、中には褐色や、黄や赤みがかった肌を持つ者たちも見受けられる。あのような肌や容貌《ようぼう》の者たちは、あまり見たことがありませんね。

過去に見て忘れてしまっている異国の文献の記憶が夢に影響を及ぼしている可能性を考えながら、髪色も顔つきも性別もさまざまな人々が行き交う道を、とりあえず人の流れの多い方へと歩いて行く。

しかし……皆ずいぶんと厚着をしていますね。

しっかりとしたコートを着込んだ通行人らが行き交う中、私の服装はと言えばいつもの着慣れた学院の制服。寒さはまったく感じない。この国の住人は寒がりが多いのだろうか、と首を傾《かし》げてしまう。

ただ私の服装は周囲に比べれば薄着には違いないけれど、首元のクラヴァットを除けば、周囲の人々から奇異に見られるような姿形ではないはず。

だのに、どうも先ほどから多くの視線を感じる。注目されることには慣れていますが、見知らぬ場所で窺《うかが》うように見られるのはあまり気持ちのいいものではないですね。

「◎?%:;***………#≒※○&#**……」

「※○#%*＋#≒!&#?◎▽◇#&%……」

その中の数人から話しかけられるものの、さっぱり言葉が分からない。そのたびに手をひと振りして、足早に歩を先に進める。

貴族制度のない国だろうか？　王国での身分など他国では意味ないのでしょうが、それでもここまで遠慮なく言葉をかけられるのは初めてで戸惑いますね。

声をかけてくる男も女も、皆一様に笑顔で悪意は感じられないものの見知らぬ者たちばかり。しかも言葉が通じないときたら警戒してしまうのは致し方ない。

それにしても、ここの女性たちの服装……。なぜあんなにドレスの丈が短いのでしょう。コートの下の短いドレスから膝《ひざ》まですっかり見えてしまって目のやり場に困ります。女性が足を出す風習の国などあったでしょうか。

声をかけてきた女性から離れて足を速めると、目の前で数人の人が道を塞《ふさ》ぐように立ち止まっている場所に行き当たった。何だ？　と怪訝《けげん》に思って先を見るも、特に何もない。なので不思議に思いながらも人々の間を抜けて先に進んだ。

「危ない！」

グイッと背中から服を掴《つか》まれて引き戻され、ドスッと左半身が人の身体に当たる感触がした。

よく分からずに振り返れば、そこに居たのは見知らぬ男。

私の上着を鷲掴《わしづか》みにして、眉《まゆ》を顰《ひそ》めている。

「あっぶないなぁ……」

ボソッと呟《つぶや》いた男。おや、言葉が…………。

思わずその男をまじまじと見てしまった。黄味がかった肌に髪はブルネット……いや、もっと濃い。黒色に近い髪色。瞳《ひとみ》の色も黒に近い。この国では珍しくないのだろうか。

「君、大丈夫？　……っと、Are you hurt?《怪我はない？》」

すぐ横の背の高いポールの脇に私を移動させた男が、顔を覗き込んできた。

「ええ、大丈夫です。驚きましたが怪我もしていません」

そう答えた私に、男は目を丸くした。

「え。君、日本語話すの？　英語圏の人だとばかり思ったよ」

その言葉の意味はよく分からなかったけれど、いっけん三十代に見える男が笑った顔に、推測した年齢をもう少し下げる。そして次に素早く男の全身に目をやり、身分を推し量った。

清潔感のあるキッチリとした印象の揃いの上下に、質の良いコートとよく磨かれた靴。首元にはクラヴァットの代わりに厚手の細い布が結ばれている。先ほどから通行人の男性たちの首元にあるのと同じ形だ。この国のスタイルなのだろうか。

この男に少しこの国のことを聞いてみてもいいかもしれませんね。どうせ夢なのだし。

どのような世界を自分が構築したのか、その根本やきっかけとなる出来事に思い至るかもしれない。と、私がそう考えている間にも、男は言葉を続けていく。

「まあ何にせよダメだよ。信号を無視しちゃ。車来てたでしょ」

まるで子供に言い聞かせるように、目の前で指を一本立てて話しかける男に身体を向ける。身長はほぼ変わらないので、真正面からその男の黒い瞳を見据える形となった。

「あの、よかったら少々お聞きしたいことがあるのですが……」

そう言った私に、男は目の前で指を立てたままキョトンとした顔をした。そして「いいけど……何？」と小さく首を傾げた。何だかこの表情……誰《だれ》かに似ていますね。

「ここはどこでしょうか」

ストレートに質問をぶつけてみる。知っている国や街の名ならば、過去に読んだ本の記憶がベースなのだと分かるはずだ。

「え、もしかして君、迷子なの？」

少し首を後ろに下げて面食らったような男の仕草に、思わず眉が寄った。

迷子とは失礼だな。

「迷子と言われるほど子供ではないつもりですが、道が分からないのは確かです。まあどこに行くとも決めていませんが……」

そう答えた私の横で、人々が動き出して道を渡り始めた。見れば道の対面に、二つの色違いのランプを縦に並べた看板が掛かっている。

今は青いランプが光っているが、先ほどまでは赤色だった記憶がある。どうやら人や乗り物の流れを色で制御しているようだと理解した。

「そうか観光客だね。ええっと、ここはウォール街だよ。この交差してる道がウィリアム・ストリート。君が歩いてきたのがエクスチェンジ・プレイスで、一本向こうがウォール・ストリートだ。バスで来たの？　それともホテルから？　大通りに出たら何となく分かるかな？」

さっぱり分からない。この男が言っている単語そのものに聞き覚えがない。

とりあえず首を横に振って分からないことを伝えると、男は顎《あご》に片手を当てて人差し指で唇を軽く擦《こす》った。この仕草も……誰かに似ていますね。

「そうかー。俺もバスの場所やホテルを探すのに付き合ってあげたいのは山々なんだけど、使いがてら夜食買いに寄っただけだから、すぐにオフィスに戻らなきゃいけないんだよなぁ」

男は自分の頭に手をやると、かしかしとその指を動かした。そうして男は私に目を向けると、おもむろに「君、いくつ？」と尋ねてきた。

「間もなく十六です」と答えれば、「え、マジ？　高校生？」と目を見開いて声を上げた男。

まじ、こうこうせい、というのはよく分からなかったけれど、私の年齢に驚いているのは分かる。

「そっかー、そっかー」と、また顎に手を当てて考え始めた男。

なぜだかこの男、見ていて飽きない。

「あー、うん。じゃあさ君、俺の勤めるオフィスに来ない？　日本人もいっぱいいるし、ホテルにも、最悪君の国の大使館にも連絡できるよ。それが一番手っ取り早い気がするんだよね」

ニコリと笑った男が同意を求めてきたのでひとつ頷《うなず》いた。別にどこにいく予定があるわけでもない。しょせんは夢。この男についていくのも面白いかもしれませんね。

「じゃあこっちだよ」と男が私の背に手を回して、来た道を戻るよう誘導する。

「観光客の多い証券取引所の前を通るから、見知ったツアーの人とか見かけたら教えてね」

隣を歩く男がそう言って微笑んだ。

姿形も声も、まったく過去の記憶にない夢の中の男。けれど……なぜか私は、この男をよく知っている気がする。

しばらく歩いて道を右に曲がると、目の前に突然大きな装飾された木がそびえる場所に行き着いた。周囲には多くの人々が集まっている。なかなかの混雑ぶりだ。

「うは。やっぱりクリスマス・イブのブロード・ストリートはハンパねぇな。はぐれないようについてきてね」

すでに人通りの多い建物の角でそう言った男を見ていたら、知らず言葉が溢《こぼ》れ出た。

「手を……、手を繋《つな》いで頂けますか」

その言葉に一瞬だけ目を見開いた男が、ふわりと柔らかな笑みを浮かべた。

ああ、この笑い方も……。

「いいよ。でも何か照れちゃうね。君、モデルさんみたいだからさ」

ははっと笑った男が……いや彼が、私の差し出した手を握った。

私が知っている手より少し小さくて、指の長さも掌《てのひら》の厚みも違う。繋ぎ方だって、握る力だって違う。けれどこれは、この手は………。

「せっかくだからツリー間近で見ていく？　観光客かき分けなきゃいけないけどさ、迷子記念に写真くらい撮ってあげるよ。スマホ持ってる？」

しゃしん、すまほ、の単語が理解できなくて首を振れば、「ありゃ」と呟いた男がまた笑った。

「そっか。だから迷子か。納得した。ところでコートも置いてきちゃったの？　寒くない？」

柔らかく微笑んでいた表情が僅《わず》かに曇るのが惜しくて、私は首を振って彼に笑みを返した。

「そっか、若いんだねぇ」と感心したような彼に思わずクスクスとしてしまった私の手を引いた彼が、装飾のついた木に近づいていく。

見上げるほどの大きな木には大小の輝く装飾パーツが鈴なりに飾られ、赤・青・緑・黄・白……数えきれない色とりどりの光で溢《あふ》れていた。

木のてっぺんにはひときわ強く光る大きな星形の飾り。その装飾された木も美しいが、その周囲の建物の何と明るいことだろう。

ほぼ陽が沈んでいるというのに、脇にある宮殿のような建物の柱が一本ずつ光に満たされて輝いている。離れた場所の歩道の上部も、天に届く建築物の窓も、目映《まばゆ》い光を放って……このような光景は見たことも聞いたこともない。

「すごいですね……」

装飾だけのために、これだけの光を維持するのには、どれほどの魔力が必要なのだろうか。

こんなにも豊かな国があるものだろうか。

本当に、本当にここは夢の世界だ。

手を繋いだ彼と、大きな木のすぐそばに立った。

あまりにも目映い、光の木。

「これは、何という木ですか……」

私の呟きに彼が、僅かに怪訝そうに答えた。

「これかい？　モミの木だろう。どこかから切り出してくるって聞いたよ。こうしてクリスマスツリーに仕立てるためにずいぶんと前から準備してるらしい」

くりすますつりー……小さく口の中で反芻《はんすう》する。

現実の世界ではあり得ないほどの光の強さと輝きに圧倒される私の手を、隣に立った彼が合図するように小さく引いた。

ハッとして隣の彼を見る。

「メリー・クリスマス。迷子の君……」

数多《あまた》の光に照らされた彼が微笑んでいた。

目元が柔らかく緩んで、その瞳に反射したのは、装飾の青い光。

温かくて、優しくて、真っ直ぐで、静かで……穏やかな……。

けれど、確かな熱を持って染みこんでくるその笑顔は――


「――アル……」


私がそう呟いた瞬間、頭上でバサバサバサッという鳥の羽ばたきが聞こえた。

その音に上を見れば、光に満ちた木のちょうど真ん中の枝に、周囲の光の色を撥《は》ね返すほどに真っ白な鳥が一羽止まっていた。

「あの鳥は……?」

思わず私は、彼の手を引いてその鳥を指さした。

けれど、その指の先を辿《たど》って視線を向けた彼は「……鳥?　どこ?」と首を捻《ひね》っている。いや、あんなに目立つ大きな鳥が見えぬはずがない。

再び木の上に目を向ければ、その鳥がスイッとその大きな羽を広げたかと思うと、ゆっくりと羽ばたきを始めた。

羽から溢れるように飛ばされる小さな光の粒が空に上がっていく。

その様子を目で追う私につられたように、隣の彼もすでに暗くなった空に目を向けた。

舞い上がった光の粒が空に吸い込まれて、また下に落ちてくる。小さな小さな光の粒が舞う空を見上げる私の隣で、彼が声を上げた。

「おや、雪だ。よく気がついたね」

白くて冷たいものが空から降ってきて、私の鼻先に当たって溶けていった。……雪だ。

王国でも雪は降るが、王都ではまず見ることはない。

そう……、これが雪ですか……。

みるみる降り始めた白い粉のような雪の中、それでも、くりすますつりーはいっそう煌びやかに輝いて、私は周囲の喧噪《けんそう》を忘れて見惚《みと》れてしまっていた。

「おっと、雪も降ってきたしそろそろ行かなきゃな」

隣の彼が声をかけてきた。それに私も微笑んで頷いてみせる。

「そうだ。最後に俺のスマホで写真撮ってあげるよ。オフィスに行ったら名刺あげるから、メールくれれば送るよ」

彼がコートの懐から小さな手帳のようなものを取り出した。あれがすまほ、というものだろう。他の単語はよく分からなかった。

ここに立ってて、と言った彼は、私の手を放すと踵《きびす》を返した。

思わず、放された手を伸ばしかけて……、それを途中で握りしめる。視線の先に見えるのは、軽い足取りで離れていく黒い髪と黒いコート。

握った手を下に下ろして、私はただその後ろ姿を見つめていた。

あの人とはまったくの別人。けれど、なぜか目が彼の背中を追ってしまう。

「そうだ……」

ほんの少し行ったところで、足を止めた彼が振り返った。

「ねえ、君の名前は？　俺の名は、◎?%□#▽*&≒?」

こちらを向いたまま一歩二歩と後ろに下がって、すまほを顔の前に掲げた彼に、私は口を開く。


「私の名は、　　　」

クアァァァ————————ッ！

木の上の白い鳥が大きく鳴いた。

と同時にゴォッという風の音。舞い上がる雪と、弾けるような光の渦。

瞬間、真っ白な何かに全身を包まれた。

目覚めたのはいつもの隠れ家のソファの上。どうやらうたた寝をしていたようだ。時計を見れば、寝ていたのは三十分ほど。少し目を瞑《つぶ》るだけのはずが、思った以上に熟睡してしまったらしい。

けれど寝覚めは悪くない。夢も見ずに短時間で深く眠れるのは、ほぼ特技かもしれませんね。

背もたれから身体を起こして、羽織っていたフロックコートを除ける。よかった。皺《しわ》にはなっていないようだ。

と、その時、パサリと何かがソファの下に落ちた。

下を見れば爪先ほどの小さくて白い……ゴミ？　ホコリ？　指先で摘《つま》んで掌《てのひら》にのせたそれをよく見ると、それは柔らかな花弁。

小さく丸まって潰《つぶ》れてしまっているそれを指先で広げてみれば、

「サギソウ……？」

確かにこれは彼に贈ったのと同じサギソウの花弁だ。自邸からコートを持ってきた時、何かの拍子についてきたのだろうか。

彼に贈ったサギソウの花。

一番形の良いものをと自室で鉢植えを睨《にら》んでいた自分を思い出し、つい苦笑してしまう。

「でも、喜んでくれました……」

――白くて小さな鳥が出てきて驚いたよ。

贈った翌日に伝言で届いたのは、柔らかな声で紡がれたお礼の言葉。

その声が耳の奥に甦《よみがえ》り、思わずそっと耳朶《じだ》に指先を這《は》わせた。

耳元の掌《てのひら》に頬を寄せれば、自然と閉じる瞼《まぶた》と同時に小さな吐息がひとつ。ホゥというその吐息の音に、私は瞬時に我に返る。

………私は何をひとりで百面相をしているのでしょう。

妙な気恥ずかしさを散らすように、手の中でまた丸まってしまった花弁をサッとゴミ箱に放り込むと、私はテーブルの上で開きっぱなしだった数冊のノートを閉じていった。

だから私の手を離れたそれが、まるで吸い込まれるようにゴミ箱の中へと消えて行ったことなど知る由もなく……。

閉じたノートをまとめてテーブルの端に積み上げ終えたら、周囲に視線を巡らせる。

ついでだから、テーブルとソファまわりも簡単に掃除してしまおうか。残り二教科は寮部屋ですればいい。明日、彼が来ると言っていたから……。

――きっと会えないけれどね。

眠る直前に聞いていたのは、今日の彼からの伝言魔法陣。

毎晩同じ時間に一枚ずつ。

気づけばもう七枚目。まだ……七枚目。

先ほどサギソウを捨てたゴミ箱が目に入る。せめて夢だけでもと……。

ポツリと呟《つぶや》いてしまった自分の声の弱さに、思わず息をのんで我に返った。

「アルフレッド…………」

…………!! 私は、何という軟弱な……っ。

目を閉じて大きくひとつ深呼吸。そして目を開ける。

――想《おも》うだけで都合よく物事が運ぶなど、それこそ夢ですね。

明日、彼は学院にやってくる。試験を受けるために。木曜日、東棟の四限。

コートを手にソファから立ち上がったら、それを注意深くコートハンガーに吊《つる》した。その表面を軽く手で払えば、ゆらゆらと揺れるフロックコート。

たった今決めた明日の小さな予定に、知らず口元が綻《ほころ》んだ。

どうせなら夢ではなく……ね、アル。

目の前で揺れる黒いコートの片袖《かたそで》は、今にも壁に擦れてしまいそうだ。

すぐに手を伸ばして、その揺れる片袖に触れようとして……、なぜだか一瞬だけ、躊躇《ためら》うようにその手が止まった。

今、ごく僅かな違和感が身体を通り過ぎていったような……。

けれどそれを自覚する間もなく、小さな何かは風のように瞬時に霧散し、私はそのまま伸ばした手で袖口《そでぐち》を掴《つか》んだ。そして手に取ったその片袖を一度だけきゅっと握ると、それをそっと撫《な》でるように両手で元に戻した。

不思議と、何か小さな閊《つか》えが取れたような心持ちになっていた。

やはり、短時間でも熟睡できたからでしょうか。この調子ならば、寮での二教科もすぐに終わりそうですね。

そう思いながら、私は手早く帰り支度に取りかかった。


——ニューヨーク　マンハッタンにて——


目の前でキラキラしく輝くNYSE《証券取引所》前の大きなクリスマスツリー。

それにスマホを向けていた俺はハタと気がついた。

やべぇ、いつの間にかこんなに時間が経《た》っている。早いとこオフィスに戻らないと本国《日本》の連中が出勤して来る。東京市場が開く前にさっさと仕事片付けて逃げ出さなければ……。

なんだって俺は暢気《のんき》にツリーの写真なんぞ撮ろうとしていたんだ？　クリスマス休暇のアメリカ人に感化されたか。

日本の会社員にクリスマス休暇など無縁なんだぞー、とクリスマス休場しているNYSE《証券取引所》の立派な建物とその周囲の観光客を横目に、俺はスマホと一緒に手をポケットに突っ込んで歩き出した。

ニューヨーク赴任も三年目。そろそろ日本に帰りたいなぁ。くそ、ポケッとしてて夜食買い忘れた。アパートに何かあったっけ。あー、魚の餌も少なかったなぁ。今度の休みに水槽も掃除しなきゃなー。

そんなことをツラツラと考えつつ、止《や》みかけの雪が舞うニューヨークの街中を、俺は白い息を吐きながらオフィスに向けて足を速めた。

Ruby collection

異世界転生《いせかいてんせい》したけど、七合目《ななごうめ》モブだったので普通《ふつう》に生《い》きる。 1

2023年3月31日　初版発行
2023年4月25日　再版発行

著者　白玉
©Shiratama 2023

発行者　山下直久

発行　株式会社KADOKAWA
〒102-8177
東京都千代田区富士見2-13-3
電話：0570-002-301（ナビダイヤル）
https://www.kadokawa.co.jp/

印刷所　株式会社暁印刷

製本所　本間製本株式会社

デザインフォーマット　内川たくや（UCHIKAWADESIGN Inc.）

イラスト　北沢きょう

初出：本作品は「ムーンライトノベルズ」（https://mnlt.syosetu.com/）掲載の作品を加筆修正したものです。

ISBN 978-4-04-113550-1　C0093　Printed in Japan